kill⁸ er

殺手

殺手，末路花開的美夢

不夜橙，目標A，黑草男，紙箱 領衔主演

九把刀Giddens：編導

殺手
三大職業道德

一、絕不搶生意。殺人沒有這麼好玩，賺錢也不是這種賺法。

二、若親朋好友被殺，也絕不找同行報復，亦不可逼迫同行供出雇主身分。

三、保持心情愉快，永遠都別說「這是最後一次」。

殺手
三大法則

一、不能愛上目標，也不能愛上委託人。

二、絕不透露出委託人的身分。除非委託人想殺自己滅口。

三、下了班就不是殺手。即使喝醉了、睡夢中、做愛時，也得牢牢記住這點。

1

天橋上，一支菸孤孤單單點著。

男人站在橋上，瞥眼看著那支似乎是被放在扶手上的菸。

還是一樣的天黑，還是一樣無法看清前方。

空氣中充滿了尼古丁的焦味，眼前的濃霧似乎來自那一支正在燃燒的菸。

好幾次睜大了眼，男人依舊看不清前方的煙霧繚繞裡藏了什麼人，什麼怪物。

或是一道什麼樣的神祕謎題，給藏在了橋的另一端。

明明知道是在作夢，卻無法憑藉著意志力改變這個夢境裡的任何狀態。

男人只是無奈地在煙霧的這頭站著，坐著，蹲著，躺著。

時間在夢境裡是一個奇特的概念，但不管過了多久，對男人來說都是一種煎熬。

枯燥。

終於，男人的忍耐力給逼到了極限。

男人往前走，走進了霧裡。

2

不夜橙在陌生的床上醒來時，心中一片空洞。

這是他唯一的夢。

唯一的，屬於自己的夢。

床頭沉默的電子時鐘告訴不夜橙，他的忍耐力只剩下三個小時又十一分鐘。

區區三小時又十一分鐘，就忍不住走向天橋的霧裡……

刷完牙，洗了個勉能醒神的冷水澡。

到樓下吃了個馬來西亞風味的早餐，塗滿Kaya與牛油的烤土司，一片半熟蛋，一杯白咖啡。用最慢的速度游泳了一個小時，然後又沖了一次簡單的熱水澡。

回到房間，不夜橙慢慢將客房服務送洗回來的衣服，收進放在窗下的行李箱裡，一件一件疊好。每條內褲，每雙襪子，每條領帶，都依照顏色的深淺妥善地歸類，放好。

闔上行李。

這一趟出差到吉隆坡太久了，真的太久了。

五個禮拜下來，不夜橙對於這個極度單調的夢境已到了完全無法忍受的程度，如果今天晚上再經歷一次千篇一律的天橋迷霧，頂多就捱兩個小時吧。

坐在窗邊，臉倚著從對面大樓反射過來的陽光。

「……」不夜橙看著停在窗外窄小陽台邊邊的，一隻慢慢散步的小雀鳥。

不夜橙將一片蘇打餅乾的角捏成碎片，散倒在窗邊。

小雀鳥搖搖晃晃走了過來，低頭啄食。

「嗯。」不夜橙凝視著小雀鳥細小的眼睛，覺得焦距已經有點鬆散。

嚴重睡眠不足的不夜橙很清楚。

今天，若非死神的最後召集，就是自己崩潰的臨界點。

「再見。」不夜橙看著小雀鳥飛走。

阿密爾。

阿密爾必須死。

3

計程車上。

後座，不夜橙靜靜地在腦中複習著這一陣子嚴密湊整出來的資訊。

阿密爾。

馬來人，男性，四十七歲，是吉隆坡三十四個幫派之一的塔塔克幫的，老大。

塔塔克幫的實力大概位居吉隆坡黑幫的中段，跟其他黑幫合資了二十五個賭場跟十七間酒吧，獨資經營了兩間底層妓院，一間拳擊館，一間健身中心，五間便利商店，跟一間專門用來洗錢的汽車材料行。塔塔克幫是腐化吉隆坡的毒瘤之一。

阿密爾必須死。

一個惡霸必須死，這單子還是跟正義感無關。

一個惡霸必須死，往往是另一個惡霸下的單。

惡霸殺惡霸，不過是爭權奪利，就這麼簡單。

這是一份工作，不需引以爲傲。

保持對職業內容的專業不評論，才能在執行不是殺死惡霸的單子時也能坦然。

該怎麼做呢？

居高臨下用狙擊槍遠遠噴掉阿密爾，的確是一個非常不錯的想法。只可惜不夜橙自己對狙擊的技術並不在行，如果那個傳說中的「鷹」是把高空狙殺做到最完美的典型，那麼，不夜橙認為自己連及格的邊都摸不著。這個想法並不存在他的策略裡。

得靠近許多。

下了計程車之後，不夜橙刻意多繞了一點路觀察環境。

跟昨天一樣複習危急時的撤退路線，把更多的可能性實際用腳走出來。

不夜橙慢慢地走著。

耐心是不夜橙在工作上不得不具備的特質。

耐心可以彌補沒有鬼子支援的不足。

五個禮拜以來的連續跟監與調查，不夜橙反覆確認過了——要宰掉阿密爾，就不可能只宰掉阿密爾一個人。

阿密爾的身邊隨時都有十幾個保鏢跟前跟後。在戒備森嚴的賭場殺阿密爾，死掉的倒楣賭客至少超過十個，保鏢勇敢一點的話得死一打，貪生怕死的話大概就兩、三個吧。過程中自己也難免受傷。

在酒吧裡殺阿密爾，至少得陪葬十二到十五個人，這還不計因此被流彈波及的意外傷殘。

在酒吧的廁所殺阿密爾，離開的時候運氣好只會多殺八個保鏢，運氣差就得轟掉十幾個人的腦袋開路。在酒吧後巷幹掉喝醉了獨自在牆上尿尿的阿密爾，則有機率上的微乎其微。

不夜橙向路邊的攤販買了一瓶橘子汽水。

他一邊喝著汽水，一邊走進巷子裡的巷子裡。

不刻意裝扮，也沒有多餘的遮掩，不夜橙走路的樣子就像尋常的路人影子。

說到機率，阿密爾幾乎沒有親自打理過妓院。

用來洗錢的汽車材料行可說是最重要據點，阿密爾一個月只去看帳一次，但每次去看帳，去搬運現金，陣仗之大連衝鋒槍都叫上了好幾支，無法接近。

便利商店位於熱鬧的市區中心，無法掌控的因素太多。

拳擊館是毒品交易的暗門，在那裡做事很容易牽扯到其他幫派，即使現場死的人少，亂七八糟的連鎖效應恐怕會拖下幾十條人命。

至於健身中心。嗯，健身中心有很多警員都是裡面的高級會員，下這張單子的幕後老闆特別註明絕對不要驚動警方，以免節外生枝。

不過還有一個地方。

在情婦的床上幹掉阿密爾，則只需要多花五個人的命。

耐心是不夜橙在工作上不得不具備的特質。

耐心可以慢慢幫助不夜橙找到心中的最佳殺戮算式。

阿密爾只有在私會情婦的時候才會冒險一個人，不帶任何保鏢。

那個妖豔的情婦其實是阿密爾某個在槍戰中過世的忠心小弟的老婆，阿密爾為了不難解釋的面子問題，或者更不想讓其他跟班懷疑當初這個小弟的死因，阿密爾不想讓幫派的人知道他跟這小弟的老婆有一腿。

而，大概是出於對「安全」這個概念的幻想，阿密爾隻身前往私會情婦的時間，一定是白天，黃昏之前一定會穿上褲子離開。

私會情婦的時間並不固定，並非這個黑幫老大不想留下規律的作息致命傷，而是跟阿密爾褲襠裡的老二什麼時候忽然硬起來比較有關吧。

白天就一定安全？

只要對安全有一個時間上的想像，一種臆測，往往就是死神刻意留下的盲點。

不夜橙將空掉的玻璃瓶輕輕放在垃圾桶邊，爬上了一根水管，像貓一樣溜上了一間不起眼的民房屋頂。

來到屋頂就簡單了。

適當的跳躍，均勻的節奏，他在密密麻麻緊鄰的屋頂上平實地慢慢前進。

是啊，大白天的確很安全，只有幾隻受到驚嚇的貓注意到不夜橙的不尋常舉動。

不夜橙來到了目標地點。

前天的此時，不夜橙來到這裡。然後走了。

昨天的此刻，不夜橙也躲藏在這天台。同樣入了夜便默默消失。

耐心是不夜橙在工作上不得不具備的特質。

但無限次重複的夢境是不夜橙耐心命運的天敵。

無功而返對外出多日的不夜橙來說，已經越來越無法承受，理智的線隨時綳斷。

「眞想好好睡一覺。」不夜橙靠著牆壁，往樓下看。

運氣好的話，除了阿密爾，這裡只要多死五個人。

門房、兩個管家、情婦。當然還有……提供這寶貴資訊的，那個受不了嚴刑逼供的，情婦的私人廚師。此時此刻他的屍體應該還沒被警方發現吧。

話說，不夜橙來到吉隆坡的第一天晚上，就在一場刻意製造的衝突中弄到了槍。

第三天晚上就可以幹掉阿密爾……如果不計一切代價把其他人往死裡拖的話。

爲了評估出如何在殺死最少人下把單子完成，不夜橙多待了快五個禮拜。最後的決定對情婦非常過意不去，但，這是一個殘酷的數學問題。其他人的人生並非螞蟻般的微小存在，牽涉進來的人命越少越好……

不夜橙的眼睛亮了。

阿密爾私下開的那輛低調的綠色破車停在巷口。

4

當不夜橙從情婦的房子走出來的時候，已經洗好了手。

他的表情看起來有一點高興。

坦白說，如果今天阿密爾再不來打砲的話，嚴重失眠的不夜橙不得不考慮衝進酒吧硬幹的方案，那麼五個禮拜以來的觀察就成了徒勞無功的自我欺騙。

謝天謝地，阿密爾的老二終於硬了。加上其中一個管家請了病假沒來打掃，讓不夜橙的狙殺算式少了一個人，眞是意外收穫。

惡霸阿密爾躺在浴缸他自己的血裡，手裡拿著剛剛用來處理這房子裡一切悲劇的槍——把情婦在床上爆頭，把門房與管家一起擊斃在儲藏室，再用最後一顆子彈從後方高難度地把自己的腦袋轟掉，結束疑似惡貫滿盈的一生。

不把廚師算在裡面的話，剛剛這房子一共死了四個人。

這之間究竟發生了什麼樣的離奇故事，就交給警方跟記者聯手當編劇了，反正這種開放式的結局不在雇主的要求之內，算是不夜橙的隨手相贈，而警方爲了不想點燃幫派復仇的導火線，想必也會胡說八道出一個不差的故事。

不夜橙搭上一台空蕩蕩的公車離去。

完成任務的他身心滿足，額頭頂著車窗玻璃，頂出了一個筋疲力竭的朦朧印子。

從飯店櫃台領取了寄放的行李，招了一台由華人開的計程車。

司機從後照鏡看清楚了不夜橙，大家都是華人，頓時露出親切的笑。

「先生，你從哪來啊？」

「台灣。」

「這次來馬來西亞幾天？好玩嗎？」

「沒怎麼逛，就只是一般出差。」

「是嗎？都吃了什麼東西啊？」

「什麼都吃，隨性。」

夠了，不夜橙打了個拒絕說話的冗長呵欠。

機場。

一切如常地，在任何麻煩形成之前順利從海關手上接過了剛剛蓋章的護照。

飛機還沒起飛，完全放鬆了的不夜橙一閉上眼睛，就累得睡著。

5

不意外，又是這個夢。

又是這座天橋，也還是那支菸孤孤單單點著。

不夜橙站在橋上，瞥眼看著那支似乎是被放在扶手上的菸。

還是一樣的天黑，還是一樣無法看清前方。

空氣中充滿了尼古丁的焦味，眼前的濃霧似乎來自那一支正在燃燒的菸。

即使如此懷疑，不夜橙也試過將菸彈開，彈開了好幾次，但每一次少了菸對整個夢境也沒有任何改變，這次也就任憑它繼續燒著吧。

面對煙霧，不夜橙依舊看不清前方的煙霧繚繞裡藏了什麼玄機。

明明知道是在作夢，卻無法憑藉著意志力改變這個夢境裡的任何狀態。

「無論如何，這次一定要睡久一點。」

不夜橙無奈地在煙霧的這頭站著，坐著，蹲著，躺著。

時間在夢境裡，對不夜橙來說是一種很過分的煎熬。枯燥。

終於，不夜橙的忍耐力給逼到了極限中的極限。

不夜橙往前走，走進了霧裡。

「先生，喝點什麼？」

空服人員親切地推著餐車，經過剛剛拿下眼罩的不夜橙旁邊。

雙眼佈滿血絲的不夜橙要了一杯水。

毫無胃口。

看了錶，時間才過了一個小時又三十七分，顯而易見忍耐力已瀕臨崩潰。

口乾舌燥，飽受折磨的肝臟也快燒焦了吧？

即使如此，不夜橙拒絕馬上闔眼，再度進入那一個枯燥的夢境地獄。

不夜橙將眼罩塞進座位前方的時候，發現一紙突起的牛皮紙袋放在購物雜誌前。

他笑了。

每次，每次都發現不了這個牛皮紙袋是怎麼偷偷地來到自己身邊的。

牛皮紙袋裡裝了三張紙，紙上漂浮著充滿魔力的文字，書寫著來歷不明的故事。

位於高空兩萬英尺上，死神捎來，獨屬於殺手的私密慰藉。

斷裂，浮游，詭異絕倫，莫名其妙。

每一個殺手剛剛完成任務的時候，都會收到一份名為「蟬堡」的故事。

蟬堡是極為奇特的小說，絕大多數的時候都是從門縫底下被送達，遞件者不詳，也肯定不祥，遞件的目的無人確實參透，蟬堡究竟是誰的創作也沒有人知道答案。

這份裝在牛皮紙袋裡的小說都僅僅只是其中一個章節，有些章節熱鬧精彩，有些章節索然無味，有的扭曲黑暗，有的意義晦澀，有的平鋪直白，每一個懸浮在異世界裡的章節，都像蜘蛛絲一樣彼此連結。

故事與故事彼此連結，也連結起了每一個活在死神眷顧下的殺手。

有人說，從未有殺手蒐集全整套蟬堡的故事。

也有人說，曾經有殺手得到過全套蟬堡，因此領悟了傳說中的槍神奧義。

有人言之鑿鑿，蟬堡蒐集齊全的一天，意義等同於達成制約，必須果斷隱退。

更多人相信，蟬堡根本不可能蒐集齊全，因為幕後的書寫者根本停不了筆。

有的殺手認為，從門縫底下收到的蟬堡僅僅屬於自己，獨一無二，不宜拿來交換。

但也有殺手努力嘗試跟別的殺手交換自己得到的章節，好擴充對蟬堡的了解。

無論對蟬堡的故事或是創作幕後的種種臆測有多大的歧異，在任務完結後品嚐神祕的蟬堡，絕對是每一個殺手的期待——那意味著平安歸來。

困頓不已的不夜橙，像是看見了一滴名為毀滅的希望。

現在的不夜橙，身上的每一吋皮膚都還帶著死亡的氣息，彷彿閉上眼睛也能透過指尖的奇特觸感去閱讀故事的內容，讀起來特別冷冽，特別尖銳。

這個失夢的殺手，就這麼在昏暗的座位上讀起了他的額外報酬……

6

廢棄的天橋下，是一排年久失修的老鐵道，早已無常人經過。

鐵道上稍微值錢的鐵片鐵架，早已被拆走變賣，只剩下腐朽的枕木。

天是黑了。

這裡的天黑，比這裡之外的天黑還要深沉，還要墨邃。

或許這座廢棄天橋下瀰漫的黑，就是幾萬個夢境集體沉澱的潛意識顏色。

幾百幾千個紙箱在天橋下堆疊成山，城牆似地高高矮矮相連互構，形成一個不規則的堡壘，邊界著這個只屬於自己的國度。

紙箱國。

一個穿著老舊黑色皮衣的男人坐在這一片紙箱間，慢條斯理抽著自己捲的菸草。

皮衣明顯不合襯，略大，表皮陳舊龜裂，每條細微的裂痕都吸滿了經年累月的菸草味，附著在這男子的金邊墨鏡上的，是一層均勻綿密的灰塵，似是菸垢。頭髮看似慎重其事抹了髮油，卻被頭皮屑與古怪的氣味聯手出賣，協調了整個人出場的一致氛圍。

沒有人需要知道他的名字，只管叫他，黑草男。

黑草男不像世外高人，亦非紙箱國裡的王。他抽菸吐煙的散漫神態，更像是一個唯利是圖的皮條客，從容不迫地在世俗的邊緣裡市儈地活著——黑草男爲所有人仲介他們最深層的渴望。

來到紙箱國的原因很多，不需要理由的人也不少。

不夜橙的理由寫在疲憊不堪的臉上。

飛機在台灣一落地，行李一到手，不夜橙就招了計程車趕來這裡報到。

礙於崎嶇路況，計程車停在距離紙箱國最靠近的地方，仍有一小段距離。

憋尿憋壞了的人，一知道廁所近了，原本還能撐一陣子的膀胱一下子就爆了。不夜橙遠遠一看到廢棄天橋，千錘百鍊的意識馬上渙散成沙，呼吸粗重到彷彿可以嗅到他體內那夢窮極無聊的爛味道。

搖搖欲墜的不夜橙拖著笨重的行李，沿著破損的鐵道加速又加速地走著，聽那喀啦喀啦的聲音，感覺行李箱的輪子都快給震壞了，但不夜橙幾乎是必須靠著行李箱的架子，才能勉爲其難撐住身體前進，還非得是這種十萬火急的速度不可。

不夜橙鬆手的時候，他整個人幾乎撞上了黑草男剛剛吐出的污濁煙霧。

「這次要不要指定？」黑草男打量著好久不見的常客。

兩眼充血，頭髮凌亂，還沒開口就聞到嚴重失眠引發的口臭了眞是。

「要，要指定。變化多一點的。」不夜橙用力睜大眼睛。

看來是崩潰邊緣後的極限期待啊。

「級次？」黑草男很樂意仲介一筆好買賣。
「最頂級品，完全新鮮。」
黑草男搖搖頭，用指間的菸捲划向遠處的一個紅色大紙箱。
紅色大紙箱的旁邊，還堆著兩個同樣巨大的紙箱，一藍一綠。
「今天三個最頂級品都被那個作家給包了，他正在其中一個箱子裡夢著，醒來之後還要連續再夢兩個頂級品。肯睡覺的，都是好客戶啊。」
「什麼作家？」專業的不夜橙竟目露兇光。
「作家便作家囉，半夜睡不著覺，來這裡買靈感。」黑草男不感興趣。
有什麼稀奇？許許多多畫家、作家、導演、編劇、作曲家、演奏家、詩人、設計師、電視製作人，一大堆搞創作的人都在這裡頻繁出現，都是好客人。
「我買下另外兩個。」不夜橙努力打直身體。
黑草男失笑，這個常常來報到的傢伙眞的快失控了。
「你知道規矩。」黑草男必須嚴肅地強調這點。
賺錢靠機運，成功靠信譽。
紙箱國，就是講一個先來後到。
「……除了那三個頂級品之外狀況最新鮮的夢呢？」
「試試這個。」

黑草男踢了踢腳邊的一個綠色紙箱：「最近很受歡迎。」

「很受歡迎？」不夜橙皺眉：「那不就是說很多人都買過的意思嗎？」

「我是說，那個作家最近賣的一系列夢，都很受歡迎。試試？」

原來就是那個霸道的作家。

「哪一種類型？」

「確定要我提示？還是別了吧，自己體驗看看。」

黑草男瞇瞇眼，夢的懸念不就是買夢者的渴求之一嗎？

不夜橙深深吸了一口氣。

不，他不想知道。

他只是非常希望，在連續嚴重少眠的數日後，可以得到一個令人安慰的好夢。

「多少人夢過？」不夜橙的眼角滲出疲倦的淚油。

「你買的話，大概是第三個。」黑草男瞥了一下那綠色的大紙箱。

紙箱上沒有任何記號，也沒有什麼顯著特徵，但黑草男絕不在交易上騙人。

也從來沒有人懷疑過黑草男的判斷。

「這裡難道都沒有……兩次以內的品級？」

「相信我，怪作家做的夢，即使睡到第五次都還有一定的驚喜。」

「多少錢？」

「才第三手，算你兩千八。」

「……成交。」不夜橙嘆氣。

在馬來西亞失眠了五個禮拜，好不容易結案歸來，第一個像樣一點的夢，竟然是個三手貨，而且都第三手了還那麼貴。下次絕對不出遠門了。絕對。

黑草男用美工刀切開封住紙箱的透明膠帶，令不夜橙整個人蜷曲進去。

「最好跟你保證的一樣。那麼值得。」

箱子裡，姿勢如嬰兒的不夜橙看著手拿膠帶的黑草男。

「不就是夢嘛，沒什麼保證不保證的，終究要醒。」

黑草男從外面重新用膠帶封好紙箱。

黑草男將那支未熄的菸捲放在紙箱上頭，煙霧一線縷縷上飄。

「送君千里，終須一夢。」

夜色更沉了。

7

首先是聲音。

噪音。

非常吵雜的一個地方，篤定是男大學生的宿舍吧。

人來人往，有人大聲嚷嚷，有人嘰嘰喳喳，空氣裡充滿了汗臭味。

即使是第三手的舊夢，夢境還保持了頗爲穩定的氛圍，即使兩排房間中的走廊有些彎彎曲曲，天花板有些漂浮，不知道距離夢境主人的精神起點還有多遠，但目前看起來整體的輪廓還算清晰，不愧是黑草男的品質保證，驗證了夢境主人濃烈的創造力。

但就是吵。

莫名其妙彆扭的吵。

雖然聲音不大，氛圍裡卻充斥著一種令人難以忍受的，不知所爲何來的煩躁。

幾個正要出門打籃球的大學生，在走廊上與不夜橙錯身而過，彼此歡笑吆喝的聲音重擊著不夜橙的耳膜，一錯身而過，再走個幾步就漸漸消失在不夜橙的背後，脫離了夢境主人的潛意識範圍。

此時，不知道發自哪裡的廣播聲從四面八方滲透進來，猶如破裂的水管，迅速蔓延在走廊的每一滴聲音氛圍，不夜橙不自在地摀住了耳朵，卻無力抵抗夢境主人的「已造意識」，只能加快腳步。

越走，就越確定這裡是大學宿舍。

只是除了青春氣息，更多的是不尋常的壓迫感。

校舍走廊的牆壁上貼滿了各式各樣的公告與海報、圖案、文字，不夜橙沒有仔細看內容，卻被不是很窄的走廊、也不是特別低的天花板，給夾得有些喘不過氣。

「說不出來的奇怪。」環顧四周，不夜橙有些警戒。

會有怪獸，或鬼魂忽然朝自己衝過來嗎？

雖然不管出現什麼都構不成眞正的傷害，但不夜橙很討厭突如其來的驚嚇。

話雖如此，現在後悔也來不及了，在別人的夢裡也只能順應夢中的想像與設定，在已經確定了的劇情裡無法逃脫，也沒有能力改變夢中的一切，只能待到這個夢境完全結束的時候才能醒來。

「總算可以睡久一點，眞不想把休息花在惡夢上。」不夜橙有點惱火。

面對這個帶著敵意的夢，他戒愼警備地放慢腳步。

畢竟進入過上千個陌生人夢境，不夜橙直覺認爲，這個充滿莫名壓迫感的夢，並非第一人稱的夢，而是客觀視角的夢感。

不夜橙喜歡第三人稱視角的感覺，這個視角可以讓不夜橙擁有更多的適應角度。

皺著眉頭，不夜橙往前走，順著夢境越來越清晰的輪廓線，尋找這個夢的主人。

越往前走，感受到的空間就越穩定，氣氛越真實，壓迫感卻越來越強。

應該是左邊這個房間吧？

這門的後面透著強烈的意識能量，儼然就是夢的起點。

不夜橙一踏步，輕鬆穿越了實際上並不存在的門牆，來到房間裡。

只見一個蓬頭垢面的男大學生，呆呆地趴在地上，振筆疾書。

他的姿勢很狼狽，眼神很焦慮，手拿鉛筆的姿勢像是緊握一把刀，朝滿地的測驗紙不停地刻、刻、刻、刻、刻、刻、刻、刻、刻！

「你就是夢的主人吧？」

不夜橙感覺到，這個夢境的能量超乎想像的濃烈，全來自趴在地上的這個男孩。

男大學生當然沒有回答，依舊歇斯底里的刻字……只是刻著單純的數字。

不夜橙蹲下，隨意翻著地上那一張又一張散亂的測驗紙，紙上寫著：「2026，2027，2028，2029，2030，2031，2032，2033，2034……」數字規律地往上堆疊，毫無特殊之處。

全身大汗淋漓，捲捲的頭髮全濕了，男大學生顧不得眼鏡已垂到了鼻頭，還是以蜷縮的怪姿態，賣力地把數字往下刻下去，每一道阿拉伯數字的筆劃都刻得非常辛苦，明明就是簡單的數字邏輯，卻像是高等微積分算式一樣難解。

牆壁上用蠟筆寫滿了「正」字，一開始還很端正，到了中間開始歪歪斜斜，最後幾個

「正」字卻扭曲張狂起來，一股難以屈服的爆發力，快要漲破「正」字的結構似的。

明明就已是第三手的夢，這個房間，這個男大學生，這些刻滿數字的測驗紙，這些塗滿「正」字的牆壁，所散發出來的壓迫感超強，幾乎連不夜橙的臉皮都給隱隱吹動，眞難想像如果是第一手的夢境所爆發出來的魄力，一定十分驚人。

不。

不夜橙發覺，整個夢境空間的壓迫感並非來自眼前的房間事物。

剛好相反，壓迫感來自於房間外的一切。

而蜷跪在地上刻數字的男孩所散發出來的意識力量，恰恰是抵抗夢境壓迫感的最後防線，每一個刻在測驗紙上的數字都默默發光，溫暖著不夜橙的皮膚。

不夜橙蹲在男大學生旁邊，明顯感到安心，但只要將頭一轉向房間外的方向，就能體會到那股壓迫感，已經強大到連牆壁的結構都漸漸扭曲起來。

巨大的壓迫感從四面八方朝男大學生瘋狂擠壓，卻被男大學生滿地規律遞增的數字形成的防護罩，硬生生給彈了回去，令不夜橙嘖嘖稱奇。

每一場夢都是從無到有的探險，爲了確認那些壓迫感所爲何來，不夜橙站了起來，這一次不再穿牆，而是試著扭轉房門手把……

「咦？」

不夜橙發現，這個手把並非圓形，也非橫條，而是一個不規則的多角形，用力一轉，根本無法轉動，不夜橙稍微遲疑，用力往前一頂，門竟然往上拉開。

好吧，夢境原本就充滿了各種超現實。

一站在走廊上，一張海報正好就貼在對面房門上，是一張……莫名其妙的？

「在寫些什麼東西啊？」不夜橙瞪著那張海報。

海報上的字圈圈來圈圈去，完全不是中文，卻也不是任何真正的字體。沒有韓國字的符碼感，也沒有阿拉伯文的音符感，當然也遠遠不是英文的邏輯結構，百分之百就是超級鬼畫符。

頭一撇，走廊上的每一張海報與公告上面寫的「文字」都不是「文字」，而是規律失墜的任性塗鴉，而原本應該好好排版的圖案也全都是糟糕透頂的抽象畫，不曉得在表達什麼。

一抬頭，天花板上的燈管有的彎彎曲曲，一條條像發光的蛇，有的燈成塊成球，沉重昏暗的光線死命地拉著天花板向下低吼。

「看得我眼睛好痛。」不夜橙緊瞇眼睛，噪音卻透腦而入。

不同寢室的門板後面，傳來沒有旋律可言的怪吼怪叫，震耳欲聾的噪音颳起了暴風，轟隆隆吹向不夜橙身後的房間。

那可不是一般的亂吼亂叫，即便使盡了全力摀住耳朵，還是擋不住沒有章法的噪音衝進腦子裡的夢境設定，不夜橙不由自主往後退了一大步，又重新回到了房間。

男大學生依舊跪在地上，歇斯底里地刻著數字。

「80942，80953，80954，80955，80956，80957，80958，80959……80960……80961，

80962，80963，80964，80965，80966，80967，80968，80969……80969……80969……80969……80969……80969……80969……80969……80969……80969……80969……80969……80969……」

大概懂了。

這個巨大的夢，就好像是鯨魚的胃，正消化著男大學生的邏輯與理性。

而男大學生努力集中精神，組織最基本的數字邏輯，拚命做最後的抵抗。

轟！

忽然之間，男生宿舍崩塌四散，上百萬片夢的碎片不斷穿過不夜橙的身體。

轟軋咚嗆吱吱轟滴滴乒叮叮轟轟轟吼吼咚！

破片毀滅重組，夢境空間在一眨眼間重新建立成一條繁華大街。

8

「！」不夜橙呆呆地站在車流與人流錯綜交融的中心點。

紅綠燈……不，那是紅綠燈嗎？

十幾種顏色的燈號歪七扭八地插在地上，有時一起閃，有時像是神經錯亂地跳來跳去，根本無法看懂規則，就連斑馬線也有好幾種顏色亂刷在地上，行人眞照著走一定會被車子撞飛，卻見很多人在不夜橙旁邊神色匆匆地走來走去，一下子停，一下子快跑，下一秒又姿勢怪異地倒著走，沒有人抱怨號誌。

一台公車眞的差點撞上不夜橙，他一驚險閃過，迎面而來的是一個滿身大汗裸體衝刺的中年大叔，不夜橙一嚇，往旁一跳，馬上被一個左腳穿著慢跑鞋右腳穿著高跟鞋的中學生狠狠撞倒。

還沒來得及咒罵，坐在地上的不夜橙就遭到四面八方行車的喇叭聲淹沒。

喇叭聲恐怕有成千上百種，尖銳的，澎湃的，罐頭笑聲的，母貓發情的叫聲，亂糟糟一片，形成一個颳過來又噴過去的聲音漩渦，不夜橙在漩渦中心拚命大叫，卻連自己的聲音也無法聽到。

「這是什麼爛夢！」

不夜橙大叫，卻發現自己的聲音從一出口，就被扯碎成沒有章法的亂碼。

這個無邏輯無秩序無規則的爛夢，正在崩解夢中的一切，剛剛還躺在地上的亂七八糟斑馬線忽然飄了起來，變成五光十色的霓虹，然後在半空中瞬間爆破成一大堆五顏六色的粉筆落下。

「爲什麼是粉筆啊！」不夜橙慘叫。

頓時，慘叫變成了非洲草原的戰鼓聲。

然後一台「騎著人的腳踏車」輾過了不夜橙的背。

越來越糟糕了啊！

再這樣下去，恐怕不夜橙的理智也會在夢裡一併被摧毀，直到醒來才能結束。

左看！

右看！

剛剛還在地上寫數字的男大學生已經不知道跑到哪裡，可惡！

不夜橙奮力站起，用拳頭揮打自己的腦袋，想藉由疼痛逼自己集中精神，卻忘了在夢裡完全不會有痛覺，不愧是當殺手的人，不夜橙靈機一動，嘴巴衝出：「1－2－3－4－5－6－7－8－9－10－11－12……」

就這麼一直喃喃唸著數字，令不夜橙恢復了神智。

冷靜下來後，不夜橙仔細觀察這個夢境街景的輪廓，開始看出左前方的線條清晰許多，便朝著那方向快速奔去，一路撞過無法理解的無規則事物，不夜橙身後的一切迅速模糊。

在那裡！

此時遠遠看見那個男大學生正在街邊，跟一個站在郵筒上大吼大叫的女孩發生爭執。只見女孩一邊大叫，一邊把手上的冰淇淋扔在男大學生的臉上，一個路過的警察迅速將男大學生臉上的冰淇淋用力舔掉，然後用力將他塞進垃圾桶裡。

「44！45！46！47！48……等等我！」不夜橙大叫。

垃圾桶爆炸，將夢境整個炸碎，巨大的衝擊力將不夜橙帶往下一個夢境空間。

一個子夢境接著一個子夢境，全都是邏輯失序的詭異世界。

詭異的精神病院，激射的癲狂，大海上的愚人船，求救信，黑暗的樹林，失速的公車，爬滿整個地球的恐龍，外星人，惡魔的演講，飛碟，百慕達三角洲，上古神話，上帝，宙斯，釋迦，女媧，阿拉，奧丁，軍火交易，奇怪的宇宙戰爭……這個夢的場景隨時跳來跳去，每個場景都怪不可言，卻漸漸串起了邏輯之外的故事性。

無邏輯的夢境，無從捕捉的生存法則，全賴口中不斷往上堆疊的數字支撐理智。

「8723，8724，8725，8726，8728……」

不夜橙咬牙，竭盡腦力對抗：「這個夢真是魄力十足啊！」

感受到夢的意識能量最炙熱的時候，同時也正是這個夢境的尾聲吧？

荒謬的夢境主人，男大學生，在夢的盡頭正與一隻惡魔模樣的外星人進行離譜至極的打鬥，不夜橙以爲自己已站定了一個最好位置觀戰，可交戰的雙方速度都極快，肉眼就連殘影也跟不上，戰鬥一下子就在莫名其妙中結束。

惡魔倒下的那一瞬間，男大學生的左手手臂同時脫離他的身體。

飛劃在半空中的斷臂化作成千上萬隻彩色蝴蝶，撲向頭歪了一邊的不夜橙。

9

黑草男站在大紙箱旁邊，看著裡面大汗淋漓驚醒的不夜橙。

「1095，1096，1097，1098，1099……」不夜橙兀自唸著。

「怎麼樣？是不是跟平常不同感受？」黑草男吐著淡淡的煙。

不夜橙這才完全醒來。

「喔？」黑草男似笑非笑。

「……是很不同，但未免也太累了。」不夜橙吐出一口長長的氣。

滿身大汗，可天都還沒亮。連續好幾天嚴重失眠，一躺下，就鑽進這個怪夢搞得自己完全得不到喘息，眞有點本末倒置了。

「我想再買一個很普通的夢。」

「普通啊……」

「別像剛剛那麼……那麼雜亂無章，但還是稍微要有一點劇情。」

不夜橙受夠了自己那一個，千篇一律的夢。

「我去找找。」

「二手貨。」

「知道了，你先出來走一走吧。」

黑草男走進一望無際的紙箱堆裡，這裡踢踢，那裡敲敲。

不夜橙從悶熱的紙箱裡慢慢站起來的時候，身子還有些搖晃，彷彿意識還有一部分恍恍惚惚地黏在剛剛那個邏輯失序的怪夢裡。他努力做起伸展，拉拉筋。

放眼過去，深夜的天橋下，多的是流浪漢在呼呼大睡。

或許你會很驚訝，這些無家可歸的赤貧流浪漢幾乎都是來買夢的，而非賣夢。

對這些流浪漢來說，夢裡的虛幻甜美，就是最溫柔的中毒。

中樂透頭獎一夜暴富的夢。子孫滿堂的大家庭夢。

牽著女兒出嫁喜極而泣的夢。從精子階段開始就是一生大富大貴的夢。

吃到滿桌山珍海味快撐死的夢。賭場連開十把驚險刺激的夢。

在現實人生裡巨大的匱乏，在夢境裡通通齊全。

白天夜晚，何時醒，哪時夢，誰是現實，誰又是虛幻，其實根本沒有眞正的界線。

只要買過一次甜美的好夢，就難以回到貧乏空洞的清醒。

偶爾遇上了沒錢買夢的悲情流浪漢，不夜橙也會隨手請客，讓他一夜榮華富貴。

不夜橙隨手把玩著放在紙箱旁的行李。

他自己呢？

不夜橙下意識地摸著左耳下的一個凹陷。

10

這裡。

彷彿隱隱還有些刺痛。

在很久很久以前，當不夜橙還是一個黑道老大，熊哥，的貼身保鏢時，一發來自刺客的子彈，咻地命中了不夜橙的肩胛，彈頭自堅硬的左肩鎖骨末端咚地反彈，不偏不倚射進了左耳下方，差點要了他的命。

那顆帶著頑固命運的子彈，就戲劇性地躺在不夜橙的腦袋裡。

令人費解的是，不夜橙挨了這一槍後，他只感覺到左邊肩膀劇烈疼痛，左手無法抬舉，左掌指尖麻痺，不但無法握槍，連子彈也無法填補，只能靠著右手一把槍，以及槍裡剩餘的子彈，小心翼翼把追殺來的刺客壓制住。

最後，沒子彈了。

刺客還在酒店走廊的另一端慢條斯理地開火，穩穩把其他三個保鏢幹掉。

沒戲唱囉。不夜橙轉頭，回看了看躲在身後的熊哥。

平日呼風喚雨喊水結凍的熊哥一臉驚恐，褲底隆起一包，發出陣陣惡臭。

不夜橙非常冷靜地說出了極為冷靜的結論。

「我留著也是死。我活著，以後替你報仇。」

「啊……你說什麼？」

「我說，以後我替你報仇。」

「啊？」

就這樣，不夜橙把熊哥當作肉盾一把推出走廊，自己趁機從後面破窗逃走。

熊哥死了，死成了一坨馬蜂窩。

在關鍵時刻自己逃了，不夜橙心知肚明自己一定會被誤認爲是協助刺客的內鬼，絕對不能逃回熊哥的幫派，不夜橙只好搖搖晃晃逃進一間亂七八糟的黑市診所。

「你的腦袋都中槍了，還能活著走到這裡眞是見鬼了！」

戴著老花眼鏡的退休老醫生嘖嘖稱奇。

「我的腦袋？中槍？」

躺在鐵床上的不夜橙，這才發現除了左肩差一點報廢外，腦袋也挨了一槍。

「老天故意讓你活下來，安的是什麼心就不知道囉！」

戴著老花眼鏡的退休醫生沒有足夠的工具與技術把子彈取出，只能在頭蓋骨鑽個小孔降低腦壓，令不夜橙腦袋瘋狂劇痛了三個月。

足足三個月。

原本身處的熊哥幫會爪牙到處找他，隨時監控每一間大醫院裡的急診室資料。

不夜橙無法得到正常醫療，在這漫長時間裡，他只能吸食大量嗎啡止痛，更吞了一大堆來路不明的迷幻藥，用鮮明濃烈的幻覺壓抑快要爆炸的腦袋。

某一個晚上，當不夜橙確認他的左手手指已能填補子彈後，終於抓狂。

他離開黑市診所，一邊流著鼻血，一邊確確實實把追捕他的幫會爪牙全數殺光後，他才用滑壘的姿勢闖進大醫院的急診室，猛力敲著自己的腦袋大吼大叫。

「快點把我腦袋裡的子彈挖出來！」不夜橙如野獸般狂吼。

被不斷增生的血管密密麻麻包住的子彈，終於被精密的手術取了出來。

不夜橙在漫長的復原中發現，他已經失去作夢的能力了。

只剩下唯一一個夢。

不曉得這個夢境是來自誰的懲罰，上帝、魔鬼，還是這個冷血職業的特殊副作用。在那個單調空乏的天橋迷霧裡，要不一直盯著那團霧看，要不就是瞪著那支放在橋邊的菸看，再要不就是抱著自我放棄的心態走進霧裡醒來，沒有第三種選擇。

能夠在日復一日的絕對無聊裡撐多久，不夜橙的身體就能獲得多少休息，用耐力換取體力，這種天殺的爛日子不過太久，想必就能累積出一顆自我了斷的決心。

「大概是死去大哥的詛咒吧？」不夜橙常常摸著左耳下的凹痕這麼想。

當初把熊哥幹掉的刺客，其面目，早已因過量的嗎啡而模糊。

但那眼神他還認得。

只要再對到一次眼睛，不夜橙一定認得出來。

那是一個高手。

技術跟他在伯仲之間，卻在互擊的瞬間擁有高他一層樓的運氣。

當時不夜橙跟另一個保鏢架著喝醉的大哥，從包廂出來的一剎那，不夜橙就看見走廊上佯裝成服務生的刺客掏出槍來，不夜橙一把將大哥往後一推，另一隻手即時從腰際掏出槍，兩把槍幾乎同時揚起至同一水平線。

毫無疑問，扳機同一時間扣下。

命運做出了選擇。

一個突然經過的醉醺醺酒客忽然從刺客旁邊大笑竄出，用他爛醉的腦袋替刺客挨了第一發不夜橙擊出的子彈，而刺客的第一發子彈，則永恆地變成不夜橙夜夜不眠的故事開端。

「看樣子，要替熊哥報仇，才能解除這個荒唐的詛咒。」

不夜橙看著鏡子裡眼睛佈滿血絲的自己，做出這個理所當然的推測。

推測需要實踐來驗證。

首先要找到刺客，再問出刺客背後的買家，順序理應是這樣吧。

只是要去哪裡找這個刺客呢？

不夜橙選擇了最合理的方式——成爲跟他同一路的職業。

殺手。

11

「這就是你想成爲殺手的理由啊？」

人來人往的咖啡店。

坐在不夜橙面前不斷用吸管攪拌冰塊的，是一個自稱殺手經紀人的男人。

不夜橙在走進這間等一個人咖啡店之前，已隔著窗先觀察了他許久。

這個不起眼的傢伙身上帶著一點點狼的氣味，看來不是他自稱的那麼簡單。

「有什麼問題嗎？」不夜橙火紅的眼睛都赤出血了。

「有啊，問題很大。」經紀人聳聳肩。

「……」

「前兩天你已經完成了我的試驗，所以你現在好端端坐在我面前，當然，可能……或許可以是一個殺手吧。」經紀人不慍不火地鋪陳屬於死亡的世界：「但你夠不夠資格成爲一個殺手，得看你能否嚴格遵守職業殺手的三大法則，還有，三大職業道德。」

這麼多規矩……不夜橙皺眉：「說吧。」

經紀人將自己的身體慢慢彎向前，用微笑打量著不夜橙的赤紅雙眼。

這個剛剛改行不久的殺手經紀人，必須在這一刻判斷——眼前這位剛剛通過奇蹟測試找到自己的人，是不是能夠承擔每一個殺手都能承擔的必要規範。

若否，以下的對話就不該發生。

經紀人歪著頭。

「三大法則之一，不能愛上目標，也不能愛上委託人。」

「嗯。」

「三大法則之二，絕不透露委託人的身分，除非委託人想殺自己滅口。」

「是。」

「三大法則之三，下了班就不是殺手，即使喝醉了、睡夢中、做愛時，也得牢牢記住這點。以上是職業殺手的三大法則。」

「我不懂這三點，對我，或對任何想幹這一行的人會有什麼困擾。」

面對不夜橙的質疑，經紀人笑了。

雖然經紀人並不歧視也不討厭自己的職業，可殺人絕對不是什麼好光彩的行業，經紀人一向不喜歡招募新人，仰賴的幾乎都是一本快爛掉的筆記本，上面紀錄著許多老殺手的資料。

但是在這個道德越來越混亂的社會裡，只有越來越多想把別人殺掉的買家，要滿足那些可怕的慾望，就要有越來越多的狠角色進來這個黑暗世界，供需才能平衡。

所以這個經紀人立下了非常特別的召募制約。

能夠破解他的召募制約一路來到他面前的人，肯定是死神選定的鐮刀手。

他相信，離開這間咖啡店時，他並不需要用到「反悔」的非常手段。

「三大職業道德之一，絕不搶生意，殺人沒有那麼好玩，賺錢也不是這種賺法。」

「同意。」

「聽好了，問題就出在三大職業道德之二，若親朋好友被殺，也絕不找同行報復，亦不可逼迫同行供出雇主的身分。嗯？」

「我的前老闆不算我的親朋好友，只是一個給我錢要我保護他的人。他被殺，算是我辦事不力，我當然可以找同行討回這筆帳，我也當然可以逼迫同行吐出他背後買家的身分。」不夜橙的眼神充滿了挑釁：「這不算是違背職業道德吧？」

「我想這是一樣的意思。」經紀人堅定地說：「同行同氣，各不相仇。」

「是嗎？違背了會怎麼樣？」

「沒有人能違背。」經紀人拒絕具體的威脅，只想強調這一點。

「我說我辦不到呢？」不夜橙嗤之以鼻，眼睛卻開始檢查咖啡店的環境。

「我們都不需要向對方證明，彼此要付出的代價有多大吧。」

兩人陷入沉默。

經紀人沒有帶槍。槍枝對他來說只是一種可能性。

不夜橙沒有帶槍。他可沒有隨時準備殺人的那種偏執。

但桌上有一把叉子，兩個玻璃杯，一只玻璃水壺，已足夠其中一人走不出這間店。

這兩個人，都很危險。

這兩個危險的人，都知道對方很危險。

若其中一個人走不出這間店，另一個人走出這間店時的姿勢，也不可能好看。

「還要加點什麼？我們再半小時就要打烊。」

突然闖進兩人對峙的，是一個留著俐落短髮的女人。

傳說中什麼咖啡都調得出來的神之咖啡手，阿不思。

「來一杯，世界和平之我很喜歡這間店之省省吧我們兩個混蛋。」經紀人攤手。

「我不用，謝謝。」不夜橙微微往後。

阿不思轉身離去，留下忽然有些尷尬的氣氛。

「……先說第三條吧？」不夜橙勉強打破語言的僵局。

經紀人笑了。

「三大職業道德之三，保持心情愉快，永遠別說『這是最後一次』。」

「這簡單。我們談回第二條。」

不夜橙無奈地瞪著經紀人，語氣間不知道在壓抑什麼：「跟你說明白了，殺人對我來說，絕對不是單純的一種職業技術那麼簡單，我一點也不喜歡殺人，殺人更絕非我的興趣。之前我當保鏢，在保住老闆的性命為前提下不得不動手才會殺人，才是我勉強認同的，唯一的理由。現在，我暫時當看看職業殺手，只是為了方便找到把我逼到絕境的那個人。」

「……」

「我並不仇恨那個人，只是我必須藉由殺了他來改善發生在我身上的狀況。只要找到那一個人，從那一刻開始，我即刻金盆洗手，不再是殺手，只是一個普普通通的，正好手裡有一把槍的人，怎麼樣？」

此時經紀人已經看出不夜橙的眼神並非充滿怒氣，而是暴躁。

一種困獸之鬥的疲乏與焦慮。

「這是你不當殺手的制約嗎？」經紀人唔了一聲。

「制約？」

經紀人抓起頭，沉思起來。

這倒是一個對殺手職業道德意外的破解，不，是反轉之道。

「你不爲尋仇？」

「表面上是，但實質上不然。」

「你找到了那一個幹掉你老大的殺手的那一刻，你就即刻退出這一行？」

「是。」

不夜橙似乎看到了藏在經紀人語言中的缺口，馬上又接著：「如果這個說法不行，就改成，我一找到了當初把子彈射進我腦袋裡的那個傢伙，我就馬上不幹，永遠不幹，當回一個普通人。」

姑且說得通？

「老實說我不知道你的講法通不通，或許可以吧？我不知道。」

經紀人看起來有點苦惱，不過眼角還是笑出了一條溫暖的縫：「不過我們就試試看吧，從現在開始，我就是你的經紀人，不過我也跟你說明白了，我只提供你該下手的目標資料，完全，完全不會提供你任何一個其他殺手的相關資料，簡單說就是我不會幫你完成你金盆洗手的條件，你得靠自己的機運。怎麼樣？」

「合理。」

「等一下，你得先好好自我介紹一番，告訴我你的擅長與不足，你的怪癖與堅持，你對接單類型的特殊偏好或特殊厭惡等等，然後，我會跟你一起討論出彼此聯絡的特殊方法，培養互相保護的默契。」

「自然如此。」

「合作剛開始，你對我不必了解太多，我也不會太過問你的私事，反正只要合作的單子多了，我們自然就會有更多的相互理解，這些相互理解，一定也會對彼此的工作很有幫助。你不必告訴我真名，但你想我怎麼叫你？」

「我沒想過代號。你呢？」

「九十九。」

經紀人伸出手：「九十七，九十八，九十九的，九十九。」

12

相互理解果然很重要。

知道了將不夜橙逼入死亡世界的痛苦原因後，經紀人九十九推薦了他這個夢的國度。紙箱國。九十九完全是自己的恩人來著。

在別人的夢裡閒晃溜達，絕對比在自己千篇一律的爛夢苦等耐性用完來得強。殺手的報酬頗豐，令不夜橙能夠三天兩頭來這裡報到。

可以說，沒有比他更好的客人了。

只要不是惡夢，各式各樣的夢都可以。藉由夜夜進入別人的夢境，不夜橙自然而然地體驗到很多人的人生，觸摸到許多陌生人的悲喜歡痛，看看別人是怎麼哭的，想想別人是怎麼笑的。

或許現實中有太多的壓抑與掩飾，這些陌生人釋放在夢裡的情感總是非常極端，毫不隱晦，一切的潛意識都強烈具現化在虛無的夢裡，令夢裡的情感非常飽滿，一次次澎湃了不夜橙的偷窺體驗。

原本就不多話的不夜橙，漸漸的，在醒著的時候也變得更沉默寡言。

不多話，也不愛多殺人。

他知道，再一次遇見那一雙眼睛之前，那些遇見他的殺單目標，都只是命運上狹路相逢的倒楣鬼，除了那些倒楣鬼必須送上西天外，他盡可能的，盡可能的，不想多起殺禍。

這是不夜橙的一點心意。

爲了這一點心意，不夜橙以無可挑剔的耐心換取了任務的平靜。

手法不重要。風格無所謂。高超與否更是一秒都沒想過。

少殺人才是眞道理。

幾年過去了，不夜橙還是沒有找到那雙眼睛。

其實，也不是沒有在任務過程中遇到過其他殺手，碰巧都在執行同一張單子，同行相撞，這就是不夜橙期待的機會，可就是沒再看過那一雙魄力十足的眼神。當然了，遇到這種等同於職業競技的狀況，不夜橙一次也沒辦法比對方更早完成任務就是了。

倒是認識的經紀人變多了。

除了九十九，還有其他經紀人願意下給不夜橙單子。

不只有濃烈鮮明才叫做風格。

「認眞低調，不把事情搞大」的口碑，就是不夜橙不自覺建立出來的名片。

每個經紀人都跟不夜橙合作愉快。

每個經紀人都不願意回答不夜橙：「當年，到底是哪個殺手接單殺了熊大？」

越來越習慣沉默的不夜橙沒有怨言。

以絕大心意凝聚出的耐力，讓他對命運的相逢深信不疑。

再一次。

他的子彈一定會快過另一顆子彈。

快不過，就迎向它。

「這個，剛剛才熟睡過的，非常新鮮。」

黑草男手上的菸比劃著一個粉紅色的大紙箱，遙遙指著遠方。

不夜橙拖著行李箱走近，一邊看向黑草男指示的方向。

一個疑似年輕女孩的背影，正慢慢離開紙箱國。

那女孩，就是剛剛躺在箱子裡作夢的賣家吧？

「怎樣？要不要？」黑草男用腳調整了一下紙箱的位置。

夜還很長。

不夜橙給了幾張鈔票，抱著膝蓋躺進了紙箱。

不知道是夢的味道，還是少女的體香，殘留在紙箱裡的氣味溫柔地包覆不夜橙。

臉頰大概是微微發燙了，不夜橙看著上方被黑草男用膠帶封了起來。

「送君千里，終須一夢。」

13

眼前是林立的高樓天際，往前一踩，腳下卻恍然虛掉。

「！」

不夜橙嚇了一跳，差點直直摔下。

這裡是……高樓天台的立牆邊緣？

不，自己竟然站在一座水塔上，底下才是天台。

即使在夢裡不會死也不想忽然往下墜呢，不夜橙慢慢蹲好，環顧四方。

好陰沉的天空，雲層很厚，好像要把整個天空都壓垮。

風有點大，吹上臉的感覺有些黏黏糊糊的，濕氣很重，隨時都會下起大雨。

感覺不是個開心的夢。

一個中年男子從模糊的水塔轉角出現，手上吊著一袋點滴，巍巍峨峨地晃行著。

中年男子的眼神充滿了悲傷怨懟，一步步走向天台邊緣。

「這麼快就看到夢的主人？」

不夜橙馬上搖頭，反駁自己：「不，剛剛離開紙箱的，明明就是個女的。」

所以說，這個搖搖晃晃看起來隨時會倒下的中年男子，即使輪廓這麼明顯，情緒波動這麼激烈，都只是夢境主人的記憶投射，或單純潛意識的再製品？眞不愧是剛剛遺留下的夢境，不夜橙完全可以感受到夢境的眞實衝擊感。

憂鬱的氛圍，空氣中卻帶著淡淡的慵懶，沖刷了部分不開心的感覺。

氣喘吁吁的中年男子扶著點滴，總算艱辛地走到天台邊緣，深呼吸，往下看。

不夜橙跟著中年男子的視線，十幾層樓高呢，摔下去可不得了。

「自殺啊？」

一個年輕女孩故作輕鬆的聲音忽然出現在天台的另一端邊緣。

兩隻腳懸空，踢著踢著，好像不小心掉下去也不在乎似的。

看樣子，她才是夢境的主人。

是一個臉色蒼白的瘦弱女孩，穿著一身寬大的綠色醫院病服。

不夜橙注意到，她的左手纏著一圈又一圈的白色繃帶，怵目驚心。

此時，中年男子突然咬牙大叫：「不要管我！我要自殺是我的事！誰都攔不了我！」

不夜橙點點頭，又搖搖頭。

像這種把自殺掛在嘴邊的人，才不會眞的想自殺咧。

對著陌生人大聲嚷嚷著要自殺，其實是想乞討關心罷了，可憐是可憐，但對同樣非常可憐的不夜橙來說，如果那麼不開心，整天泡在夢裡逃避不就得了。

「喔，我也沒要管你，只是身爲自殺界尚未成功的前輩，想提醒你幾件事。」

女孩淡淡笑著，繼續亂踢雙腳。

天台的風很大，瘦弱的她好像隨時會被颳下樓似地搖晃。

「要提醒我還有家人嗎？好啊！我要自殺！他們人在哪裡！在哪裡！」中年男子不分青紅皂白開罵：「我這麼低聲下氣跟地下錢莊借錢，還不就是爲了他們！」

蹲在水塔上的不夜橙拄著下巴，實在是不以爲然。

女孩搖搖頭，用專業的語氣解釋：「絕不能跟想要自殺的人說的三件事裡，提醒家人的存在可說是第一名。」

不夜橙跟中年男子同時愣了一下，反射問道：「爲什麼？」

女孩看著烏黑的雲層，緩緩說道：「提醒自殺者還有家人要照顧，等於叫他將小孩子或老婆先殺掉後再自殘，這樣就一勞永逸了。你說對不對？」

中年男子無言，低下頭來。

「兩年前，我經商失敗……」中年男子嘆了口氣。

「對不起我不想聽，你要跳就跳吧，跟我一點關係都沒有。」女孩毫不猶豫打斷中年男子的話語，甚至連看都沒再看他一眼。

「喔！」不夜橙笑了。

好有個性啊這女孩，原來是個帥氣的夢啊！

「那妳……」中年男子快快地站在一旁。

「我只是想提醒你幾件事。」

女孩淡淡地說：「如果你要自殺，可不可以別跳樓？如果你死後想捐出內臟，一跳樓整個內臟都摔爛了，不能用了，還會給醫院樓下的掃地阿姨帶來很大的困擾，人家一個月才賺兩萬八，憑什麼給人家添這種麻煩？況且從這邊看下去，喏，急診室就在我的腳底下，說不定你這團肉醬還會擋到救護車進進出出。」

不夜橙開始哈哈大笑。

這個女孩，實在是太有趣！太黑色幽默了！簡直都快要拍起手來了！

「對……對不起……」中年男子感到困惑。

噗通！

「還有，你是在笑什麼笑啊？」女孩抬頭，看著高高蹲在水塔上的不夜橙。

不夜橙瞪大眼睛。

不夜橙往回看，沒人啊，只有一堆高樓大廈跟越來越想拋下雨水的雲朵。

「就你啊！笑什麼？」女孩沒好氣地看著不夜橙。

「我？」不夜橙驚呆了。

「不然呢？上面還有誰嗎？」女孩手扠腰。

這個女孩……看得見我？

不！該吃驚的不只是這個夢的主人看得見我！

更重要的是，爲什麼她能跟我對話！

「……」不夜橙目瞪口呆。

只見女孩看回那一個喪氣的中年男子，一邊拆開左手上的白色繃帶。

「還有啊，如果你一定要自殺的話，也不要燒炭或吃安眠藥，因爲兩種方法都會讓你的內臟衰竭，死掉以後同樣沒辦法給有需要的人用。」

「這……」不夜橙難以置信。

「你知道現在肝癌患者要等一個健康的肝要等多久嗎？心臟有問題的人要等一顆好心要等多久嗎？失明的人等眼角膜要等多久嗎？」女孩高高揚起手。

風一吹，那白色繃帶脫離她的手，飛翔在灰灰濁濁的半空中。

繃帶飛過不夜橙的臉頰時，不夜橙不自覺伸手一抓，繃帶竟然沒有穿透飛過他的手，而是被他牢牢地握住。

不夜橙的手一顫抖，繃帶這才慢慢消失，順著原本的飛翔軌跡逝向天空。

「割腕吧，如果你一定要選的話。」

女孩凝視著自己手上，三條怵目驚心的疤痕。

中年男子倒吸了一口涼氣。

「不過得專業點，一次就給它成功。別像我，割腕後竟然還打電話給朋友，這樣子當然死不成，還把浴缸弄髒了。」女孩撫摸著還未完全癒合的疤痕。

原本想自殺的中年男子倒退了一步，感覺像是怕極了這個女孩。

難道這個女孩子會比死亡還可怕嗎？

「如果你對跳樓始終情有獨鍾，又不肯把內臟留給別人，我建議你找個冷僻一點的地方跳，在市中心跳不只容易被警察拉住，還會被媒體SNG直播。」女孩站了起來，拍拍屁股上的白灰繼續道：「你知道每天打開報紙、打開電視，怎麼算平均都有五個自殺的相關新聞嗎？這樣整座城市不垂頭喪氣的才怪。」

不夜橙呆呆地看著這伶牙俐齒的女孩，女孩也回瞪了他一眼。

女孩轉回頭，走近中年男子一大步。

中年男子本能地往後一跌，摔倒在地。

「妳——妳別過來！不要過來！」中年男子慌亂地說。

女孩搖搖頭，表情看起來又好氣又好笑。

「也許吧。」女孩吐吐舌頭，叮叮噹噹地打開頂樓的安全門，正要下樓。

不夜橙感覺到夢境的場景即將崩解，急忙大叫：「等一下！」

女孩在安全門前站住，慢慢回頭。

「你叫我？連你也要自殺嗎？」女孩沒好氣地說。

「不！不是！」

不夜橙跳下水塔的時候，不偏不倚穿透了那個中年男子的身體。

這一跳，也同時嚇到了女孩。

「你怎麼做到的！」女孩怔住。

不夜橙回頭，如同他猜測的一樣，那個中年男子就像凝固的煙霧一樣，停留在剛剛的姿勢，一動也不動，沒有任何的表情變化或對白，因爲……夢境裡他的部分已經結束。就跟其他不夜橙經歷過的所有夢境現象如出一轍。

剩下的，就是……不夜橙從未經歷、也沒想像過的……

14

「妳是這個夢的……主人吧？」
不夜橙沒有繼續靠近女孩，深怕女孩拔腿就跑。
「我聽不懂你的問題。」女孩沒有懼色，倒是好好打量了不夜橙一番。
「不好意思，請問妳，二加三等於多少？」
「五啊！」
「天啊妳眞的可以跟我對話！」不夜橙大叫。
「問什麼白痴問題！」女孩不屑。
不夜橙驚呆了。
頭一次！
頭一次夢境的主人可以跟自己……夢的偷窺者對話！
剛剛不夜橙明明看見夢的主人，也就是眼前這個年輕女孩，把夢留在紙箱裡後就走了，但很明顯的，那女孩留在紙箱裡的不只是夢，還有別的東西……一個能夠跟自己互動的精神意識！
一直以來，佛洛伊德對夢境的分析與詮釋或任何似是而非的理論，對不夜橙來說，都太複雜了。他其實就只是一直體驗別人的夢，從上千次的實際偷窺中得到某些直覺式的結論。

有些夢境是眞實記憶的反覆重演。有些夢境是拚命的對眞實記憶的再創造，漸漸演化成自我欺騙的謊言。有些夢境就像是達利的抽象畫，那些飛天的豬跟在地上爬行的時鐘，不知道跟現實到底有什麼鬼對應。有些夢境童年回憶喬裝成新故事的變形反噬。有的夢境是現實生活裡的諸多恐懼，跑進潛意識裡找到血肉，變成具體的怪物來回碾壓。

但不管是哪種夢，夢的內容就像是錄影帶一樣，夢的過程與細節都被紀錄在紙箱裡，情緒氣氛、角色對白、劇情大綱、空間陳設等等，都已經，百分之百，固定下來了。不可能改變，絕對不可能改變！

唯一的差別就只剩下，第一手的夢最清晰最完整，後來的二手、三手甚至五六七八手的買夢者所體驗到的夢境，就是劇情越來越支離破碎，對白東掉一句西少一句，整體氛圍越來越稀薄，如此而已。

不夜橙買過上百次第一手的新鮮夢，只爲了在夢裡好好享受別人最完整的世界。

沒有一次，遇到過，能跟自己一來一往眞正對話的，夢中角色。

「你好，我叫……不夜橙。」

任務裡，每一次開口都是化名，不夜橙已經很久很久沒有眞正自我介紹了。

「我對你叫什麼名字，完全不感興趣呢。」女孩皺眉，她感興趣的是另一件事：「剛剛你是怎麼辦到的？穿過那個人，是魔術嗎？」

「那，可以請問妳叫什麼名字嗎？」

「我問你，你是怎麼穿過那個人的？是魔術嗎？還是魔法？」

不夜橙努力平復心中的激動。

此時，女孩注意到剛剛不夜橙穿過的那個中年男子，已經沒有動作，僵化在原處。

不只是不夜橙，居然連女孩也開始感到不對勁。

除了這兩個「人」之外，夢裡已經發生過一次的事物都停留在結束前的那一刻。

「不是魔法，也不是魔術。該怎麼說呢……」

不夜橙不愧是殺手，即使在夢裡也用最快的速度恢復了冷靜，嘴角咧開現實生活中非常罕見的微笑：「重新自我介紹一次，我叫不夜橙，是剛剛才進入妳夢中的男人。現在，我在妳的夢裡。」

「你在我的夢裡？」女孩看起來微微吃驚。

竟然只有微微吃驚而已？

不夜橙忍不住想，真是一個一點也不普通的女孩。

「妳不是一個眞人。妳是……夢裡的一個角色。不，妳是主角。」

「原來我在作夢啊？你在我的夢裡，難怪你可以唏哩呼嚕就穿透那個男人。」女孩竟然一下子就接受了不夜橙的邏輯：「不過，不夜橙，你跑到我的夢裡做什麼？」

「妳不問我用什麼方法跑到妳的夢裡嗎？」

「對耶，那你是用什麼方法跑到我的夢裡呢？」

「妳不記得了嗎？在妳睡著之前，妳來到天橋下的紙箱國，把妳的夢賣掉。」

「我把我的夢賣掉？」女孩看起來有些迷惘：「紙箱國？」

「是，我買了妳賣的夢，所以我暫時借住在妳的夢裡，直到夢結束。」

「一個可以賣夢，又能夠買夢的地方啊……這個世界上，眞的有這種地方？」女孩還是不明白：「那我爲什麼要賣夢，而不是買夢呢？」

不夜橙心想，原來這個角色並不完全是醒著的那個女孩嗎？

「妳叫什麼名字？」

「我叫……」

停頓了許久，女孩還是答不出來。

「我不知道。」

「妳忘了妳叫什麼名字？」

「不是，是我不知道。」

「妳知道二加三是五，卻不知道自己的名字？」

「如果我眞的在作夢，在夢裡忽然忘了自己的名字也是很有可能的吧，說不定我其實是一隻貓，正夢見我在當人呢。」

「也對。說不定妳是一隻貓。」

「但是你，不夜橙，你還沒有回答我，你進來我的夢做什麼？」

「不做什麼，只是隨便逛逛。跟以前一樣隨便坐著，站著，等夢醒來。」

不夜橙開始感到有趣起來。

「跟以前一樣？你常常進到別人的夢裡嗎？」

「是啊。我常常買別人的夢，我有這方面的需求。」

「所以你不是喜歡我，所以買我的夢偷窺我？」

「不，我不認識妳，所以也不是針對妳。我只是需要活在別人的夢裡才有辦法好好睡覺。不過，我不是常常這麼跟夢裡的人說話。妳是第一個。」

「爲什麼？因爲我看起來很可愛嗎？」女孩吐吐舌頭。

這個夢，瞬間變得一點也不憂鬱了。

「不是，我想是因爲妳很特別，明明只是一個留在紙箱裡的夢，卻可以這樣跟我說話，這眞的很不可思議。我買過上千個夢，妳卻是第一個開口跟我聊天的角色。」不夜橙發覺自己正侃侃而談的時候，不由自主地笑了：「我完全不明白是怎麼一回事。」

「我是一個奇蹟嗎？」

「奇蹟？」

「你買了幾千個夢，我卻是第一個可以跟你說話的人，所以我就是奇蹟啊！」

「這麼說好像也沒錯。」不夜橙笑笑點頭。

自從不夜橙無法好好睡覺之後，脾氣暴躁的他，就變得特別少開口，找到買夢住夢的解套方法之後，他漫遊夢境自言自語自問自答慣了，回到現實人生裡更是惜字如金。

而現在，面對一個虛幻到連自己名字都不知道的夢中女孩，不夜橙一下子就覺得這樣的對話非常有趣，對方十足不眞實，就像跟一張貼在冰箱上的卡通貼紙對話一樣，自己完全沒有築起心防的必要。

「我醒來之後，會記得你嗎？」女孩問。

「我猜不會。」不夜橙抓抓頭。

「所以你醒來之後，同樣不會記得我嗎？」

「不，我會記得妳。」

「我不懂。」

「這是因爲……」

不夜橙即時打住。

要跟這個女孩直說，她只是一個夢中的角色殘影，只是一面鏡子裡的曾經反射，而不是一個正在作夢的人，或貓，好像有一點太殘忍了。

「妳沒有過類似的經驗嗎？夢醒的時候，如果沒有馬上回憶，只要上個廁所，或是起床擤個鼻涕，剛剛夢裡發生過什麼幾乎都會忘光光吧。妳就會像那樣忘了我。」不夜橙隨口扯謊，不斷抓頭：「但我不算在作夢，我只是來觀光的，所以……嗯，我有不忘記這個夢的特權。」

「雖然你在說謊，不過沒關係。」

「……」

「你剛剛說你買了我的夢，又說我的夢早留在紙箱裡了，所以，這個夢，應該是一個已經做完了的夢吧！」女孩的眼睛直視只有三步之遙的不夜橙，卻沒有一丁點被欺騙了的怒意：「所以我只是一個夢裡的角色，一場回憶，不是一個眞正在作夢的人，或貓，對吧！」

「是。」

「你不用花時間哄我騙我，反正，我們就是相處一個夢的時間吧。」

「好的。」

不夜橙覺得女孩的直率很新鮮，女孩也覺得不夜橙的直承不諱很有趣。

太過好奇了的兩個陌生人，不知不覺聯手探索起這個夢境。

「在夢裡可以做什麼啊？」

「人的想像力沒有限制，所以夢的樣子也沒有限制吧。我看過很多奇奇怪怪的夢。」

「那我要天空出現一條大鯨魚！」女孩大聲向陰沉沉的天空許願。

天空那一大片黑壓壓的厚實雲層還是那個死樣子，沒有變成鯨魚。

「妳的鯨魚不可能出現的，畢竟已經做完的夢就做完了，就固定了，就像一部拍好了的電影，每個角色每句對白都確定了，剛剛那個說要自殺的男人，他現在一動也不動，就是他的戲已經演完了。」不夜橙反客為主，介紹起她的夢。

「所以我剛剛跟那個男人所說的話，其實是我把以前說過的話，重新再說過一次的意思嗎？」

「對啊，只有跟我說的話才是新的劇情。」

「那我為什麼要做這樣的夢啊？這是真正發生過的事，還是我幻想出來的？」

「我不知道，都有可能吧。」

不夜橙說，天台的氣氛很充足，百分之百是這個夢的主場景，遠眺過去的高樓大廈，存在感非常稀薄，應該不是這個夢的延伸場景，而是夢的劇情輔助道具。

也就是說，不夜橙作為一個觀光客，他可以試著離開天台去底下走走，頂多只是走到一片空白與虛無，轉過身又能回到夢的核心場景，但只要女孩一離開這座天台，夢就會分崩離析——自己也會因此醒來。

「不過，說不定不會像你說的那樣。」

「嗯，說不定不會，這個夢感覺很不普通。」

「就說我是奇蹟了嘛！」

不夜橙聳聳肩，很乾脆地跳下高塔。

依然有著墜樓的速度感，充滿覺悟的不夜橙很快就落出了夢的想像力，撞在一片虛無蒼白裡，結果又重新出現在天台上。

「看吧，我可是經常出沒在很多人的夢裡，大部分我的直覺是不會錯的。」

「哇！眞不愧是夢耶！」

女孩驚呼，伸出手要與不夜橙擊掌。

不夜橙還沒反應過來，自己的手已經與女孩的手在半空中拍在一塊。

啪！

跟剛剛那條飛在空中的繃帶一樣，女孩的手不只能夠觸摸，甚至還有些許的溫度，存在感十足！

「我摸得到妳？」不夜橙的震驚超越了迷惘。

「因爲這是我的夢啊！」女孩有些得意。

「……這完全沒有道理啊。」不夜橙的表情變得很怪。

「就說我是奇蹟了嘛！」女孩索性用力捏起了不夜橙的臉頰。

這一捏，不夜橙完全無法動彈。

他並非特別害羞的人，只不過，打不夜橙從事職業殺人這一行以來，好幾年了，他已養成了低調的慣性，在執行任務時低調地計算怎麼動手死傷最少，在日常生活時盡量不讓自己被任何人記憶，沒有多餘的表情與累贅的動作，絕對不做任何讓人印象深刻的事。

低調可以保護自己長命百歲。

現在，一想到夢中女孩並不是完全意義上的虛擬角色，而是一個能夠確實與自己交談互動的……不知道該怎麼形容才好的「擬眞人」，靠自己那麼近，眼神又完全不迴避地看著自己的眼睛，一直看一直看一直看，不夜橙就渾身不自在。

「你的臉好燙。」女孩戳破：「被女生捏臉，你害羞了嗎？」

「我不習慣跟陌生人靠得那麼近。」

「這是夢，又不是眞的。」女孩白了他一眼。

「……我不是說我討厭。」

女孩嘿嘿嘿地爬上了水塔，示意不夜橙也跟著上來。

兩人從這個夢的最高處，環顧著所有的想像。

「雖然我不知道把這個夢留在紙箱裡的我，到底是一個什麼樣的人，但是，我覺得啊，會跟那個想要自殺的男人說出那種可怕對白的我，應該是個很可怕的女生吧。」女孩在水塔上面蹦蹦跳跳。

「說不定是一個殺手。」不夜橙隨口。

「殺手？有可能喔！」女孩感到興奮似的。

忽然，女孩的表情一下子就垮了下來，有些氣餒地說：「不，不是，我這裡有疤痕，我好像剛剛割腕自殺過，沒有成功過，我本人一定是一個很憂鬱的女生。」

「嗯，妳剛剛的對白裡也有提到過。」

「對耶！」女孩猛點頭，隨即吐舌：「我剛剛的確這麼說過。唉呦知道自己的本人是一個這麼笨的女生，感覺眞的好糟糕喔！那我躲在夢裡久一點再醒來好了，反正醒來一定很不快樂。」

不夜橙沒有點頭，也沒有搖頭。

「不對耶，我本人早就醒了，也走了，哈哈哈哈我到底在說什麼啊！」

不夜橙笑了。

「我一點也不知道關於我自己的任何事，所以沒什麼好聊的啊！換你說你自己了。你說你常常跑到別人的夢裡玩，那，你本人一定是一個很寂寞的人吧。」

「可以這麼說。」不夜橙對寂寞這一點也沒什麼好自卑的，說：「不過我買夢，不是因爲寂寞，而是，如果只靠我自己睡覺的本事，我永遠都只能做一個夢。」

「……」女孩想了想，搖搖頭：「聽不明白。」

不夜橙看著這個有話直說的女孩。

看著，這一個奇蹟中的奇蹟，夢中世界隨機亂數中的千萬中取一。

對這樣實際上完全不存在的夢中女孩來說，殺手三大法則又有什麼意義呢？

低調不引人注意的生活慣性，又有什麼自我保護的價值呢？

不夜橙深深吸了一口氣。

「我退伍後，到法國當了兩年傭兵，回台灣後進了很高薪的私人保鏢公司，很快的，就被一個黑社會老大高薪買去，當他的貼身保鏢。」不夜橙指著左耳下方的凹痕，緩緩說道：「我的煩惱，就從那一天晚上開始說起……」

女孩宛若神父，耐心地聽著不夜橙充滿血腥氣味的一路告解。

她聽著不夜橙娓娓道來一個殺手的誕生，一個離奇的尋夢故事。

在夢裡，彷彿有無限漫長的時間可以虛擲，讓這兩個陌生人叨叨絮絮。雖然故事裡躺了東一具屍體西一具屍體，她的臉上並沒有世俗的道德評斷，只是非常專注地傾聽著，偶爾皺眉，偶爾睜大眼睛，偶爾發出誇張的驚呼聲。

不夜橙當然從沒有這樣地傾吐過關於自己的事，原本以為他會說得吞吞吐吐欲言又止，沒想到正好相反，心無戒備的不夜橙把自己的過去說得又長又仔細。有時女孩插話詢問細節，他也很有耐心地加以解釋，就連自己如何殺人的計算過程，也都沒有什麼隱瞞。後來連蟬堡是什麼東西都說了。

對一個卡通貼紙需要隱瞞什麼呢是吧？

「所以當了好幾年殺手，到底查到了對你開槍的殺手是誰嗎？」

「還沒。」不夜橙此時倒不介意：「我想是時候未到。」

沒有一個行業，比殺手這一途更迷信氣運。

但實事求是的不夜橙，只相信因果，與計算。只要他不死，另一個他也不死，在機率上遲早會遇到彼此，然後再給彼此一次互擊的機會。

「其實，如果他當初沒有開槍打你，你也不會到這裡買夢，你不買夢，就不會在夢裡遇到充滿奇蹟的我。看起來當初那一顆轟進你腦袋的子彈，也不是那麼壞嘛！」

「是嗎？」不夜橙苦笑。
女孩從水塔上站了起來，拍拍屁股上不實際存在的灰塵。
「這個夢的最後，我本來是要下樓的，下樓之後這個夢就結束了。是嗎？」
「感覺是這樣。」
「那你休息夠了嗎？」
「很好。」不夜橙伸了個懶腰，舒爽地說：「醒來後一定精神百倍。」
「那，你的故事說完了，我沒有故事回報你，所以我要讓這個夢結束啦！」
「好啊。」
女孩跳下水塔，打開頂樓往下的安全門。
離開前，女孩像是忽然想到了什麼。
「我不知道自己叫什麼名字，感覺好寂寞喔。」
「……」
「幫我取一個吧！」
「我很不會取名字。」
女孩皺眉，嘟嘴。
「都相處了一個夢了，雖然不是朋友，但也不算是陌生人了吧。」
有道理，但是，該叫她什麼名字好呢？

一個只喚過一次，就不會再有意義的名字。

「目標A。」不夜橙的想像力實在很貧瘠。

「感覺像是要被你偷偷幹掉的倒楣鬼一號的名字。」女孩瞪著他。

「那我再想一個？」被識破的不夜橙有點慌亂。

「算啦！沒誠意！」

目標A的女孩倔強地轉頭，揮揮手，蹦蹦跳跳走下了樓梯。

15

好幾天了。

不夜橙一直在跟蹤一個與黑道勾結甚深的便衣警察。

殺警察不難，難的是殺單上的附加條件——這個便衣警察得赤裸裸死在新店市郊的一間私人賭場裡，心臟部位被插入一把特殊的七首。

這把七首被放在牛皮紙袋裡，連同目標的一疊照片一起附上，照片背後則寫上賭場的地址，以及這個便衣警察接下來一個月的例行執勤時間。

這件事得回溯到七天前，冷清清的二輪電影院裡，有點霉味的空調冷氣。

「要處理得像是被虐殺。」經紀人曉茹姊的眼睛直視大銀幕。

「賭場必須是第一現場嗎？」不夜橙翻著照片，如往常一樣提問。

「沒有強調。但很難不是第一現場吧？」

「只是問問。」

「你自己看著辦吧，反正沒註明的地方都是彈性，特別註記的，都要加錢。」

不夜橙持續在昏暗的光線底下，仔細翻著資料。

「殺他前必須先把他的衣褲脫光，還是可以殺掉後再脫？」

「沒說仔細，不過殺他前就把衣褲脫光顯然很難吧。無所謂。」

「殺他之前可以先把他灌醉或下藥弄昏嗎？」

「不行，剛剛說了是虐殺，他得醒著挨刀。」

「除了心臟的地方挨刀，其他地方受一點罪應該沒問題吧？」

「心臟那刀必須是致命傷，其他部位你看著辦。」

「喏，這把匕首是從證物房裡拿出來的吧？」

不夜橙打量著透明塑膠夾鏈袋裡的匕首。

「我哪知道，記得自己的指紋別沾上去就行了。」

「只是問問。」

仔細看，這把匕首並非什麼藝術品，也不是什麼了不起的軍刀名廠傑作，但樣式非比尋常，握柄有嚴重的磨損，刀鋒也鈍了，是一把有歲月的好傢伙。

顧客指定要將這把匕首行刑般插在目標的心臟上，大概是想嫁禍給這支匕首的主人，或是嫁禍給有能力把這支匕首從某個特殊地方帶出來的人。殺人是假，嫁禍是真……

不，應該不是想嫁禍。是復仇。

想嫁禍的話，雇主不會指定把匕首留在目標心口，而是要在做事後刻意扔在任務地點的附近，再讓人意外發現，這才是嫁禍。

把匕首留在目標的心口不拔走，硬生生就是想復仇，挑明了就是用這個象徵信物弄死你。

對，一定是這樣。雇主指定目標得全身赤裸受刑，就是想侮辱這個便衣刑警，或是要惹怒看了這條裸屍會暴怒的某個誰。

這個復仇是一場殺戮的尾聲，還是一場殺戮的開端呢？

「怎麼？不說話？又在胡思亂想？」

曉茹姊打斷他的沉思，將裝了訂金的紙袋無聲無息地放入不夜橙腳下的背包裡。

「多想一點前因後果，做起事來比較好計算。」

「前因後果知道得多了，下手不就婆婆媽媽。就做你該做的事，乾淨俐落不好？」

從曉茹姊沒好氣的表情看來，這番勸戒顯然說了很多次。

「只是好計算，沒有要同情的意思。」不夜橙淡淡地說：「我不是裝聖人的料。」

「那就好。」

「……」

「看你的眼睛，血絲好像少了。」

「最近睡得還可以。」

「就說待在台灣做事多單純，只是殺殺人，日子簡單一點的好。」

微冷的黑暗裡，曉茹姊不知在什麼時候默默離開。

不夜橙一個人把不知所以然的電影看完。

16

任務就是任務。

一如以往，不夜橙花很多天在計算，如何在殺死最少人的情況下完成。

顯而易見，這次的單子牽涉到了很骯髒的警局內鬥黑幕，至於這個便衣警察在內鬥中扮演什麼樣的角色，不夜橙自然會在連日觀察中慢慢摸清楚。

清楚整個幕後故事後，什麼時機動手，該怎麼動手，動手時該拖誰下水又不該牽扯誰進來，動手之後如何全身而退，才有全局了然的概念。

出國做事一向太消耗精神，每次回來都瀕臨崩潰。

不夜橙喜歡在台灣慢慢地跟目標耗日子，編故事，累了就去天橋下買夢。

他一直想著目標A，反覆回憶著那些現實中不可能出現的古怪對話……

話說，後來不夜橙再回到天橋下買夢的時候，那一個粉紅色紙箱還在。紙箱嚴重破損，結構鬆鬆垮垮，裡頭淡淡的體香沒了，取而代之的，是不曉得多少個中年大叔躺過的嚴重狐臭。

不夜橙忍不住又買了一次，差點沒給熏死。

然後又犯賤多買了一次。

只是在那個頂樓天台的夢中，夢的氛圍薄了，憂鬱的雲層變淡了，濕潤的空氣變輕了，而那個目標Ａ，也不再是目標Ａ，變成了一個只會重複已經重複過很多次對話的角色女孩。不夜橙冷冷地看著角色女孩演繹了沒有生命的對白，與毫無溫度的表情。夢的尾聲，女孩一轉身下樓，就只留下不夜橙獨自一人站在蒼白的崩解中。

這似乎是可以想像的，奇蹟結束。

雖然是意料中事，不夜橙還是難掩失落。

「那個，之前在這個紙箱裡作夢的女生，後來還有來過嗎？」

站在剛剛睡過的粉紅色箱子旁，不夜橙假裝不經意地打呵欠。

「沒。」

黑草男抽著菸，將已經嚴重破損的粉紅色紙箱摔到草地上，點了火。

每天晚上，都會有好幾個沒有販賣價值了的紙箱被這樣燒掉。

雖然沒有真正的依據，但看起來，火焰會根據這些夢的內容而有稍微不同的顏色。有的夢燒起來是炙熱的大黃大紅，有的夢帶著淡淡的憂鬱藍焰，有些夢發出的火光裡透著綠綠的妖魅，有的夢燒出白色的濃煙，有的夢燒出黑色的滾塵。

粉紅色紙箱，連同裡面稀薄到無法成形的夢，慢慢燒成了飄浮藍色的灰燼。

「是嗎？」不夜橙目送了目標Ａ燒成了煙，試著面無表情。

燒成那個樣子，應該不會痛吧？

畢竟只是一種幻覺。

「怎麼那麼多感慨？怎麼，她的夢很色情嗎？」黑草男似笑非笑。

「沒，只是覺得有些對話很有趣。」不夜橙聳聳肩。

「如果你想要色情一點的夢，我可以推薦。」黑草男用菸指著幾個紙箱，說：「從那個夢走出來的男人都一臉滿足，不過第七手以上了，清晰品質不敢保證，但內容肯定鹹濕淫穢。如果你想來點特別的，那個夢，對，就是那個，據說是逼一個大明星打砲的好戲，角色是一個道貌岸然的立法委員。還有那個，雙！胞！胎！姊！妹！聽說沒什麼劇情，但都已經是雙胞胎了還講什麼劇情，對吧？還有，你看那個……」

「下次吧。」不夜橙微微皺眉，說：「不過，你可以幫我留心一下那個女孩子嗎？如果你看到她來賣夢，幫我保留她第一手的夢，別讓任何人給睡了。」

「……你愛上她了？」

「大概吧。」不夜橙不想提到夢的特別之處，只好假裝就是這麼簡單。

黑草男吹出了一大口煙，讓人無法看清楚他的表情。

「如果她再來賣夢，我會稍微注意一下的。」

17

很明顯是一個少女的房間。

房間很小，雖然不至於受傷，不夜橙仍小心翼翼避開地上破掉的玻璃杯碎片，最後不得不坐在床上。床墊底下的彈簧回饋感紮實，真不愧是第一手的夢。

很難不引起他注意的，是滿屋子東擺西放的小魚缸。

床頭邊，電視上，塑料材質的音響上，全都擺滿了各式各樣的小魚缸，只是缸裡的小魚全都無精打采，尾巴低垂，身體斜擺，好像生病了似的。

不夜橙深深一呼吸。

除了少女的香氣外，夢的感受很濃郁，依舊充滿了憂鬱的氣息。

房間門打開，走進來的，果然是目標A。

明明就只有兩個踏步的距離，目標A卻好像沒有看見不夜橙，左顧右盼，好像在小小的房間裡確認什麼似的。她打開冰箱，翻了翻微微發臭的垃圾桶，自言自語：「太忙了嗎？」

被當成空氣的不夜橙順著目標A的眼神，在和室桌底下發現了一支手機。

「還是劍南出了什麼事？」目標A看起來有些緊張。

她按了按手機，手機沒有電，慌亂地插上電源線，撥出了電話。

急促的嘟嘟嘟聲從聽筒滲出，迅速蔓延了整個房間。

您撥的電話通話中，請稍後再撥……您撥的電話通話中，請稍後再撥……您撥的電話通話中，請稍後再撥……您撥的電話通話中，請稍後再撥……您撥的電話通話中，請稍後再撥……您撥的電話通話中，請稍後再撥……您撥的電話通話中，請稍後再撥……您撥的電話通話中，請稍後再撥……

目標A的臉色越來越難看。

「打給誰？」不夜橙試探性地問。

此時目標A終於看了不夜橙一眼，沒好氣地說：「你又跑到我夢裡了？」

不夜橙抖擻了一下，用力點點頭。

天啊！這個夢境奇蹟不僅還在持續，其角色意識還能連結到上一回的對話！

進入了幾百幾千個別人的夢，都不曾遇過類似的狀況，要如何解釋這種異象呢？

「打給誰嗎？我……我不知道。」手機貼著耳朵的目標A搖搖頭，卻又忽然脫口而出：

「王八蛋，死劍南，到底是在跟誰講電話啊？」

「喔，劍南是妳的男朋友吧。」不夜橙插嘴。

「我男友？」目標A一臉疑惑，隨即切換成突兀的暴躁表情，一腳踢倒和室桌，怒道：

「餵完了魚再去找你算帳！」

不夜橙點點頭，笑說：「看來，妳還是得依照設定，把這個夢的劇本好好走完一次，才能好好跟我說話。」

「好像是這樣呢。」目標A露出無奈的笑容，順著既定劇本開始餵魚。

目標A拿起櫃子上的魚飼料，小心翼翼撒進魚缸裡，接著清理略顯污濁的魚缸。

「眞實世界的妳，應該是一個很喜歡養魚的人。」不夜橙感受著房間裡的氛圍。

淡淡的憂傷，瀰漫不去。

「這些魚好像都生病了。」目標A看著奄奄一息的游魚，微微皺眉：「該不會是我害的吧？」

床邊的地板忽然打開，一時金光四射，熱鬧滾滾。

一台扭蛋機從地板底下緩緩升起，還奏出熱鬧滾滾的哆啦A夢卡通主題曲。

「這是怎樣？」不夜橙感到好笑。

目標A走到扭蛋機旁邊，蹲下，深呼吸，看起來既期待又怕受傷害。

伸手一扭，一顆扭蛋落了下來。

小心翼翼打開扭蛋，是胖虎。

目標A萬念俱灰，喃喃自語：「天啊天啊！幹嘛是胖虎啊！爲什麼是胖虎啊！」

胖虎扭蛋不斷從扭蛋機裡一直一直一直滾出來，遠遠超過一台扭蛋機合理的容量，扭蛋海一下子就滿到了腳踝的高度，一時間還沒有停止下來的跡象。

霎時，房間的氣氛驟降到最低點，魚缸表面似乎結凍了。

不夜橙不明究理，問：「抽到胖虎不好嗎？」

目標A看著不夜橙，臉色從超級崩潰，慢慢轉成有些迷惘。

「我也不知道，不過沒有人喜歡胖虎吧？」目標A終於脫離了這場夢的劇本。

「我倒覺得沒有什麼不好，如果哆啦A夢的故事裡沒了胖虎，也就不需要哆啦A夢了，不是嗎？」不夜橙聳肩，拾起了一顆扭蛋。

胖虎扭蛋海越淹越高，已經快到膝蓋，房間裡的負面情緒越來越高升。

「不過現在這樣也太誇張了吧？哪有可能扭蛋就這樣一直跑出來啊！」目標A。

「我的經驗是，過於寫實的場景通常是記憶的直接再現，不管是情緒跟故事都很複雜，只能感受，無法分析。反而是忽然跑出超寫實或超抽象的氣氛，可以看成作夢者的潛意識具體化。」不夜橙把玩著手上的扭蛋，抛了抛：「現實世界裡的妳，很可能依賴扭蛋機去做一些類似占卜的動作，抽到特定的扭蛋會讓妳心情一下子變得很差。就像現在。」

冷眼旁觀了太多夢，連一本夢境解析的心理學書都不必讀，不夜橙自有一套實務見解。

「用扭蛋來占卜？現實世界的我，好像是一個古靈精怪的女生耶。」目標A看起來有一點高興：「所以抽到哆啦A夢的話，我就會運氣超級好囉？」

「大概吧。」不夜橙說：「運氣不知道，至少心情會很不錯吧。」

「那抽到靜香，我的戀愛運就會超強嗎？」

「說不定只是提醒妳該洗澡了。」

「抽到大雄說不定比抽到胖虎還慘！我不喜歡懦弱的人！」

「……可能是一種提醒妳需要尋求幫助的求救訊號吧，如果是大雄的話。」

「看起來很可愛，不過，用占卜的結果決定一天的心情，我本人好像很沒自信。」

「每個人都有弱點。」

「你的弱點呢？」目標A才說完，馬上就自己接口：「啊！我想起來了，你睡不著！

啊……不是！是你只能做同一個夢。」

「沒錯。」不夜橙苦笑。

「你好可憐。」目標A非常故意的淚眼汪汪。

「是非常悲慘。幸好我還可以用買的，到處參觀別人的夢。」

扭蛋海持續上滿，看樣子是可以游泳了。

「對了不夜橙，你最近在做什麼，還有殺人嗎？」目標A神來一筆。

脫離了哀傷劇本的設定，目標A像是另一個截然不同的女孩。

「正在研究怎麼殺一個人。一個警察。」不夜橙毫無防備地說。

「連警察你都敢殺啊？」

「是一個不怎麼好的警察。」不夜橙話才一出口，就覺得有點難爲情。

不管是好警察還是壞警察，一旦收到了單子，就得好好把事情做完。在殺人的專業上加入道德判斷，只會徒增自己困擾。並非每一個職業殺手，都像月那麼樂意把十字架揹在肩上。

只是自己爲什麼要在一個虛擬角色面前，下意識地保護形象？

這份介意有任何意義嗎？

「你在夢裡也可以殺人嗎？」

「在別人的夢裡，我就只是一個旁觀者，什麼也做不了，就是逛來逛去。」不夜橙頓了頓，又說：「除了妳。妳是一個脫離劇本的角色，說不定我可以殺了妳。」

「聽起來好可怕，你怎麼有辦法把這麼可怕的事說得那麼自然？」

「我又不會眞的動手。」不夜橙失笑：「殺了妳，我就沒有人可以聊天了。」

「夢以外的你，話一定很少吧，所以捨不得殺我。」

「嗯，本來就不多話，後來因爲職業關係，人變得更孤僻。睡眠不好也是原因之一啦。」

不夜橙像是想起了什麼，強調：「最重要的是，殺了妳又拿不到報酬，我可是職業殺手，對吧？」

「哈哈哈哈哈哈哈哈！」目標A哈哈大笑起來。

妳看我，我看妳，不夜橙也微微笑了。

豈料目標Ａ一笑就笑了個不停，最後不夜橙也忍不住敞開心懷哈哈大笑起來。

上次這麼爽朗的大笑是什麼時候了呢？

「那你這次打算怎麼殺那個壞警察啊？」

「還不知道，如果沒有別的殺手介入，時間充裕的話，我就慢慢跟蹤……」

兩個人一邊聊著不夜橙最新的殺人計畫，一邊任憑胖虎扭蛋淹上胸口。

明明整個房間充滿了胖虎扭蛋的毀滅氣氛，兩個人卻從容自在地繼續聊著，不受低迷的夢境氛圍影響，直到胖虎扭蛋淹上了嘴，兩個人索性順著越來越厚的胖虎扭蛋海，用力往上游，用水母漂的姿勢繼續說話。

「喂，你想認識夢以外的我嗎？」目標A的臉半埋在扭蛋海裡。

「我不善交際。」不夜橙看著越來越近的天花板。

「我想多知道夢之外的我是什麼樣子的，你去認識一下她嘛，再進來跟我說。」

「我眞的沒辦法這麼做。」

「因爲你是一個個性小氣的人嗎？」

「太多秘密的人，不合適說太多話。我覺得現在這樣就好。」

「小氣。」

兩個人的鼻子都頂到了天花板，幾乎無法呼吸。

幸好，夢裡不需要呼吸是吧？

「夢以外的我，一定很不開心。」目標A在扭蛋海裡勉強擠出聲音：「應該是我那個男朋友害的吧？你剛剛說他叫什麼名字？」

「劍南。」

不夜橙一說完，胖虎扭蛋終於漲滿了整個房間，牆壁結構卡吱卡吱作響，天花板也彎曲上弧，最後終於爆炸四射。

夢的場景崩塌瓦解，目標A與不夜橙瞬間下摔，墜落到一團煙霧繚繞之中。

不夜橙躺在紙箱裡，抱膝看著天空。

藍藍的，香香的。

扭蛋海在周身擠壓得吱吱作響的觸感，還咬在耳邊。

期待下一次夢見。

18

該做的事還是得做。

那個便衣警察的生活很複雜，可以說，警察只不過是他的面目之一。

他吃喝嫖賭，放放高利貸，既爲警察工作，也爲黑道辦事，黑白兩道都知道他的身分，無所謂臥底不臥底，卻也正是因爲如此，大家都愛賣他面子，令他得以在疏通雙方關係之中得到種種好處。

不夜橙慢條斯理跟著他好幾天，看不出誰非得他死不可，也看不出誰可以從這個便衣刑警的死亡中得到什麼太了不起的利益，恐怕是遙遠的愛恨情仇引發的殺機，而非鈔票上的戰爭。

在連續好幾天的跟監後，不夜橙仔細從他亂七八糟的生活習慣裡整理出了理絡。

這一間位於廢棄食品加工廠裡的黑道賭場，是黑道大哥啷噹大仔罩的場子，夜夜笙歌，負責在外圍警戒的幫會保安少說有六個，在裡頭一邊玩樂一邊控場的小弟隨時都有十幾個，完全不考慮殺光裡面所有人的情況下，當然也不可能選在晚上動手。

白天的賭場，就連一條看門的狗都沒有，監視器沒一台運轉，根本廢墟。

答案很明顯了。

在別的地方用指定的匕首幹掉便衣刑警，再趁白天將屍體運到賭場。

在便衣警察的公寓動手，得死四個人。在便衣警察的小老婆家動手，得死兩個人。在便衣警察第二個小老婆家動手，得死三個人。在便衣警察回家的路上動手，幸運的話只要死他一個人就可以了。

不夜橙決定這兩天就動手。

在那之前，雙眼佈滿血絲的他，有必要先睡一個好覺。

不夜橙來到天橋下。

黑草男坐在石墩上，依舊是重複不斷重複的抽菸。

「最近那個女孩有來賣夢嗎？」不夜橙左顧右盼。

「有啊。」黑草男指了指一個原本用來裝電器的大紙箱。

「我要睡。」不夜橙鬆了好大一口氣。

「等等，裡面有人。」

不夜橙一怔。

「不是說要幫我保留的嗎？」

「我是說，我會稍微注意一下。」

「什麼意思？」

「我沒有辦法幫你保留夢。」

黑草男吐出白濁的煙氣：「應該說，我無法幫你保留任何特定的人所做的夢。」

「……」

黑草男的聲音少了一貫的輕佻：「紙箱國，沒這個規矩。」

沒這個規矩？不夜橙的眉頭漸漸鎖緊。

「我有次來，那個奇怪的作家不就預訂了幾個紙箱擺在他旁邊嗎？」

「那是夢的特殊交易。」

「特別貴的意思嗎？」

黑草男搖搖頭。

在煙霧繚繞中，黑草男慢慢解釋，紙箱國最一開始的規矩，是以夢易夢。

誰來到天橋下，在紙箱裡留下一個夢，改天就能來這裡睡另一個夢回去。

用秘密的絕對，交換另一個陌生人的私隱。一個夢，換一個夢。

後來交易的人多了，流動複雜了，有人只肯賣夢，有人只想買夢，才改用鈔票當媒介，也才有同一個夢可以連續賣給不同的人，直到夢境稀薄到沒有任何氛圍可賣爲止的現況。

唯有一個傳統還是保留下來，無法用鈔票替代，那就是「指定夢」的交易。

如果要指定一個夢只能爲你保留，唯有，用非常珍貴的夢來交換。

這是紙箱國的核心價值。

「那個作家的夢境非常獨特，評價很高，每回他一夢完，搶著要進去裡面睡覺的忠實顧客都大排長龍，所以我當然接受他提出的特殊交易。」黑草男在煙霧裡看不清表情：「他用他的夢，指定交換一個看起來腦袋有問題的古怪高中生、一個老是拖著超大行李箱走來走去的女人，還有一個在肩膀上養貓的年輕流浪漢的夢。他獨佔了這三個人最新鮮的夢，只有他夢過第一次，其他人才能接下去睡。」

不夜橙微微點頭。

眞是太可疑了，那個作家要的並非永久性地獨佔一個夢，而是最初的第一夢。

或許那個作家跟自己的遭遇有些相似？

「我沒有夢可以交換。」不夜橙長嘆了一口氣。

「那就只能每天晚上都來報到，碰碰運氣吧。」黑草男不置可否。

不夜橙看向那個竟然錯過了的大紙箱。

不由自主，捏起了拳頭。

「自從我上次走後，那個女生還來賣過幾次夢？」

「五次？應該是五次吧。」黑草男隨口答。

「我錯過了五次！」

黑草男不以爲意，接著說：「五次。其中有兩次都被這個胖子買了，他跟你一樣，買了第一次，就拚命要跟我預購同一個女生賣的初夢。其他買過的三個人也一樣，都希望能預購，這女生的夢很有人氣啊。」

「……」不夜橙看起來氣憤難平。

「怎麼，那女生的夢特別香豔嗎？」

「不。」不夜橙皺眉，你不是問過一樣的問題了嗎。

「今天就先別睡那女孩的夢吧，我挑另一個一手夢給你。」

「不。」

「你要等那個胖子夢完，馬上進去同一個夢裡面？」

「……不。」

不夜橙直直瞪著那一個大紙箱，整個人僵硬了起來。

不知道過了多久，他才緩緩坐下。

19

天還沒亮，四下蟲鳴。

當那個胖子從紙箱裡站起來的時候，不夜橙遠遠注意到他的表情。

……意猶未盡。胯下褲子上還濕了一片。

不夜橙不動聲色，默默從後面跟蹤了那個才走幾步路就氣喘吁吁的胖子。

一離開紙箱國，距離大型貨車飛速來往的產業道路還有一段距離時，不夜橙已忍不住，快步向前，伸手重重搭上了胖子的肩：「喂！」

胖子一轉頭，嚇了一大跳。

原本只是想開口問話，不夜橙卻驚覺自己的拳頭已架在胖子面前。

「回答我，你剛剛對那個女生做了什麼？」不夜橙的聲音比預期的還要粗魯。

「你誰！」胖子嚇壞了：「你幹嘛！」

不夜橙一拳朝胖子的鼻子揍落，然後是一腳又一腳又一腳。

胖子被揍到整個人都傻了。

僅僅這麼胡亂幾下，卻讓暴怒不已的不夜橙感到比殺人還累。

「從現在開始，你買那個女生的夢幾次，我就揍你幾次！」

不夜橙氣到連說話都忘了換氣：「不！你只要敢再買那個女生的夢，一次！我就讓你再也沒有機會買夢！聽清楚！」

「我……我剛剛……」胖子語無倫次，鼻血噴了滿臉。

「聽清楚！只要再一次！我一定做到！」

「我剛剛什麼也沒做啊！而且我根本不認識你！你到底是……」

「發誓！發誓你不會再買！」

不夜橙又用力補了一腳，胖子痛得哇哇大叫，痛到無法好好回答。

回過神的時候，滿身大汗的不夜橙發現那個胖子已給自己揍昏，任何誓言都沒辦法出口。

幸好自己剛剛腦袋充血暴衝，一陣發洩式沒有章法的亂打，不然招招直取要害豈不簡單，胖子只有瞬間歸西的份。

快步離開的時候，又是一夜無眠的不夜橙懊惱不已。

不是爲了對一個普通人出手太重而懊惱。

而是，再這樣下去，就不會只有這寥寥幾個人知道那個女孩的一手夢非常奇特，只消有越來越多人在無意中買到，日後就會有越來越多人大排長龍搶著買，甚至搶著用自己的夢去交換預購，尤其！尤其那個想像力特別卓越的怪作家遲早也會注意到的吧！

競爭者眾，那樣一來的話，要跟目標A再好好說一次話，不曉得還要等多久！

「不能再讓情況惡化下去了！」

不夜橙下定決心。

20

「人生如夢，夢如人生。」這句話，就是紙箱國的寫照。

黑草男看著這天橋下的芸芸眾生。

晚上有人睡覺，白天也有人睡覺，當然時時刻刻都有人來睡覺。

對黑草男來說，日夜已無分別。

每個人都有故事，卻沒有一個人知道黑草男的故事。

沒有人知道黑草男來自哪裡，擁有什麼樣的過去，又失去過什麼樣的人生。

在他之前，紙箱國便已存在。過往紙箱國由誰掌管，歷經幾代，黑草男又是在何種際遇下被託付，在他之後又能傳承給誰，無人知道。彷佛也無人問起，一點也不重要。

有人說，黑草男能夠一眼看穿紙箱裡的夢境。

有人說，黑草男不是這個世界的人。

有人說，黑草男是個通緝犯。

有人說，黑草男來自夢。

傳說不值錢。但誰的夢值多少錢，黑草男一句話說了算，沒得討價還價。

無數仲介交易過後的報酬，卻從無線索顯示，黑草男從中享用過什麼。

不論寒暑，黑草男總是同一件陳舊的黑色皮衣，抽著氣味廉價的無名菸。只知道他時時刻刻活在遮掩一切的煙霧裡，隨時來買夢賣夢，都能遇著他。

今天。

即使是黑草男，也猜不透即將發生在天橋下的事。

一輛不斷噴著黑氣的銀灰色破車，慢慢駛向紙箱國，停在鐵軌旁。

不夜橙從駕駛座上走出來，直截了當地走向黑草男。

「？」吞雲吐霧中，黑草男好像在皺眉：「停太近了吧？」

「我要賣夢。特殊交易。」雙眼佈滿血絲的不夜橙，聲音聽起來很堅定。

聽起來，很有把握。

「交易那個女孩的夢嗎？」

「交易那個女孩從此以後的，所有初夢。」

「你得拿出值得交換的夢。」

「值得。相信非常稀有。」

「你把握夢出那樣的夢？」

「不是我。」

不夜橙往後指了指那輛銀灰色爛車：「給我一個箱子，我要用車裡男人的夢交換。」

黑草男從未聽過這種事：「你不能拿別人的夢來交易。」

不夜橙的聲音毫不退讓：「他的命是我的，最後的夢，當然也是我的。」

黑草男沒有想過有人會提出這樣的交易。

沒有過，沒想過，不代表不可以成立。

黑草男從堆了滿草叢的紙箱裡拖出一個，足以裝載冰箱大小的紙箱。

不夜橙打開後車廂。

後車廂裝了一個眼口都被膠帶封住，手腳都給綁住，渾身赤裸的男人。不論這個裸男是怎麼被不夜橙給綁到這裡來，總之，他再不可能好好離開。

裸男被不夜橙拉落地，發出嗚嗚咽咽的怪異呻吟。

不夜橙將裸男塞入大紙箱裡。

「他這樣動來動去，能好好睡嗎？」黑草男好像在笑。

不夜橙蹲下，將約定的特殊匕首插入裸男的心口。

他插入匕首的位置、深淺、角度俱很微妙。

絕對拖延死神降臨的腳步，卻無庸置疑，絕對致命。

黑草男將紙箱從外面用黑色膠帶熟練地封住。

「他大概能做一分鐘半的夢。」不夜橙淡淡地說。

黑草男朝紙箱上頭吹了一口白濁的煙。

沒有風，煙氣一時不散，若有似無包住了紙箱。

「一分半，人生中最後的夢。」

21

依照約定，便衣刑警的屍體終究還是給搬到了賭場裡，赤裸，心口插刀。

雖然過程大費周章了一番，可相當值得。

將死之人的人生最後一夢，內容據說非常魔幻暴烈，夢境輪廓清晰，不管轉到第幾手都非常受歡迎，排隊的買家絡繹不絕。

不夜橙用這個死前最後一夢，預訂到了一個，未來那女孩留在紙箱裡的最初夢。等待女孩下一次光顧紙箱國。

疲憊困頓的不夜橙，先花了幾天時間跟一些鈔票，將錯過的女孩五個夢好好經歷了一遍，雖然不是最初夢，裡面的女孩只是一個照本宣科的劇本角色，不是古靈精怪的目標A，但仔細了解錯過的劇情對未來與目標A的相處，還是必須的。

那個女孩的五個夢境裡，充滿了前男友劍南的種種惡形惡狀。

劍南是一群小混混的老大，大壞事幹不了，就是小奸小惡幹不完的人渣。劍南會劈腿，會打她，會對她咆哮，會對她頤指氣使，會用言語羞辱她。但每一次，女孩都忍不住原諒這個爛男人。

而每一次，象徵運氣的扭蛋機都會在最後一幕出現，噴出無止盡的胖虎扭蛋，用絕望感淹沒整個夢境，直到整個夢境活生生給絕望漲破。

第五個夢，似乎出現了小小的轉機。

再度抽到胖虎扭蛋的女孩，徬徨無助地走在陰暗的地下道裡，盤算著自己是否已走到了生命的盡頭，走著走著，遇到一間塔羅牌算命攤。

塔羅牌算命攤的老闆，是一個年輕的嘻哈女孩，她爲窮途末路的女孩占卜，給了她一個小希望，預言女孩在今年生日的那一天，會遇到眞命天子向她告白。

而女孩的生日，似乎就在隔一天。

抓住了最後的浮木，女孩笑了。不夜橙在夢裡也噗哧笑了出來。

冒那麼大的危險，把便衣刑警拖到紙箱國來硬處理，就爲了看這種偶像劇劇情？

話說，上次結束後，自己依舊收到了蟬堡。

原本以爲自己在死神的領域裡，已觸犯了某種絕對的禁忌，在任務裡，讓個人慾望大幅凌駕在自我克制之上。不夜橙以爲自己在決定於黑草男面前動手的那一瞬間，已失去了職業殺手的特殊認可。

可仔細想想，三大職業法則跟三大職業道德，其實都沒有規定自己不能在別人面前殺人。就好比在大街上殺掉目標，讓路人看見了也是其中一種可能性罷了。

出於某種冷酷的直覺，總覺得在黑草男面前做那件事，沒有任何壓力。

而充滿更多秘密的黑草男，似乎不會對不夜橙的秘密感到任何興趣。

他只在乎能從不夜橙的手上，交易到什麼樣的夢境。

「這種紙箱，原本是拿來裝哈密瓜的，大小適中。」

某夜，黑草男將一個深紅色的紙箱拿給不夜橙。

紙箱散發出一股微嗆的油漆味，表面的質地明顯有刷痕，那紅色是給漆上去的。

然後是一卷平常無奇的黑色膠帶。

「拿到這裡前，我有多少時間？」

「不知道，或許有幾個小時的保存期限吧。」

不夜橙看著約三十公分立方體的紅色紙箱。

從此以後，自己得將攜帶它的方式一併給考慮進去了。

22

今天的夢境氛圍不同以往。

耀眼的陽光，刺得不夜橙眼睛瞇成了一條縫。

很久沒有進入女孩的初夢了，心情理應很好，不夜橙卻不免有些緊張。

當不夜橙察覺到，自己竟然會對一個不存在於眞實世界裡的虛擬角色的久別相逢，感到萬分焦慮的時候，不夜橙不禁自嘲地苦笑起來。

遠遠的，他看見目標A甩著朝氣十足的稻穗顏色短馬尾，清澈的大大眼睛，在陽光下格外有朝氣的淡淡雀斑，微翹的上嘴唇，腳步輕盈飛揚。

目標A與不夜橙擦肩而過的時候，手裡拿著一顆小扭蛋。

「嗨！」不夜橙裝作若無其事，主動打招呼。

「喔！」目標A腳步停了一下，瞪大眼睛：「你總算來了！」

「生日快樂。」

不夜橙看著她手中的扭蛋，是哆啦A夢，難怪她今天看起來心情超好。

「生日快樂？對了，上一個夢的劇本好像眞的是這樣說的……」

目標A繼續往前走，順著夢境劇本既定的演繹路線走下去。

不夜橙陪著。

「不過說什麼生日快樂啊！你怎麼那麼久才來找我啊！你知不知道，你走之後的好幾個夢，進來的人都超爛的！」目標A把玩著扭蛋，一邊生氣的說：「超爛！霹靂爛！無敵爛！宇宙無敵爛爛爛！」

「他們欺負妳嗎？」不夜橙不知道自己的表情，耳朵卻已經燙了起來。

「他們一發現我跟其他夢裡的人不一樣的時候，每個人都想強暴我！超差勁的！」

「……」不夜橙深呼吸。

「問我——然後呢！」目標A提高音量。

「然後呢？」不夜橙的腦熱。

「然後我當然就跑給他們追啊！躲啊！找不到地方躲就繼續跑啊！反正他們又不能控制我的夢，我只要想辦法跑到夢的時間結束了，他們也拿我沒轍。夢裡不會累，不過一直跑跑跑眞的很無聊！我就只能存在一個夢的時間耶！爲什麼要花時間在逃跑上面啊！」目標A氣呼呼地說：「反正！都是你不好啦！」

呼，鬆了好大一口氣。

「以後不會有人這樣對妳了。」不夜橙沉聲保證：「我會保護妳。」

忽然，目標A整個大摔倒。

不，不是摔倒，是被撞倒！

「吼呦！一秒前你才說會保護我！」坐倒在路上的目標A怒視不夜橙。

不夜橙還來不及反應，夢的劇本設定瞬間啓動。

目標A馬上朝將她撞倒的……一頭大趴趴熊。

不，是一個雙手抱著大趴趴熊走路的狼狽男孩。

目標A怒氣騰騰地大罵：「哪有人這樣走路的啊！」

「不好意思，我剛剛在練凌波微步……」男孩歉然，彎下腰想一手將目標A拉起。

目標A皺眉、用力拍掉男孩遞出的手，將剛剛遺落的哆啦A夢扭蛋拾起，小心翼翼吹著上面的灰塵，好像十分寶貝似的。

目標A站起來，就要離去。

男孩的表情像是靈機一動，隨即打起精神。

「同學，妳相信大自然是很奇妙的嗎？」男孩叫住目標A。

「大自然？」目標A轉頭。

「大自然？」不夜橙的頭也歪掉。

「陽光、空氣、水，生命三元素那個大自然。」男孩比出勝利手勢。

「你在講什麼五四三？」目標A的頭歪掉。

不夜橙大笑：「對啊，你在講什麼五四三？」

「大自然很奇妙，總是先打雷後下雨不會先下雨後打雷的，所以我們這樣邂逅一定有意義，雖然我現在還看不出來，不過不打緊，國父也是革命十一次才成功，不如我們一起吃個飯、看個電影，一起研究研究。」男孩亂七八糟地說完，最後還不忘露出燦爛的白痴笑容。

目標A卻愣住了。

在妳生日的時候，會遇見一個眞命天子，向妳告白。

前一個夢裡，陰森地下道的奇妙預言撞進目標A烏雲重鎖、堆滿胖虎扭蛋的腦袋中，發出粉紅色的幸福光芒。

目標A從口袋裡掏出一副手銬，那手銬反射的陽光刺得男孩別過頭去。

「手銬？」不夜橙失笑，這是什麼超展開啊。

卻聽見喀嚓一聲。

男孩感覺手腕涼涼的，一低頭，發現自己的右手已經跟目標A的左手銬在一起。

「手銬？」這下換男孩的頭歪掉了。

「全名是，愛的小手銬。」目標A認眞地說。

不夜橙又笑了，等一下既定的夢境劇本結束後，一定要認眞取笑她這個超卡通的舉動。

「喂？我剛剛做的只不過是無聊男子的爆無聊搭訕，又不是性騷擾，沒必要把我銬進警察局吧！」男孩哭喪著一張臉，就這麼被目標A拖著走。

路上行人紛紛投以好奇的眼光，讓那男孩很想死。

「我叫小雪。」目標A回頭笑笑。

不夜橙震了一下。

原來，她叫小雪啊。

小雪……

目標A也看了不夜橙一眼，像是自己也嚇了一大跳。

「小雪同學，可以停一停聽我說句話嗎？」男孩苦苦哀求。

目標A依言停下腳步，用很稀奇的表情看著男孩。

男孩這才看清楚女孩的模樣。

「幹……幹嘛？」男孩有些呆掉。

不夜橙皺眉：「你不是要說一句話嗎，還說什麼幹嘛呢？」

「我在等你的名字。」目標A看著男孩手中的趴趴熊。

「阿克。」男孩感覺很彆扭。

「阿克，我們不是要去看電影、吃飯，最後還要一起研究研究邂逅的意義？」目標A蹦蹦跳跳，活力十足。

「邂逅……的意義？」那個叫阿克的男孩瞬間呆掉。

「就大自然很奇妙那個啊？」目標A一直笑啊笑的。

「不會吧，妳是認真的嗎？」阿克有點暈眩。

「蜘蛛人聽說很好看。」目標A想了想。

「喂，我要上班，而且我今天要……」阿克舉起趴趴熊，奮力掙扎說：「送一位朋友生日禮物啊！」

目標A愣了一下，卻笑得更開心了。

「謝謝你。」目標A順手拿過趴趴熊，在它的黑眼圈上親了一下。

「謝什麼？這隻熊又不是給妳的，是要給……」阿克完全無法理解發生什麼事。

「祝我生日快樂囉。」目標A用力摟著熊，興奮不已。

頃刻間，夢的齒輪悄然而止。

馬路上的一切劇本細節都暫停了，天空落下數以萬計的哆啦A夢扭蛋。

叮叮噹噹，叮叮咚咚，空氣裡彈跳著幸福的氣息。

「哈！這位眞命天子眞是準備周到呢！」

目標A看著好大的一隻布偶熊，拋著拋著，拋向了不夜橙。

一把接住了比小孩子還大的熊玩偶，不夜橙走向前。

「原來妳的名字叫小雪。」

「好女生的名字，不過你還是叫我目標A好了，我喜歡你幫我取的名字。」

「就跟算命說的一樣，今天確實發生了很好的事。」

「所以你認爲，這個看起來傻不隆咚的男生會是我的新男友嗎？」

那個叫阿克的狼狽男生，就靜止在兩人的旁邊，表情惶恐，好像被雷劈到。

「至少會是妳人生的新故事。」

「這個男生看起來好笨，如果小雪的眞命天子是他，小雪眞的好倒楣喔！」

「我倒覺得，看起來雖然傻了點，但無論如何都一定會比那個劍南好。」

「跟那個劍南比！標準也太低了吧！」

「也是，哈哈。」

「其實我覺得，在夢之外的自己好可憐，很不堅強，整天靠抽扭蛋預測一天的運氣，也眞是有夠瞎。就算讓她誤打誤撞碰到一些好事，恐怕也很難一直持續下去吧！」

「幹嘛這麼貶低自己。」

「我不知道夢之外的自己，跟夢裡的自己，有多少差別，你又不幫我去認識。」

「……我不擅長交際。」

兩人淋著滂沱而下的哆啦A夢扭蛋雨，簡直像個幼稚園小朋友的夢。

「喂，所以到底爲什麼隔那麼久才來？」

「說來話長。」

「長什麼長？這場扭蛋雨，一時半刻停不了呢！」

不夜橙娓娓道來。

目標A有些驚訝，原來紙箱國的規矩這麼嚴格，而不夜橙還爲此殺人裝夢。

「專程把人載到紙箱國來殺，這樣不怕被發現嗎？」

「只有黑草男知道的話，總覺得……怎麼看，他都很合適那樣的場景。」

「如果有一天，你得殺一個超級大胖子，但裝不下後車廂的話，那怎麼辦？」

「好像不需要煩惱。」不夜橙搔搔頭，解釋：「後來黑草男給了我一個紅色紙箱，大概裝得下一個頭，這麼大，據說之前是用來裝哈密瓜的，不過給漆成了紅色……」

「你要把頭砍掉啊！」目標A大吃一驚：「太恐怖了！你好噁心喔不夜橙！」

「不是不是……」不夜橙竟然開始慌張起來：「黑草男是要我直接把箱子套在對方的頭上，這樣好像也可以把夢裝回去紙箱國。」

「所以不一定要把人帶去天橋下，才能賣夢嗎？」

「紅色紙箱好像有些特殊。」

不夜橙其實也不知道，究竟是紅色紙箱本身很特殊，還是人在凶死之前的最後一夢，意識太濃烈鮮明，才有機會從別的地方裝回來紙箱國還不至於令夢境消散。

或許是，或許不是，或許這個方法也行不通。

「所以你沒有把人的頭砍掉過嗎？」

「……沒有。」

不夜橙回答得有些心虛。

不是因爲他砍過人頭卻說了謊。而是，如果有一天雇主的任務要求清單裡，希望他能砍掉目標的人頭，他恐怕也不會多想。畢竟一個人死掉之後，就是一具沒有感覺的屍體，把頭砍下來，好像也是職業殺手不該拒絕的服務項目，價錢合理就行。

「那人死之前的夢，是不是特別恐怖啊？」

「我不知道，我自己沒有買過來夢看看。」不夜橙坦承：「他們的死，是我的工作內容，但我從來不去想他們快死的時候在想什麼，總覺得，那種多餘的思考給自己的壓力太大了，也不關我的事。所以他們的最後一夢，我也不想體驗。」

「喔，有道理。」目標A仔細打量著不夜橙，說：「幸好你不是可怕的人。」

「不是可怕的人，但殺手……也不是什麼好人。」不夜橙很坦然。

目標A在陽光下跳起舞來。

不夜橙笑笑地看著。

「不夜橙，你不是好人，但你是我朋友。」目標A笑嘻嘻，旋轉又旋轉。

「嗯。」不夜橙手中還是拎著那頭大趴趴熊。

「我也不是好女孩，甚至，我不存在。」目標A持續著快樂的旋轉：「但我是你朋友！」

「嗯。」不夜橙點點頭。

「你爲了跟我見面，很努力，我覺得很高興喔！」目標A飛躍起來，在半空中帶起一股夢境尾聲的氣旋：「以後我還想多多看到你，跟你說說話。」

「好。」

不停旋轉的女孩，身影漸漸在滿天落下的哆啦A夢扭蛋雨中，變得越來越稀薄。

「夢結束的時候，妳都到哪裡去？」不夜橙朝天空大叫。

「我也不知道喔。」目標A消失。

夢結束。

但，希望……

夢不要從此結束。

23

鏡子被霧氣飽滿。

艾琳，事業心旺盛的補教界女強人，不曉得今天晚上會死。

她一如往常地泡澡。

視野絕佳，看得見遠處的樹海，還有一輪在樹海之上的明月。

她覺得人生一切苦盡甘來，十分美好，就像放在浴缸旁的那杯紅酒。

蒸熱的霧氣頓時散出一大半。

原來是門打開了。

一個男人，一個手上拎著紅色紙箱的男人，靜悄悄站在門口。

「對不起，想請妳做一個夢。」

辦公室的燈還開著。

康鎮，負責協助都市更新案的地政課課長，不曉得今天晚上會死。

他一如往常獨自喝酒。

口感醇美，喝得到來自異國酒莊的風情，還有建立在遠比口感更迷人的價錢上。

他覺得事業無可限量，蒸蒸日上，整個城市的土地名目都任他乾坤挪移。
走廊傳來不疾不徐的腳步聲。
這麼晚了，誰呢？
一個男人，一個手上拎著紅色紙箱的男人，靜悄悄站在門口。
「對不起，想請你做一個夢。」

碼頭的燈塔還亮著。
清風哥，七天前還是新竹一個剽悍堂口的堂主，不曉得今天晚上會死。
他一如往常地抽菸。
沒有感覺，只是一種戒不掉的惡性排遣，還有隱藏在菸味背後的無奈疲倦。
他感到前途茫茫，就因爲一個女人，弄得整個堂口四分五裂甚至還得偷渡跑路。
前方引路的手電筒忽然滅了。
那是什麼暗號？
一個男人，一個手上拎著紅色紙箱的男人，靜悄悄站在船邊。
「對不起，想請你做一個夢。」

車外的雨還是一直下。

華董，積欠了三百個員工退休金的紡織廠老闆，不曉得今天晚上會死。

他一如往常地壓著身旁女伴的頭。

唇感可以，感覺得到她很拚命幹活，每一筆花在縱慾上的錢都十分值得。

他知道人生就是弱肉強食，勝者為王，今天不弄死你明天就輪到我被作踐。

一陣哆嗦後精液頓時射出大半。

前座的司機忽然倒下。

一個男人，一個手上拎著紅色紙箱的男人，靜悄悄坐了進來。

「對不起，想請你做一個夢。」

24

紅色的小紙箱，一個一個被送到天橋下。
紅色小紙箱先是放在大紙箱裡，沉澱下一個又一個恐怖到無可名狀的夢境。
然後紅色小紙箱被扔到一旁。
原本拿來裝大型電器的大紙箱，卻漸漸從裡面透到外面，給染成了血紅色。
血紅色的，凶夢。
一開始，凶夢奇貨可居，搶夢的人絡繹不絕。
直到有人親眼看見，那些裝載了凶死夢境的紙箱，會動。會動。
一說是靈魂。一說是作祟。又說是臨死前的意念太強。
當然也有人說是鬼扯。
然而，有件事絕非鬼扯。
某一個人，在某一天，帶了某一個朋友，來到天橋下，說要買一個很色很色的夢，送給他當生日禮物。於是，這一個朋友滿懷期待地躺進了紅色紙箱。
一個小時後，這一個朋友在紙箱裡慘叫屎尿齊出掙扎崩潰拳打腳踢，直到紙箱整個破掉，他才像喪屍一樣抓狂地摔了出來，而他瘋狂爬行在地上的雙手手指，沾黏著自己破碎黏稠的眼珠。

他究竟在夢裡承受過什麼，也不會有人知道。畢竟他這輩子連將一湯匙的飯送進自己嘴裡，都辦不到了，更別說把話說清楚。

那些圍繞在紅色夢境周圍的詭異傳說，終於令那些夢，成了眞實的詛咒。

很多只想在夢境裡尋求一點溫暖的人，完全不敢嘗試。

有人在夢裡瘋掉。

有人試圖將恐懼當作怪獸來馴服，或者，馴服自己。

古怪的壞消息傳了出去，漸漸引來了一群躍躍欲試的，自認特立獨行的人。

他們稱自己爲，惡夢衝浪者。有一種自居「精神意念上的極限運動者」的意味。

惡夢衝浪者裡，有幾個上市上櫃的大公司老闆、社會議題的網路社群意見領袖、敢夢敢衝的鷹派社運人士，當然也不乏黑道裡想進行顛覆改革的幾個年輕面孔，他們在作夢之後還會一起開會討論夢中的困境。

他們開始競標第一手的，紅色紙箱裡的凶夢，希望藉由體驗到百分之百的巨浪恐懼，好提升在眞實人生裡的抗壓性，學習如何在極端的情緒險境中都能保持理性，面對問題，分析問題，解決問題。

紅色凶夢的能量強悍，完全顯現在紙箱的顏色上。

第一手的凶夢令紙箱鮮紅欲滴，即使被夢過十幾手，都還殘存著基本的微波能量，紙箱的顏色還是透著淡淡的暗紅，此時的夢才有惡夢衝浪者之外的一般人敢去體驗看看。

直到紅色完全褪去後，黑草男才會將紙箱燒掉，有很多人都看過，焚燒中的凶夢紙箱會發出疑似人的痛苦哀號，或劇烈的喘息聲，並在火焰中吞吐成血紅色的濃煙，妖異得莫可名狀。

都是傳說。也都不是傳說。

黑草男是無所謂。

對活在煙霧裡的黑草男來說，有人願意買的夢，就是有價值的夢。

唯有夢的交易與繁衍，才能讓紙箱國在眞實與虛無間……

幽幽地，擺渡出一條生存之道。

25

海帶、筍絲、豆干、滷蛋、燙青菜、鯊魚煙、嘴邊肉、赤肉捲、皮蛋豆腐。

「記者目前在林森北路的某郵筒前，爲您持續報導近一年來橫行台北地區的郵筒怪客消息，郵筒怪客在一個多月前消聲匿跡後，今天晚上又再度犯案，從鏡頭可以看見郵筒呈現半焦黑的狀態，雖然消防人員緊急灌水搶救，但裡面的信件仍付之一炬，警方表示無法判斷是否是同一人所爲，或是經過模仿的犯行，警方正試圖調閱附近便利商店與社區監視器觀察是否有可疑人士——」

路邊的小吃麵攤，老闆一邊大火炒鱔魚，一邊瞥眼看電視新聞。

「燒郵筒……燒郵筒……郵筒到底有什麼好燒的？比起這個奇怪的郵筒怪客，我們的工作正常多了。」九十九點了一桌子小菜，大快朵頤著。

「的確。」不夜橙看著電視，筷子跟嘴巴沒有停下來。

這個燒郵筒的怪人，不曉得是精神病發作，還是跟朋友打賭賭輸了，沒事就去燒燒郵筒，到底想幹嘛啊？就連不夜橙也難以理解。

老闆將一盤炒鱔魚胡亂放在桌上。

「最早……好像去年這個郵筒怪客就出來了，應該還記得吧？就聖誕節前夕的樣子，他連續燒掉了五個郵筒，把一大堆人家都還沒收到的聖誕卡都燒掉了哈哈哈哈，眞是有夠憤世嫉俗的啊！」九十九哈哈大笑，看起來心情很好：「上次燒聖誕卡，這次不曉得是要燒什麼？搞不好是中學生要燒成績單！」

「是有可能。」不夜橙莞爾。

「最近看你，話雖然變少了，精神好像不錯，胃口也不錯。」九十九嘴巴裡都是東西，話說得含含糊糊：「睡得還好吧？」

「很好。」

「很好，很好是很好。」趁著一股大吃大喝的氣勢，九十九乾脆把話直說了：「不過我聽曉茹姊跟鄒哥說，你最近有點反常，一直跟大家討工作，怎麼，各方面都沒問題吧？」

「只是想多做事。」不夜橙莞爾，果然還是傳出去了。

「造孽啊你！」

「不敢。」

「那，現在有張單子，要去一趟上海，價錢很不錯，再加上一張在成都的單子，一口氣搞定的話對你非常划算。」九十九頓了頓，戳起半顆滷蛋送進嘴裡：「如果你肯讓我聘一個鬼子幫你，調查的工作就少一大半，你只要專注在該做的事情上，很快就回台灣了。」

說到鬼子。

不夜橙一直無法理解鬼子爲什麼可以在殺手的世界裡存在。

雖說殺手是一份工作，但奪人性命絕不是什麼光彩的事，今天殺人，明天被殺，職業風險本身已無法估計，卻要把自己的身家性命交給另一個素昧平生的人，實在是非常不合理。

「那還是不了，我現在只接台灣的案子，還請你多多介紹。」

「也是，睡眠第一。」

兩個大男人把桌上的小菜全部一掃而空。

九十九起身結帳，順手用力拍了拍不夜橙的肩膀。

「保重了朋友，多做事很好，不過千萬要記住，世事難料——千金難買運氣好。」

「知道了，千金難買運氣好。」

九十九離開。

不夜橙的手上多了一個厚實的牛皮紙袋。

26

目標A的一連串夢境，進行得非常有趣，非常調皮任性。

不斷往前推進的劇本裡，那個叫小雪的女孩，強制那個叫阿克的男孩，與自己談了一場古靈精怪的戀愛。四角戀愛——表面上的。在小雪的恣意妄爲裡，戀愛，從來只是她跟阿克之間的事。

小雪是一個無法用常理分析的女孩，簡直是都市傳說，完全是妖怪，她隨身攜帶愛的小手銬，好將阿克牢牢銬在自己身邊，不讓其逃走，這當然也造成了喜歡阿克的另一個女孩很深很深的誤會。

面對小雪妖怪等級的任性，阿克始終保有超寫實的逆來順受，喜歡打棒球的他，偶爾也會勉爲其難帶小雪一起去打擊練習場打棒球。阿克揮棒的時候總是豁盡全身力量，那種要不就連球的邊邊都擦不到，要不就轟出全壘打的笨蛋氣勢，深深吸引了小雪。

當阿克與小雪打完棒球後，劇本結束。

目標A馬上將球棒扔向不夜橙。

不夜橙接住。

「不夜橙，你很會打棒球嗎？」目標A挑眉。

「沒這樣打過……球。」不夜橙掂了掂球棒，倒是有用它來打爆過誰的腦袋。

「那我們來比賽！」

「好啊。」不夜橙試揮了幾下，只要把飛過來的球當作人頭就行了吧。

「輸的人要怎樣？」

「妳自己說好了，反正我是不可能輸的。」不夜橙認眞地說，隨意揮棒。

「可惡！」目標A咬牙切齒，揮棒。

兩個人就在夢裡較勁了一百多顆球。

揮棒，揮棒，揮棒。

揮到夢境結束。

夢的劇本，沿著眞實人生裡的脈絡不斷開展下去。

聲稱自己的房間被房東斷水斷電，小雪便強制性地搬進了阿克的租房，牙刷、毛巾、換洗衣褲、一缸缸生病的小金魚，通通都進駐到阿克的小房間裡。

就像活生生的妖怪一樣，晚上小雪在阿克房間裡搗蛋肆虐一番後，隔天早上，阿克一睜開眼睛，小雪就會消失無蹤。

日復一日，日復一日……

「阿克？」小雪突然爬下床，推了推阿克。

「衝蝦小？」阿克實在不想睜開眼睛，白天的工作實在是太累了。

「我喜歡跟你說話。」小雪笑嘻嘻的。

「嗯。」阿克的臉還是埋在枕頭裡，但手指卻高高豎起大拇指，表示「知道了」。

「我們眞的在一起好不好？」小雪又推了阿克一下。

「不好意思我有喜歡的人了。」阿克毫不留情地說，豎起食指打叉。

「我看過有句話說，戀愛是一種，兩個人在一起快樂可以加倍，憂傷卻可以減半的好東西，如果我們可以在一起就好了，立刻就可以變得很快樂，有什麼不好？」

「沒什麼不好啊，但就跟妳說我已經有喜歡的人了，要快樂加倍也是跟她一起加倍，要把憂傷對半也是跟她一塊平分。」阿克困倦至極：「打住了，不跟妳聊了，妳剛剛跟我去打了兩百多球，妳是鐵金剛啊都不會想睡覺？」

「我才想問你，你怎麼捨得睡覺？」小雪嘻嘻。

阿克翻身而起，從抽屜裡拿出一把手電筒照著小雪。

「幹嘛？照得人家好羞。」小雪臉紅。

「羞個屁啦，我是想確定一下妳到底有沒有影子。」

阿克切掉手電筒，倒下又睡。

咚。

夢境劇本的齒輪漸漸停止轉動。

「我覺得自己眞的好好笑喔！」目標A看著一動也不動的阿克。

這個男孩的房間跟人生，以及最重要的戀愛，通通被自己搞得一團混亂。

「妳是他的災難。」蹲在床邊的不夜橙也哈哈大笑：「毫無疑問。」

「你覺得他適合我嗎？」

「我不是很懂戀愛。」不夜橙抓抓頭：「但說過了好幾次，總之他比劍南好。」

「你是大叔了，怎麼不懂得戀愛？」目標A拿起阿克的手電筒，照了照不夜橙的臉，賊兮兮地說：「你該不會沒有交過女朋友吧？」

「……我不善交際。」不夜橙皺眉，故作鎮定：「但，年輕的時候也談過幾次，應該可以勉強稱爲戀愛的感情。」

目標A瞇起眼睛，那表情，完全是——審問。

「勉強？勉強可稱戀愛的感情？」目標A加重語氣。

「有上床。」不夜橙愼重其事地強調。

「有上床，你強調這個是要證明什麼？」目標A的眼睛越靠越近。

「證明感情有到一種階段。」不夜橙被擠壓得有些呼吸困難。

「你幾歲了不夜橙？竟然想說上床可以證明什麼……什麼階段？」

「三十八。」

「天啊你好老喔！」目標A一陣誇張的驚呼：「你好老喔好老喔！」

「……對不起。」不夜橙好像有些支撐不住了。

就只能放任目標A在旁邊鬼吼鬼叫了一番，不夜橙表情很無奈，卻又暗暗好笑。

「不過啊，這個阿克已經有喜歡的女生了，那個女生感覺也很喜歡他，互相看對眼，但我一直從中搗蛋，我是不是很壞啊？」

「妳……應該說，夢之外的那個妳，很喜歡阿克。」不夜橙正襟危坐，一臉嚴肅：「在夢之外的世界裡，我常去一間咖啡店，有一天，咖啡店裡店員說了一句讓我印象深刻的話。」

「什麼話？」

「愛情，不談愧疚。」不夜橙複述這種小情小愛的句子時，竟然感到臉紅。

「愛情不談愧疚？」

「我聽到的時候覺得滿有意思的。妳喜歡一個人就喜歡了，原因什麼的，可不可以什麼的，跟別人解釋再多，也不會就從喜歡變成不喜歡吧，即使是那個叫阿克的人，也不能不准妳不喜歡他吧。」不夜橙頓了頓，說：「應該是這樣。」

「哇！你明明就很懂戀愛嘛！」

「……我只是複述別人的話。」不夜橙別過頭去。

「所以，我應該盡全力把這個男生給搶過來！對不對！」

「這好像不是妳能掌控的，是夢之外的妳決定的吧。」

「那我們一起幫她加油吧！耶！」

一個夢又結束了。

一個夢又開始了。

小雪倒在阿克的房間門口，發燒了，像一頭熟透的魚。

「阿克，幫我治好我的病。」小雪虛弱地說。

「別說話了，有力氣說話不如去洗個熱水澡暖暖身子，病才會好得快。病好了，我們再一起去打棒球。」阿克手忙腳亂照顧著小雪。

「燒一下子就退了，但我另一個病卻很不容易好。」小雪的聲音越來越細。

「什麼病？」

「缺乏幸福的病。」

「胡說八道。」阿克不想搭理。

「不幫我治好，那我要一直發燒，你去上班，我就洗冷水澡，脫光光在床上讓它繼續燒……」小雪說著說著，就迷迷糊糊地睡著了。

最後阿克還是揹著快熟透了的半昏迷小雪，衝到醫院急診打點滴。

夢境劇本在阿克濕透了的背上結束。

「夢以外的我，好像不依賴人就會死一樣。」目標A跳下阿克的背，有點不服氣地手扠腰：「有時候，我實在很不喜歡這樣的自己，卻沒辦法改變那樣的她。」

目標A開始亂踢馬路上的鋁罐，踢向不夜橙。

「夢以外的妳，喜歡任性地追求自己喜歡的男生，儘管他還沒對妳動心，也阻止不了妳喜歡他。」不夜橙用腳擋住飛射過來的鋁罐，將它踢了回去：「我想，妳發燒了，還特地跑去他家門口燒給他看，昏倒給他看，也是在爲自己的戀情助攻吧，算是前後不矛盾。」

「但是我看起來好懦弱。」目標A一腳停住鋁罐，反腳又勾回給不夜橙。

鋁罐踢歪了，不夜橙往左跑了兩步才將鋁罐踢回。

「有困難的時候，找喜歡的人幫自己的忙，一點也不懦弱。」

「……是嗎？」目標A猶豫。

「是。」

「所以我不必討厭自己？」

「我覺得，把自己脆弱的那一面，給自己喜歡的人看，是一種……特權吧？其實還滿可愛的。」不夜橙聳聳肩：「至少目前看起來是這樣。」

「好！」目標A似乎下定決心，用力將鋁罐踢出。

一個夢，又結束了。

又一個夢，開始了。

夢裡的世界，他眞心喜歡。

不夜橙與目標A無話不談。

秘密對他們之間來說，根本毫無意義，沒有保存的價值。

他們擁有的不多，僅僅是永遠也不知道夢境何時結束的當下。

夢裡的場景有多大，他們就走多遠。

有時嬉笑打鬧，有時僅僅是愉快而優雅的沉默。

在夢之外，他僅僅是一個不斷計算殺戮方程式的殺手。

不夜橙在夢裡的世界說越多話，在夢之外的世界，就越來越沉默。

他並非分不清楚夢與現實的邊界。反之，不夜橙竭盡所能地區分。

他好幾次眼睜睜看著那女孩睡進紙箱裡。

也好幾次看著她從紙箱裡睡眼惺忪起身。

他與她像陌生人一樣錯身而過，彼此都沒有多看對方一眼，更沒有回頭。

現實世界裡，他們無話可說，素昧平生。

在夢裡，他與她卻無話不談。

他覺得這樣很好。

這樣很好。

然後，小雪燒起了郵筒。

27

「妳……燒郵筒？」

不夜橙整個大傻眼，站在阿克後面，看著小雪將一個佇立在街角的郵筒點燃。

笨蛋阿克更是完全呆掉。

暫時脫離劇本的那個瞬間，目標A也怔住了，對不夜橙吐了吐舌頭。

「妳就是郵筒怪客！」不夜橙竟然在大叫。

「我怎麼知道啊！」目標A也很失控。

夢裡整個城市的幾百個郵筒，同時都燒了起來，粉紅色的烈焰沖天。

風景明信片、情書、廣告單、信用卡帳單、水電帳單、卡片，全都被火焰帶上半空，燒成一片片金黃色的火蝶，越燒越飛，天空被滾成了淡淡的鵝黃色。

小雪對阿克伸出手。

「牽我，我就講爲什麼燒郵筒的故事給你聽。」小雪晃著手，笑嘻嘻。

不夜橙笑了。

希望正在扮演小雪的目標A，也能即時接到他的鼓勵。

「什麼故事那麼好聽，一定要牽妳才肯講，我可以不聽啊。」阿克感到好笑。

但還是牢牢牽住了小雪的手。

「眞好握，應該去賣女生的手的，一定賺死。」阿克大吃一驚。

妖怪小雪的臉卻難得的紅了。

「他是我錯過的，第一個好球。」小雪輕輕咬著下嘴唇。

場景穿梭。

更遙遠的記憶碎片從底層溶解而出，在小雪的旁白裡重新組合成新的夢境。

還記得我跟你說過，我第一任男朋友是我的高中老師吧？

他有張清秀的臉龐，喜歡穿燙得直挺的襯衫，鬍子總是刮得乾乾淨淨，笑起來斯斯文文的，跟阿克你不一樣。

可惜，他除了擁有我之外，還有個老婆，一個兩歲大的兒子。

別用那麼驚訝的表情看我，事情爆發時學校更驚訝，幾乎要立刻將我退學。

事情發生得很突然，他沒跟我討論就在第一時間辭職了，要我好好待在學校繼續念書，不要受到這件事的影響，學校也因爲他的果斷處理沒將我退學。

他說，他要帶著老婆跟兒子，到沒有人認識他們的東部重新開始。也許是宜蘭，也許是花蓮，總之離這座城市越遠越好。

我沒有怪他，因爲他從來沒隱瞞過我他有老婆孩子的事實。我只是想跟他在一起，這個理由就跟所有第三者用的藉口一模一樣，但這個藉口卻無比眞實。每天放學後，跟他一起牽手逛街、吃飯、喝咖啡、看電影，是我高中最快樂的時光。

對這段愛情的愕然結束，我不後悔，因爲他是上帝投給我的一個大好球，只是我的棒子還握不穩，呆呆的，就這麼看著他走，一句話也捨不得說出口留他。

當時我年紀小，但我已隱隱感覺到，女人只要一開口留住男人，就是這女人最不討喜的時候，完全失去讓男人留戀的曖昧空間。我要他記住我，在抹消不去的記憶裡繼續喜歡我，那樣已足夠。

他走之前，打了通電話給我，讓我很開心。他說雖然分手已成定局，但會每個月寄信給我，告訴我他經歷的生活，讓我知道他的人生已鑲嵌了我的永恆存在。

可是，我從來沒有接到他任何一封信。

我每天都在等待，每天都站在郵箱前發呆。日子一天天過去，每次我經過郵筒前，都會忍不住幻想，當他路過郵筒時，會不會想起應允過我的事。如果沒有想起，當初爲什麼要說那句話讓我期待。如果想起，又爲什麼不做？

我想，他說了個善良的謊。

但我一直沒有搬家，因爲我怕他突然寄信給我，我卻收不到。

期待只要一有了起點，就很難親手結束。

你說，也許他是要忘了我，才能眞正重新開始生活吧？

我想也是。

但我呢？我生病了。

只要我心情不好，全身陷落在深不見底的黑洞裡，我就會嫉妒那些可以靠寫信傳遞思念、傳遞愛的情侶。

我感到絕望，感到很強很強的妒恨，所以我將那股妒恨的火焰丟進郵筒裡，將那些信件燒得精光，讓那些情侶的心意化成灰，無法傳遞。

往事回憶的碎片消失，場景重新回歸。

郵筒完全燒焦了。

夢境最後停頓在，照映於阿克嘆息表情的火光上。

「我完全無話可說了。」目標A看著被自己燒焦的郵筒，苦著一張臉抱怨：「夢之外的我眞的是……太負面了，太黑暗了，太詭異了啦！就連回憶都這麼不可愛！難怪阿克會把我當作一隻妖怪！」

「那些往事是有些曲折，但也不算太離奇，很多人都有類似經驗不是？」

「但爲什麼我也要有！我才不要有！」目標A拚命摀著耳朵。

「上次我們不是討論過了嗎？」不夜橙看著地上，一張被燒到一半的倒楣卡片：「把自己脆弱的那一面給喜歡的人看，是一種特權。」

「……」

「不過用燒郵筒當ending，嗯，老實說是有一點超過。」不夜橙幽幽說道。

「我就知道！」目標A尖叫，一腳踢向不夜橙：「我！就！知！道！」

不夜橙笑笑地承受了這一踢。

「可見妳，夢以外的妳……」不夜橙莞爾，說道：「有多喜歡阿克。」

忽然，目標A沉默了。似乎認眞咀嚼著不夜橙這一句話。

停滯不前的夢境裡，目標A久久都沒有說話，很不像平常聒噪的她。

「不夜橙，你都沒有煩惱嗎？」

「我一直都有失眠的煩惱。」不夜橙苦笑。

「失眠你說過一萬遍啦！其他就沒有了嗎？」目標A不信，一臉咄咄逼人：「你的職業是殺人耶，殺人一定有很多奇奇怪怪的煩惱吧！比如說才一開始槍戰就發現子彈帶不夠啦？要殺的目標其實超級厲害？還是回到家看新聞才發現自己剛剛忙了半天卻殺錯人？接到單子的時候忽然發現，要殺的人竟然是自己的高中初戀情人所以捨不得殺？」

「殺人方面，都是一些可以解決的煩惱。」

「我不信！」

「嗯，硬要講的話……」不夜橙認眞回想了一遍，雙手丈量出一個大小：「最近我在做事的時候，都得隨身攜帶大概這麼大的紅色紙箱，老實說很不方便，又顯眼，做事的時候還得犧牲關鍵三分鐘的撤退時間，弄得我很緊張。」

「就是你之前說過，拿來裝夢的紅色盒子嗎？」

「對，比想像中還要礙手礙腳。」

「還有嗎？聽起來很敷衍耶！」

「那……我有跟妳提過蟬堡吧？」不夜橙想起。

「就你們殺人之後，一定會收到的禮物啊。」

「嗯，雖然殺人不好，但我每次收到蟬堡的時候都很高興，那些故事讀起來非常奇特，很迷人，可惜，雖然送來的章節都沒有重複過，卻老是跳來跳去，我最喜歡的一段故事裡，竟然硬生生缺了一個章節，我總是在想，我到底要殺少人才能拿到那個章節呢？每次重新看一次那一段故事，就會少掉很重要的一個轉折，越是看不到，就覺得那個轉折一定特別重要，害我心神不寧。」

「……你的煩惱，都好小呢。小得不能再小。」

目標A又陷入了幽幽不語的情緒。

不夜橙有點抱歉地看著目標A，自己真不會安慰女孩子。

目標A悶悶不樂地踢了不夜橙一下。

原本，目標A只當自己是一個誤交過爛男友的笨女孩，受過傷害，一遇到阿克這個單純質樸的男生，就不管三七二十一地把握住，希望能夠得到生日預言裡應允的幸福，所有一切奇形怪狀……乃至匪夷所思的行徑，都可以被理解，都能夠被原諒。

那是一種，極端渴望得到幸福的，妖怪副作用。

所以目標A總是有一種率性的飛揚，用可愛的自我嘲諷去看待夢裡夢外的自己。

但，原來夢之外的自己，背負了這麼沉重的記憶。那種沉重，讓任性有了無可奈何的確實原因。於是，任性就變得很悲傷，很灰色，不再那麼單純可愛，不再勇往直前。

「那妳呢？妳的煩惱是什麼？」猛抓頭的不夜橙，有點不安地坐下。

像是聽到了愚蠢至極的問題，目標A噗哧一聲笑了出來，搖搖頭。

「我不知道自己可以有煩惱。」

「？」

「我又不是眞的存在，哪有什麼資格煩惱？」

「只要那個叫小雪的女孩一直作夢，妳就會一直存在。」不夜橙其實想過這個問題很多次，倒是很直接，很淡然地開導她：「妳的存在，跟妳的意識來源擁有同樣長度的生命，我覺得，很公平，所以妳不需要擔心自己會消失。是，有一天妳絕對會隨著小雪的生命結束而煙消雲散，但那一天恐怕還很久。」

「如果小雪繼續作夢，但是卻不再賣夢，我還會存在嗎？」

不夜橙怔住……他倒是沒想過這點。

「我想會的，只是我沒辦法進來找妳。」不夜橙越說越沒自信。

「如果你不進來找我，夢境劇本結束後，就完全孤孤單單的，一個人。」

「……我會一直進來找妳的。」不夜橙又開始比手劃腳：「那個紅色紙箱，雖然礙手礙腳，但我總是會習慣帶著它一起做事。妳知道吧，我蒐集過來的那些夢，足夠把小雪的夢完全獨佔了。」

「謝謝你，不夜橙。不過，我想你剛剛只是在安慰我。」目標A的聲音充滿了稀薄的憂鬱：「小雪可不是從最近才開始懂得作夢吧？但我，我可是從她第一天賣夢的時候，才開始忽然存在的吧。」

不夜橙不由自主地點頭。

「所以某一天，小雪不再賣夢的時候，我就會消失了。」

「她……我想她……」

不夜橙支支吾吾，終於將「她一定會賣一輩子的夢」這句沒有憑據的話吞了回去。

目標A看著無力安慰她的不夜橙，沒有怪他。

「你猜，小雪什麼時候不會再賣夢了呢？」

「不缺錢的時候？」不夜橙直覺地回答。

目標A搖搖頭。

「當小雪眞正感到快樂的時候，我想，她就不會再來紙箱國賣夢了吧。」

雖然一樣沒有憑據，但，從目標A的口中說出來，卻有一種濃烈的說服力。

不夜橙細細回想，自己在天橋下所遇到的每一個人，不管是來買夢的，還是來賣夢的，很少看到神采飛揚的眼睛。每張臉，都充滿了疲倦困頓，背後都有一個灰色的人生故事。從沒看過有人爲了想炫耀自己的快樂，於是用賣夢的方式散播快樂散播愛。

或許眞如目標A所說，一旦小雪得到了快樂，就不會再來紙箱國了。

眞是諷刺。

小雪不快樂，所以誕生了奇蹟的目標A。

某一天小雪快樂了，滿足了，飛揚了，目標A就會消失。

不需要存在了。

「某種意義來說，我比小雪還要可憐呢。」

目標A看著燒成一片漆黑的郵筒，感傷地說：「她有很悲傷的回憶，但我連擁有悲傷的往事，都沒有辦法。卻又因爲她擁有強烈的悲傷，我才能存在。」

目標A，流下了沒有啜泣聲的眼淚。

不夜橙本能地伸手，想拭去她臉上的淚。

手，卻在一半尷尬停住。然後默默放下。

「我就是妳的記憶。」

不夜橙凝視著這一個不存在現實世界的女孩，直白：「妳的往事。」

目標A持續不斷地流淚，彷彿一點也沒有被這一番話安慰到。

不夜橙像影子一樣無聲地陪著。

夢境的輪廓越來越模糊，鵝黃色的天空越來越稀薄。

夢要結束了。

「不夜橙，你想不想牽我？」目標A開口。

不夜橙不知道該說什麼。

「想，還是不想？」目標A瞪著不夜橙。

不夜橙還是不知道該說什麼。

只是將手伸出。

在夢境溶解的前一刻，不夜橙感覺到從目標A手掌傳來的一股莫名的渴求。

日出滲透紙箱的縫隙，扎進不夜橙的眼睛。

一滴清澈的陽光，順著不夜橙的臉龐，慢慢滑落到耳朵下。

28

這個整整延畢兩年的大學生，又坐在差不多重複的位子上看電影了。

什麼電影？

都看過了好幾次，怎麼還是記不住這是哪一部電影？

周圍的大家笑得好大聲。

不，不是看過好幾次。是看過好幾次……的樣子？

不管怎麼樣，這部電影好像有點好笑，很熱鬧，應該是部很受歡迎的好萊塢大片吧，連這麼大的放映廳，也幾乎是滿座。

大學生手上拿著吃沒幾口的爆米花，手指指尖沾得微黏，焦糖的濃郁氣味在鼻腔裡久久不散，忽然他打了一個嗝，胃裡可樂的氣味逆衝而上。

連這個嗝，都充滿了似曾相識的感覺。

好像有個名詞叫「既視現象」吧？

彷彿知道等一下會發生什麼事，這個大學生開始坐立難安。

可確切來說，等等會怎麼樣，他其實又說不來，只能東張西望別人的反應，期待事情發生的時候能夠「被好好帶領」，大家怎麼做，他就趕緊跟著怎麼做。

大家都在笑。哈哈大笑。

這個大學生只好張大嘴巴跟著大家一起笑。

大銀幕上的光影變化反映在每一張誇張大笑的臉上。

臉孔有些辨認模糊，前後焦距有些對不起來，有些臉孔很熟悉，有些臉孔似曾相識，一張張忽大忽小的臉孔不斷從四面八方擠壓著他。

難道他們沒感覺到腳底發冷……一陣陣的哆嗦像螞蟻一樣爬滿手背嗎？

一點點的異樣感也不存在嗎？

這個大學生爲這一堆此起彼落歡笑聲的集體麻木，感到不寒而慄。

電影恐怕只演到中段，到底要煎熬多久，可怕的答案才會揭曉？

火災？爆炸？地震？

……地震？以台灣來說的話，肯定是地震吧！

萬一電影看到一半發生了大地震，一停電，這麼多人擠在這麼黑漆漆的地方……

位於地震帶上的國家根本就不該興建電影院嘛！從一開始就應該立法！

這個大學生想不顧一切站起來逃走，卻發現屁股牢牢被椅子黏住。

無法動彈？

認眞掙扎了一下卻沒有一點像樣的力氣，昏沉沉的使不上勁。

好像有人開始尖叫。

不是大銀幕上的角色聲音。

前面？後面？左邊還是右邊？所以差不多該尖叫了嗎？

這個大學生也想開口尖叫，卻只發出了咕嚕咕嚕咕嚕的聲音。

咕嚕咕嚕？

從哪裡發出來的聲音啊？

這個大學生低下頭。

喔，原來如此……喉嚨被切開了呢……

咕嚕咕
嚕咕嚕
咕嚕咕
嚕咕嚕
咕嚕咕
嚕咕嚕
咕嚕咕
嚕咕嚕
咕嚕咕
嚕咕嚕

29

「咕嚕。」

昏昏沉沉的延畢大學生看著紙箱上頭的黑草男，嘴裡咕嚕了什麼。

「又是咕嚕?咕嚕什麼?」黑草男嗤之以鼻：「今天的夢，還是不收。」

「不收?」大學生大惑不解，感到喉嚨癢癢地說：「爲什麼啊?」

「其他的顧客反應，你已經連續做了好幾天內容差不多的夢，害他們都夢到幾乎一模一樣的東西。喂，這樣做生意不行，還可以理解吧小朋友?」

「我也不知道爲什麼最近常常夢到很類似的夢。」大學生從紙箱裡可憐兮兮地站起來，簡直快哭了：「但我眞的欠房東一個月租金跟兩個月的水電了，我的打工錢根本不夠啊!拜託，這次我賣得便宜一點，下次如果我夢到不一樣的夢，我再——」

不等他把話說完，黑草男直接將延畢大學生的紙箱一把火燒了。

「黑草男!我最近眞的很缺錢啊!」大學生哀號。

這個延畢大學生，在便利商店的打工有一搭沒一搭的，渾身沒勁，可只要一缺錢就跑來天橋下呼呼大睡，比廢物還廢。

紙箱國的秘密他絕對不肯跟任何同學說，交情再好都沒用，一個字都不提，就是怕越來越多人知道這個只要輕輕鬆鬆睡覺就可以賺到鈔票的好地方，害他的夢滯銷。

可現在，他已經有一個禮拜，都沒能成功把夢賣掉，手頭窘迫到不行。

「聽好了小朋友，紙箱國不是讓你賣夢變現的地方。」

黑草男毫不客氣地把煙吐在大學生的臉上：「沒人買你的夢，沒人交換你的夢，你的夢就只屬於你自己，懂了嗎？」

大學生給嗆得不斷咳嗽。

「懂了就去賣血、賣精、賣腎、賣老二，就是暫時別來賣夢了，浪費我的紙箱。」

一眼都懶得多看，任憑延畢大學生哭喪著臉離去。

「……」黑草男凝視著紙箱的餘焰。

帶著焦味的空氣中，未燃燒完全的夢境劈哩啪啦作響，某種呻吟掙扎似的。

往上吹飄的濃濃黑煙裡，其邊緣還帶著妖異的淡淡紫色。

「第七個……到底在搞什麼啊……」

30

麥當勞裡，二樓。

幾個把速食店當K書中心的重考生，不斷地在教科書上劃重點。

兩個正在進行日文一對一教學的家教師生，妳說一句，我複述一句。

一個連日研究報紙求職欄的中年男子，不知道今天會不會真正打出一通電話。

一個趴睡在桌子上的流浪漢。

幾個看似搞直銷的年輕男女正聚在一起練習推銷話術。

一對沒錢上賓館的情侶窩在角落調情，偶爾發出奇怪的嘻笑聲。

三個年紀相仿的年輕男生，拿著食物托盤，找了一張靠窗的小圓桌坐下。

一個戴著黑色粗框眼鏡。

一個有著油膩的自然捲。

一個將襯衫紮進牛仔褲裡。

但誰戴粗框眼鏡，誰自然捲，誰將襯衫紮進牛仔褲裡，都不重要。

都是與其擦肩而過時，任誰都不會有任何記憶的平凡面孔。

桌上一份大麥克餐，一份麥香魚堡餐，兩人份的麥克雞塊餐，中間堆滿了薯條。

過分的沉默在陌生的進食間緩緩進行，三個人都在低頭玩手機，上網，打遊戲，群組對話，收發信件，線上寶物交易，發廢文，彼此省下暗中互相觀察的人際伎倆，專注在各自的世界裡不可自拔，直到最後一根薯條也消失在桌上。

終於，其中一個人開口。

「我個人是覺得，應該不用自我介紹了吧。」

「我剛剛想了一下，我們至少需要基本的信任。」

「不反對，自我介紹不算什麼基本信任，但至少是一個開始。」

「我剛剛想了一下，安全起見，我推薦使用代號。」

「ABC這樣嗎？我個人是覺得愚蠢。」

「反對，互相稱呼是必須的。」

「有了代號就有了分別，我個人是覺得，從今以後我們是一體的。」

「反對，這件事上大家都是一體的，但除此之外我們還是獨立的個體。」

「如果你是抱持這種想法，一下子獨立個體一下子大家一體，註定失敗。」

「我剛剛想了一下，在事件前我們是獨立的三個人，事件後就沒分別了。」

「不反對。你們說的有道理，事件後就再無分別了。這種決心我會練習。」

「那就不需要名字跟代號了，背景也一起忽略吧。」

「我個人是覺得，直接提出方法，實際討論，省略一切階級化的過程。」

「……不反對。」

三個看似完全不熟悉彼此的年輕人，彼此用言語打探，在特殊的意志下，以非線性的速度展開沒有旁人聽得懂的怪異對話。

「以後我們必須有一個根據地。」

「不反對，但麥當勞不好嗎？」

「我個人是覺得，這裡的監視器太多了。根據地比較有秘密的感覺。」

「在找到確實的根據地之前，我們變換不同的速食店討論會比較安全。」

「不反對，但只是用嘴巴討論，沒有安不安全的問題。現階段監視器也沒什麼。」

「我個人是不知道有哪裡可以當根據地。」

「我剛剛想了一下，比起根據地，這種三人一體感，應該快一點建立。」

「不反對，但怎麼建立？」

「……」

無人答腔，三個人再度陷入沉默。你看我，我看你，你看你。

然後一起低頭看手機。

過了幾分鐘，其中一人抬頭。

「我個人是覺得，有些小孩子放學後常常沒有馬上回家……」

「小孩子容易上新聞。上新聞很好，但不是現在。」

「反對。」

「那用狗呢？」

「殺狗證明不了什麼，只證明你敢殺狗。」

「反對，殺狗的人都是心理變態。」

三人再度陷入沉默。

十分鐘後，才又有人把頭抬起來。

「我剛剛想了一下，我家附近有一個自己獨居的老人。」

「他撿破爛嗎？」

「不撿，就只是單純一個人住，偶爾會跟別人討酒喝。」

「附近的鄰居跟他熟嗎？」

「都看過他，但都想避開他。因爲他很臭。」

「有兒子還是女兒嗎？」

「不知道，他自己說不定也不知道。」

「不反對。」

三個人不約而同，朝彼此微微點頭。

31

這個城市的混沌夜色下，沉澱了很多色彩迥異的故事。
拎著紅色紙箱的低調殺手，靜謐地進行死神的運算。
阿克與小雪的妖怪愛情故事，也持續在這個城市角落不斷往前推進。
還有一些故事，並不在這個城市清醒的時候蔓延。
天橋下，不夜橙將一個紅色紙箱放在地上。
根本沒有驗貨的必要，黑草男直接打開了女孩的初夢相迎。
「麻煩你了。」不夜橙躺進紙箱，嘴角微揚。
黑草男一吹煙，煙氣覆蓋了整個紙箱。
「送君千里，終須一夢。」

不夜橙站在紅路燈下。
人行道上，兩個正瞎玩得很起勁的男孩女孩。
「嗨！不夜橙！」目標A熱情地打招呼。
「注意。」不夜橙笑笑，手指指向阿克。

「時速一百五十公里的快速直球！」阿克大叫，手裡虛抓著一團空氣丟出。

「鏗！」小雪自己配音，雙手握著假想的球棒用力一揮，看著天空。

阿克看著天空，脖子移動假裝看球飛行路線。

「不會吧？是個超級界外球。」阿克搖搖頭。

「哪是！明明就是全壘打。」小雪堅持。

「界外球。」阿克故意裝認眞。

「全壘打！」小雪裝生氣。

「全壘打就全壘打。」阿克兩手一攤。

不夜橙莞爾，這個男孩，很好，很青春。

小雪喜歡他，不夜橙也為他們高興。

「走！我們去慶祝這支全壘打！」小雪伸出手。

「去哪慶祝？」阿克也沒避嫌，就這麼握住小雪的手。

顯然嚐過女孩掌心的溫柔觸感，很難再抗拒吧，不夜橙非常能理解。

「等一個人咖啡？」小雪提議，搖晃著阿克的手。

「這幾天三不五時就去那裡，還是找別間探險吧？」阿克否決。

此時夢境場景快速融接到別處，一間新開幕的日本料理店矗立在眼前。

料理店的名稱叫「幻之絕技」。

「感覺像是一間爛店。」不夜橙喃喃。

「我也覺得。」目標A轉頭拋下這麼一句。

阿克與小雪探頭進去看，店裡似乎沒什麼客人，也沒開冷氣，吊在天花板的日光燈還忽明忽滅，只有一個正在打盹的胖胖中年男廚師。

「沒什麼人，應該很難吃吧？」小雪皺著眉頭。

不夜橙豎起大拇指。

廚師顯然就是老闆本人，他滿不在乎地將菜單丟到兩人面前。

菜單浮現在半空，有超勤勞握壽司、超涼薄荷牛肉片、超新鮮生魚片、超快速披薩、超營養綜合快炒、超濃巧克力情侶小火鍋等，全都是超字輩的料理。

「阿克你看，陳美鳳耶！」

小雪指著牆上懸掛的宣傳照片大叫。

陳美鳳與胖胖廚師偌大的合照掛在牆上，宣傳照片裡的老闆似乎正偷看陳美鳳深陷的乳溝，而陳美鳳瞪大眼睛豎起大拇指，表情好像許多豐富的滋味一起萌在心頭似的，照片下的介紹，則寫著美鳳有約跟節目播映的日期。

「陳美鳳是誰啊？」暫時脫離劇本演出的目標A不解。

「一個很有名的美食節目主持人。」不夜橙歪著頭解釋。

「這個夢的細節好多。」目標A嘀咕。

「可見小雪非常珍惜跟阿克約會的記憶，連作夢都很努力複習。」不夜橙笑著。

的確，細節很多。

店裡還懸著一張龍紋匾額，匾額比照片顯眼多了，上面寫著「羊入虎口」四個歪歪斜斜的大字，字雖然稍醜、卻散發出一股難以言喻的狂霸魄力，落款則寫著「哈棒老大」——即使在夢中，那四個字還是散發出很驚人的能量。

「想吃什麼？」阿克說：「我想吃生魚片跟握壽司。」

「我要吃巧克力情侶小火鍋。」小雪當然這麼說。

兩人點了菜跟飲料，蓬頭垢面的老闆一言不發，卻起身走出店。

「去哪？」不夜橙抓頭。

劇本裡的阿克與小雪當然也不知道老闆出去做什麼，兩人轉頭觀察，發現老闆晃動肥胖的身軀跨越馬路，走進對街的頂好超市，隔了五分鐘才提了兩大袋食材出來。

當著兩人的面，老闆毫無廉恥地將塑膠袋裡的東西倒在櫃台上，一瓶家庭號可樂、一尾死魚、一塊切好的鮭魚排切片、一盆冷凍火鍋料、一把青菜、一粒大番茄、兩顆生雞蛋，還有一堆七七乳加巧克力。

阿克與小雪嘴巴張得很開、眼睛瞪得超大，完全不能接受。

老闆在兩人面前點燃一個小火鍋，然後在兩個很不透明的透明玻璃杯杯裡，倒入剛剛買好的可樂。

「那不是他剛剛買的嗎？」不夜橙同樣難以認同。

「老闆，這些不都是你剛買的？」小雪忍不住發問。

「廢話，不然怎麼保證超新鮮？」老闆挖著鼻屎。

「老闆這不對吧？你剛剛才到超商買的大罐可樂不過才五十元，怎麼價目表上要賣我們一百元？」阿克十分震驚，看著牆上的價目表抗議。

「他賣我五十我再賣你五十，那我賺什麼？」老闆嫌惡地回應。

老闆將冷凍火鍋料的保鮮膜撕開，又說：「要吃什麼自己來，既然花了錢就不要客氣啊，錢就算丟進井裡都還會有噗通一聲，東西要吃進肚子才會有超讚的感覺。」

不夜橙哈哈大笑起來，眞是一個誠實到無敵自我的爛老闆啊！

阿克與小雪面面相覷，不曉得要不要馬上逃出火鍋店似的。

只見老闆將已經被超市處理好的鮭魚片，剁成大小不一的零碎片塊，放在保麗龍盤子上遞給兩人。

「超新鮮生魚片？」小雪忍住笑意。

「自己看，包裝上的保存期限到明天中午，現在還頂新鮮的吧？」老闆打了一個大呵欠，濃濃的口臭瞬殺了一隻飛在附近的蒼蠅，不偏不倚落在另一尾死魚的眼珠子上。

老闆伸手一彈，將昏厥的蒼蠅彈向阿克。

正驚訝超新鮮生魚片要價五百的阿克，仍憑藉一流的動物直覺閃頭躲開。

蒼蠅飛向不夜橙，不夜橙同樣本能地偏頭閃開。

「挑不挑食？」老闆拿起菜刀問。

「挑，挑得很。」小雪趕緊說。

「那就是不吃魚頭跟魚尾囉？」老闆的菜刀看起來很油膩，卻也鏽跡斑斑。

兩人猛點頭，老闆毫無遲疑將死魚頭跟魚尾剁掉丟垃圾桶，拿出果汁機，將去頭去尾的魚屍丟進去，然後將那兩粒雞蛋隨手亂敲，讓蛋白蛋黃跟幾片蛋殼也唏哩呼嚕流了進去。最後，老闆將最後一把青菜與番茄放進果汁機後，按下「絞碎」鈕，果汁機登登登爆絞了起來，晃得非常厲害。

「老闆，你剛剛沒刮鱗片也沒去內臟耶，失敗。」小雪雙手在頭上劃了個叉。

「那妳會不會刮鱗片？去魚內臟？」老闆的鼻毛很長，長到都打結了。

「不會。」小雪，她剛剛忘了說魚骨頭也沒拔掉。

「妳不會我也不會啊！」老闆說得理直氣壯。

「哈哈哈哈哈哈哈哈哈！」不夜橙眞的開始鼓掌大笑了。

果汁機劇烈晃動了一分鐘後終於停下，老闆將裡頭味道跟顏色都令人抓狂的漿汁倒在一個鐵鍋裡，點火加熱。

「那是什麼鬼東西？」阿克咬著指甲。

「融匯了蔬菜、水果、蛋白質跟一堆DHA跟ABCDEFG的超營養綜合快炒，專治挑食的不乖小孩啦，一個禮拜吃一次，保證比天天吃阿鈣還要容易有健康的膝蓋。」老闆點了支菸抽著，一手拿著鍋鏟象徵性地炒著超營養漿汁。

濃稠的漿汁在高熱翻炒下，漸漸變成類似披薩的怪東西，聞起來卻出奇的不壞。

「還滿香的嘛。」不夜橙嘖嘖。

「希望小雪等一下不要吃，拜託拜託！」目標A很崩潰。

老闆將快炒用菜刀切成兩半，阿克一半，小雪一半。

「一人吃一半，感情不會散。」老闆說，抽著菸。

「謝謝老闆。」小雪一手摀著嘴，一手拍著阿克的肩膀。

老闆點落菸蒂。

「老闆，我們點的是巧克力火鍋吧？」阿克還是沒忘記眼前快滾起來的火鍋。

「差點忘了，瞧你餓的。」老闆猛然拍拍自己的腦袋。

老闆將幾條七七乳加巧克力的包裝剪開，一條條放進沸騰的火鍋裡。

小雪用筷子撥弄湯水裡的巧克力條，肚子裡祟動著無限笑意。

阿克深呼吸，顯然在調整自己快要火山爆發的情緒，然後用筷子夾起剛剛那絕對不新鮮的生魚片，放進沸騰的火鍋裡燙熟。

小雪也跟著阿克這麼做，這種生魚片吃起來恐怕會跑好幾趟醫院。

「一切都是幻覺啊。」阿克此時才領悟到這間店名為「幻之絕技」的奧義所在。

「是啊眞是世界奇妙物語啊。」小雪這才明白。

肚子早就笑痛了的不夜橙重新看了一次牆壁上的大照片，照片裡陳美鳳的表情原來不是醍醐灌頂，而是五味雜陳。

阿克與小雪就這麼燙著生魚片與火鍋料吃，畢竟煮熟了一切都好說，而且融化掉的七七乳加巧克力味道還眞不壞，小雪甚至鼓起勇氣嚐了一口超營養快炒，看她的表情，好像還不至於難以下嚥。

但誤闖進「幻之絕技」的兩人，都絕口不提那尚未出現的「超勤勞握壽司」。

「你不想看看超勤勞握壽司有多勤勞嗎？」小雪好奇死了。

「幹嘛自討苦吃呢？」一向正經八百的不夜橙已笑出了眼淚：「哈哈哈哈……」

「我的天啊，不會眞的這樣演下去吧！」暫時脫離劇本的目標A都快哭了。

十分鐘後，老闆勉爲其難地從冰箱裡拿出一個木桶，木桶裡當然是冷冷又刀槍不入的硬醋飯。

「陳美鳳就是咬著我的超勤勞壽司時跟我拍照的，坦白說我這個人做菜馬馬虎虎，但說到握壽司我可是慢火細燉，勤能補拙。」老闆叼著菸說話，一邊說菸蒂就一直落在醋飯裡。

阿克與小雪互看了一眼。

「吃，是一定不吃的，但既然花了錢，表演是非看完不可。」不夜橙失笑。

老闆東張西望，好像找不到他要的食材。

「媽的，剛剛把所有的魚肉都用光了，不得已，只好損失點讓你們吃我多年珍藏的好肉。」老闆從冰櫃裡扛出一塊肉，一塊光用看就覺得超硬的肉。

不知道冰了多久，那塊硬肉散發出寒冷的凍氣，老闆拿起那把油膩菜刀一砍，居然發出清脆的鏗鏘聲，還飄起零星的金屬火花，眞是場流焰四射的豪邁料理。

「那是什麼肉啊？」阿克目瞪口呆。

「這塊肉可了不起了，它同時是霜降牛肉、神戶牛肉、德國豬腳、雞腿、岡山羊肉、薑母鴨，反正這歹年冬沒有人會在意這些，哈哈，哈哈。」老闆奮力剁了剁，總算砍了幾片薄肉下來。

老闆隨手抓了一把冷醋飯，配上一片來歷不明的薄肉，就這麼捏了起來。

就這麼捏了起來。

一捏，五分鐘過去了。

「太噁心了吧！」不夜橙眞正覺得，要吃下那塊不斷被老闆抓在掌心的握壽司，絕對比他殺過的每一個人的死法，都還要殘酷！

「我眞的很希望這個夢快點醒來！」目標A尖叫。

最後，就連十分鐘也默默捏過去了。

老闆終於累得停下來，將那握壽司放在兩人面前的保麗龍盤。

「握一個就要握很久，怎麼樣？不是蓋的吧？」老闆滿身大汗，氣喘吁吁說：「正所謂一分錢一分貨，就是這個道理。」

不夜橙看著那嚴重泛黃的握壽司，感覺到那握壽司正發出無法估計的負面能量。

老闆的手汗、黑色的手垢、掉落的菸蒂、神祕的庫存肉片，還有那致命的體溫通通混在一起。吃不吃？

「不吃。」阿克跟小雪在桌子底下，手牽著手。

「不吃？還是得付錢啊！」老闆叼著那根快燒到屁股的臭菸，一臉滿不在乎。

「小雪，比賽進行到第九局，我隊還落後對方一分，二壘有人，無人出局，打擊者該怎麼辦？」阿克開口。

阿克的筷子停在半空中，凝而不發。

「打帶跑！」小雪大叫。

阿克對著老闆飛擲出筷子，老闆哇哇怪叫躲開，兩人立刻就往店外衝。

店裡的夢境場景迅速崩塌，不夜橙當然跟著跑了出去。

32

路燈下，馬路旁。

「哈哈哈哈哈哈哈哈！」阿克笑得滾來滾去。

「眞的好好笑好好笑！」小雪扶著路燈，笑到快岔了氣。

不夜橙也開朗地笑著。

笑著笑著，夢境劇本的齒輪悄悄地停住。

目標A終於也哈哈大笑了起來：「好險小雪沒吃，不然我的嘴巴裡也會有味道。」

「感覺妳跟阿克的戀情，進行得很有趣呢！」不夜橙擦去眼角的笑淚。

「對啊！不過是小雪跟阿克的戀情啦，不是我。」目標A笑得前俯後仰：「他們的愛情可以把你這樣一個殺手弄到一直笑一直笑，算他們厲害啦！」

兩個人笑累了，直接躺在馬路上，摸著笑痛的肚子好好喘息。

目標A與不夜橙頭靠著頭，彼此的呼吸聲都傳到了對方的律動裡。

「呼！妳剛剛強調，那是阿克跟小雪的戀情。」都相處了這麼久，不夜橙依然很好奇：「但妳眞的分得清楚，小雪是小雪，妳是妳嗎？」

「小雪就是我，我就是小雪啊。我跟著她一起經歷了所有跟阿克的故事，所以我知道她爲什麼喜歡阿克，嗯，其實我也滿喜歡那個棒球笨蛋的。」

「他們在一起越來越開心了。」

「但小雪不是我，我也不是小雪呀，所以我永遠不會有她那麼喜歡阿克。我是因爲完全理解了，所以順便喜歡了她喜歡的人。他們之間，始終是他們之間呢。」

「喔？」不夜橙好像鬆了一口氣。

這種感覺是什麼意思呢？

「我也有喜歡的人，就是你，不夜橙。」目標A有著小雪一貫的坦白。

「是嗎？」不夜橙倒是很意外自己一點也不意外。

「可能是因爲，你是這個夢裡唯一一個眞正認識我的人吧，好像除了喜歡你，我也沒有別人可以喜歡了也說不定。」

「妳倒是分析得相當理性。」不夜橙不禁有些洩氣。

「但也有可能是，你人很好，常常進來陪我說話，而不是跟其他人一樣，只想對我做一些不好的事。」

「人很好……嗯，在愛情裡，人很好這三個字聽起來不算是什麼好評語。」

「還是你也想對我做一些色色的事，只是你比較有耐心？」

「我在殺人的時候，的確是滿有耐心的，甚至可以用上很有毅力來形容。」不夜橙故意惡狠狠地自誇：「目前爲止還沒有失手過，我可是，低調到無法辨識風格的頂尖殺手。」

「你答非所問。」目標A翻起身，從上面瞪著不夜橙。她身上的氣味，因爲方才的跑步與大笑，變得更加濃郁芬芳。

這種對峙，讓不夜橙感到很緊張。

「妳說我人很好，讓我有點受傷，所以我只想答非所問。」他哼哼兩聲。

「是嗎？那如果有一天，我發現了其他的，我喜歡你的原因，我再跟你補充吧。」

「那就先謝謝了。」不夜橙苦笑。

目標A仔細看著底下的這個中年男子，好像正在研究他的緊張，又似隨時準備拆穿他的故作鎮定。到底要怎麼做，才能看到他慌張的樣子呢？

「喂，不夜橙。」目標A單刀直入：「那你喜歡我嗎？」

「……」雖然料到馬上就會接著這一題，不夜橙還是感到有些難爲情：「喜歡嗎……應該算是喜歡吧。」

很糟糕的回答，但目標A一點也沒有生氣，只是很單純地看著不夜橙。

「因爲你是一個秘密很多的殺手，而我是一個絕對不可能把秘密帶到眞實世界裡的，不存在的一個人，所以你就能夠放心的喜歡我了，對不對？」

「對我來說，妳的存在很眞實。」不夜橙只能坦然以對：「大概比誰都還要眞實。甚至比被我殺掉的每一個人，都還要接近活著。」

「不然你喜歡我什麼？」目標A的語氣沒有咄咄逼人，只是很想知道。

「我喜歡妳……」不夜橙皺眉，頭好像有點痛。

「不然你喜歡我什麼？」目標A又問了一次。

躺在地上的不夜橙抓抓頭，最後只能巧妙地避開目標A用力坐了起來，好像想要用所有的腦力回答這一題。

「不然你喜歡我什麼？」目標A一直跳針，重複著同一個問句。

不夜橙感到古怪，看向她。

只見目標A的樣子像前後兩格有些微晃失焦的底片，蟬動了一下。

整個夢境的畫面開始出現不正常的顫動，好像影片年久失修的裂損效果。

「又到了說再見的時候嗎？」

不夜橙以爲這個夢境就要在這個尴尬時刻崩塌了，卻又沒有平常的消逝感。

「不然你喜歡我什麼？」目標A疑惑地看著不夜橙。

她的表情，顯然是無法控制自己發出的對白，嘴型跟聲音完全對不上。

這個夢出現了異常的雜訊？

有時候賣夢的人睡到一半，不小心被正好經過的人踢到了紙箱，夢境受到打擾，情境就會出現雜訊。比如說作夢的時候，正好附近有移動攤販在叫賣熱豆花，那些叫賣聲或豆花的香氣一進入賣夢者的五感，夢境裡就會出現突兀的豆花小販，或夢中角色就會忽然超展開吃起豆花，都不意外，這也是一種潛意識受到外力干擾的雜訊。

不夜橙正想跟目標A解釋這個現象的時候，目標A突然發出了「咕嚕」一聲。

咕嚕。

一道切口出現在目標A的喉嚨上，血紅色的泡泡一串串從切口湧出。

咕嚕

一臉無助，目標A難以置信地看著不夜橙。

血色泡泡瞬間染紅了整個夢境。

驚愕不已的不夜橙霍然站起，衝向目標A。

33

「這次是惡夢嗎？」

煙霧中，黑草男低頭，看著滿身大汗的不夜橙。

「最後結束得，有點……不吉利。」不夜橙還坐在紙箱裡，背都濕了。

不對，剛剛那不是雜訊。

夢境雜訊是作夢者即時意識的破壞性展現，並永恆地錄製在既定的夢境劇本裡，並不會在整體脫離夢境劇本後還影響到目標A的任何行爲。

至少，以前不曾這樣過。

如果剛剛的恐怖惡念不是雜訊的話，那是什麼？

難道是目標A奇蹟般的存在，已被某種神祕的力量毀滅了嗎？

「不行，我要馬上再夢一次。」

不夜橙馬上躺回紙箱，這一次他花了很久的時間才又重新進入小雪的夢境復刻。

第二手的小雪夢境，當然沒有目標A的存在。

劇情從阿克與小雪在大街上玩虛擬的投球打擊遊戲，一直到兩人進入爛店幻之絕技，又演到兩人逃出爛店回到大街上哈哈大笑爲止，都沒有任何特殊的變異。

太詭異了。

不夜橙再度滿身大汗地醒來。

到底那些恐怖的景象是在預示什麼？

在下一次進入小雪的初夢以前，他都會如此驚惶失措地等待……

34

下著大雨的一天。

三個穿著黃色透明雨衣的年輕人，站在一條崎嶇的窄巷前。

天才剛剛黑，附近的路燈都還沒亮，視線一片灰濛濛。

「我剛剛想了一下，這條巷子就算都沒有監視器，附近超商的監視器也夠多了。」

「我個人是覺得，今天先觀察地形。」

「反對。要來這裡是你提議的，結果臨時反悔的也是你。」

「我不是臨時反悔，我只是剛剛想了一下，覺得應該考慮得更仔細。」

「反對。信任就是要儘快建立，尤其是，這種事。」

「我個人是覺得，今天先觀察地形，培養默契。」

「反對。東西都帶了，現在才說觀察地形，其實只是突然害怕罷了吧。」

「我剛剛想了一下，做這件事，最要緊就是不能突然變卦。」

「好吧。」

「……也許，今天做一些決定也不壞。尤其現在下大雨。」

「不反對。」

大雨滂沱，劈哩啪啦落在窄巷兩旁箱型冷氣的塑膠遮雨板上，噪響尤其誇張。

朝著巷子深處，三個人在大雨中慢慢前進，呼吸不由自主粗重了起來。

不再說話。

鞋裡早已濕了，一踏步就發出唧唧吱吱的聲音，濕透的雙腳卻不感到寒冷。

不再說話。

無法抑制的腎上腺素急湧，胸腔裡的心跳聲越來越劇烈，甚至開始耳鳴。

不再說話。

破舊的門口堆了十幾只空米酒瓶，還有幾袋無法歸類的爛垃圾。

門沒鎖。

三個人魚貫進去的時候，都刻意避開了另外兩個同行者的眼睛。

這個爛門甚至無法好好關上。

接下來的幾分鐘，三個人在門的另一端，建立起永遠無法擺脫彼此的連結。

35

連續好幾天，不夜橙每天晚上都到天橋下焦躁等候，但小雪都沒有來賣夢。

會不會，是小雪不幸遭遇到什麼壞事呢？

不夜橙努力壓抑自己，別依照夢裡的記憶提示，按圖索驥去尋找眞實小雪的蹤跡。他知道，這條夢與現實的界線萬萬不能輕踩，否則自己將難以收拾錯亂的情緒。他只能持續不斷失魂落魄地等待。

但能有什麼用呢？

對深陷憂鬱的不夜橙來說，小雪之外的夢境都索然無味，有一天，就在夜夜不眠的不夜橙擔心到快發瘋後，他終於跑到夢中阿克與小雪經常出沒的那一間棒球打擊練習場。

遠遠的，他看見了那兩個最熟悉的陌生人。

上半身赤裸的阿克，正在時速一百三十公里的速球區裡與自我豪邁對決。

小雪站在鐵絲網後面爲阿克加油，她看起來汗流浹背，顯然剛剛也是經過一輪揮棒，漲紅的小臉紅噗噗的，興高采烈的模樣十分可愛。

「差一點點！」小雪在鐵絲網後面扯開喉嚨大叫：「瞄準了再打嘛！」

「妳說瞄準就瞄準啊！每球都只差一點點！就是因爲很難瞄準啊！」阿克大吼，大力一揮，又落空。

「你還剩兩球！就快換我啦！」小雪嘻嘻笑：「男生輸給女生會很丟臉喔！」

「輸個烏龜蛋！妳只是打一百公里的不要亂叫！」

「你是男生耶！」

遠遠看著他們努力揮灑著青春的盛夏，雙眼充血口乾舌燥的不夜橙，不禁微笑。

沒事就好。

出於捨不得就此離去的情結，不夜橙在櫃台買了一瓶啤酒，換了幾枚代幣放在等候區，坐在阿克與小雪的後方默默看著他們揮棒。

第一次在夢境之外看到這兩個孩子呢。

這算是，只有他默默認可的四角戀嗎？不夜橙莞爾。

鐵絲網裡面的打擊區，小雪揮棒，又叫又跳的。

鐵絲網跟玻璃門之間小小的空間裡，阿克扯開喉嚨教小雪如何調整姿勢。

不夜橙凝視著小雪熱力十足的背影，跟五分之一張側臉，一股暖意盈滿身體。

她是她。

她也不是她。

神態相似，卻又完全不一樣。眼珠子轉動的方式，嘴角上揚的角度，眉頭皺起來的左右高低，酒渦的深淺，都很像，但也都完全不一樣呢，這兩個女孩。

無論如何，就這樣拚命盯著眼前的小雪，去回憶著消失的目標A，似乎不太妥當。如果自己也不小心喜歡上了小雪，對目標A會有一種，難以啓齒的抱歉吧。

再一個銅板的時間，阿克跟小雪就得下場，輪到不夜橙打擊。

不夜橙留下代幣，跟空掉的啤酒瓶，站了起來。

當他轉身離開棒球打擊練習場的那一瞬間，不夜橙忽然開竅了。

非常有可能，正是因爲小雪最近談戀愛談得太忙碌，幸福到沒有時間來賣夢，就跟目標A曾經自我分析過的一樣，她奇蹟似的誕生，始於小雪的不幸遭遇，如果小雪終於得到幸福了，或許她就會永遠停止到天橋下賣夢的行爲。

而目標A喉嚨湧血的無助畫面，可能就是奇蹟結束的特殊表現。來如電光石火，去得悲傷慘烈。

不夜橙理解了，卻無法釋懷。

小雪很好，目標A卻消失了。

在夢的奇蹟邊界裡，兩個人相遇了，相熟了，相知了。

最後卻沒能好好跟目標A說再見，就在他們終於手牽手、互訴喜歡之後。

「也好。」不夜橙試著灑脫一點：「就這樣吧。」

究竟是，一場本來就不會有結果的虛擬愛情吧。

不夜橙甚至一邊走路回天橋，一邊吹著口哨，還吃了一點有味道的早餐。

悵然若失的不夜橙，終於再次向黑草男買夢。

大白天的，天橋下只有夜晚十分之一的人。

「不等了？」黑草男蹲在一堆灰燼旁，抽著菸：「是啦，日子總是要過下去。」

「最近有什麼不錯的夢好買？」不夜橙站在紙箱堆裡。

「你存在我這裡的紅色凶夢還有兩個，怎麼，要不要換一些滯銷的夢？」

黑草男用眼神示意，他正打算繼續燒掉的一大堆胡亂堆疊在一塊的紙箱。

「最近有一些人老是夢到很相似的內容，多到我燒都燒不完，算你便宜一點。」

「喔？」不夜橙失笑。

那不就跟他一樣，重複在一模一樣的夢境裡鬼打牆嗎。

「比如說哪些內容？」

「比如說看電影看到一半就唏哩呼嚕被殺掉，沒什麼邏輯。」黑草男比了一個割喉的姿勢：「內容重複到我都懶得說了，你不拿夢來換的話，這些浪費紙箱的夢，一個算你兩百塊錢就好。」

「我買一些輕鬆點的好了。」不夜橙對在夢裡還要看殺人，實在是提不起勁。

「一個五十塊。」黑草男鍥而不捨，胡亂拍賣。

反正那些夢也沒有人買，等等便燒了，能交易出去就是好交易。

「謝謝，今天就買一點低級搞笑的夢吧。」不夜橙實在是累壞了。

這時，一個大學生模樣的男孩從附近一個紙箱裡站了起來，睡眼惺忪。

彷彿遭受到巨大驚嚇，他的眼神有些恍惚，嘴巴好像闔不太起來。

左看看右看看，卻像是什麼都沒真的在看。

「又做一樣的夢了吧？」黑草男沒好氣地說：「死小孩又來浪費紙箱。」

「咕嚕。」大學生很艱難地吐出這個聲音。

不夜橙一震。

大學生想說話，卻像是發音困難似地吞吐不出一個字，只有細碎的咕嚕聲。

那是從夢裡帶出來的餘音。

「還是一樣，不買不買，就跟你說多出門走走，增加不同的生活體驗才有辦法做出有趣一點的夢。」煙氣不斷從黑草男的鼻孔裡冒出，眞是嗤之以鼻的最高境界。

從紙箱裡醒來的大學生看起來很沮喪。

「這次好像有一點點不太一樣，眞的有一些感覺更……更那個了！」

「夠了，滾。」黑草男手裡的打火機點出火來，想直接燒了大學生剛剛作夢的紙箱：「你不走就連你一起燒了。」

「拜託我眞的快窮死了！我今天一定得把夢賣掉才有辦法付房租啊！」

黑草男用廉價的透明塑膠打火機點火。

「兩千。」

不夜橙慢條斯理拿出鈔票，直接遞給黑草男。

大學生像是溺水獲救了一樣，驚喜不已地看著黑草男，又看看不夜橙。

「有人買夢，我就賣夢。」黑草男對不夜橙的選擇不予置評。

「謝謝！謝謝你！」那個大學生感到很振奮：「你一定不會後悔做我的夢！」

不夜橙看了他一眼。

那個大學生趕緊跳出紙箱，從黑草男手中拿了鈔票迅速滾得老遠。

黑草男打量著不夜橙，似乎在問，剛剛是一個男生，又不是女生，幹嘛多此一舉？

心中抱著一絲疙瘩的不夜橙，深呼吸，一腳踏進還有些溫熱的紙箱。

36

除了毫無用處的雜物外，這裡，根本是一間空屋。

處理屍體什麼的，並不是將計畫進行下去的重點。

只是發臭的屍體會惹來不必要的麻煩。

分屍太噁心了，完全不考慮，三個人單純將獨居老人的屍體用厚實的石灰覆蓋，防止腐爛，然後裝進麻布袋裡，倒入非常大量的碎木炭後，再用幾個超大黑色塑膠袋反覆又反覆地套好，防止屍水滲漏。

圍繞著屍袋，三個人坐在勉強清出空位的破磁磚地板上，屁股很冷。

人手一罐的芳香劑持續不斷朝屍袋噴灑，不知不覺成爲計畫儀式的一部分。

「雖然很混亂，但現在我們是一體的了。」噴。

「不反對。」噴。

「我剛剛想了一下，屍體的變化或許不會是問題，但附近居民要是起疑呢？」噴。

「我個人是覺得，這些壓力正好加速我們對計畫的討論。」

「我剛剛想了一下，首先我們是否應該對計畫的名字有共識？」

「反對，我們都沒有彼此的代號了，爲什麼要特別訂定計畫名稱？」

「我個人是覺得，彼此沒有代號是禁止區分彼此，但有了明確的計畫名稱，大家有投入感之後，更有向心力。」

「反對，我們之前一起所做的事，還不足以產生向心力嗎？」

「別老是反對不反對，我剛剛想了一下，有計畫名稱就是比較酷。」

「反對，比較酷的名稱是我們一起執行這個計畫的重點嗎？」

「我個人是覺得，如果媒體知道我們使用哪個計畫名稱去執行，就一定會沿用下去，放棄這一點，反過來讓媒體命名我們的計畫，不會太不值得嗎？」

「是啊，我剛剛又想了一下，如果媒體藉著命名污名化我們的行動，比如說阿宅屠殺事件、網路成癮族瘋狂殺人事件、電影院閉門殺戮事件，或甚至用死傷數目隨便混過去命名之類的，得不償失。」

「……暫時不反對，但你們有什麼提議？」

「闇閉空間無盡聲音切割計畫。」

「幽殺次元的異想世界。」

「天馬星座A字穿梭殺人蟲洞。」

「火焰引力喉嚨機關槍。」

「問題殺人魔青少年都來自異世界。」

「人間界癌細胞手術一次性清除計畫。」

「我的刀下亡魂不可能這麼可愛。」

「你認眞的嗎？我家鄰居都說我很乖不可能殺人。」

「隔壁的高中生大哥哥變成割斷我喉嚨的人。」

「我個人是覺得，這已經是一個句子了，不是一個計畫！」

「反對，反對，反對！我們眞的是一體的嗎？可以簡單一點嗎？可以嚴肅一點嗎？這種命名法被媒體瞧不起也是正常的吧。」

「我想一下……煉獄之門？」

「血色星期天。」

「反對，什麼時候決定在星期天啓動了？」

「只是暫定，如果是星期六當然就改成血色星期六啊！」

「腥紅聖誕……當然這是以聖誕爲目標的計畫。可以討論。」

「深夜裡站在喉嚨唱歌的那些刀？」

「無聲死亡電影。」

「不反對，但先等一下好了，我們要怎麼讓媒體知道我們的計畫名稱？」

「我剛剛想了一下，把計畫名稱印在T恤上怎麼樣？」

「我個人是覺得，乾脆把整個計畫詳細寫在筆記本上，這樣一定會成爲經典。」

「反對，徹底失去神祕感。這個計畫並不需要完全性的被理解。」

「我贊成他的反對，這個計畫要很酷，很震撼，就需要絕對的神祕感。」

「我個人是覺得，可以借用筆記本的內容誤導媒體。再討論吧！」

三個人毫無道德壓力地圍著黑色屍袋，不斷噴芳香劑，不厭其煩在計畫之外的旁枝末節上打轉，藉由看似無聊透頂的議題，去確認核心理念是否一致。

屍體不會說話。

但媒體會說話。

要讓媒體怎麼說話，這三個人，非常有興趣。

37

不曉得爲什麼，很疲倦呢現在。

女高中生的視線裡，充滿了筆記本上密密麻麻的單字。

只是明明眼睛在看，嘴巴默唸，卻一個也記不住，好像只是必須進行這個背單字的動作。

好奇怪，今天的捷運怎麼特別熱。

是空調壞掉了嗎？還是特別擁擠？女高中生感到呼吸困難。

幾個學生跟上班族站在她的面前，手拉著吊環，每一個人都在低頭看手機。

好多手機。好多張沒有表情的臉。大家都在拚命假裝注意著眼前之外的事。

女高中生覺得心慌。沒來由的，胸口一直悶悶的，刻意深呼吸也舒張不開。

是考試壓力嗎？還是月經快來了？剛剛在學校跟朋友吵架？

不知道。應該說，都不是。

女高中生東張西望，手心都滲出汗了。

大家都沒有覺得呼吸特別困難嗎？沒有人覺得……這台列車早就該到站了嗎？

等等……自己要到哪個站？是要回家還是要去補習？

不知道，其實也不重要，要緊的是快點把列車停下來就對了。

快停。

自己一定要好好把握，等一下列車停住的那一刻，門一打開，就要跑下去。

女高中生不斷喃喃自語：「要快點下去，要快點下去，快快下去快快下去……」

忽然有人倒下。

一個，兩個，三個倒下。

女高中生的臉上濕濕黏黏的，不需要摸，就知道是血。

捷運上到處都是血。

很多人試圖想看清楚血從哪裡來，卻只看見越來越多人倒了下去，然後才是一直都沒停下來的尖叫。

女高中生想站起來，兩隻腳卻不聽使喚，抖得很厲害。

這一幕，明明就經歷過，明明就發生過好幾次，卻還是逃不掉。

不知道誰在揮刀，但一定是刀。

一聲不吭，絕對的沉默，一直猛刺，急割。

動作很小，技巧略嫌生疏，卻很冷靜地將無人性的動作執行到底。

吊環上面都是血。血一直滴下來。

有人滑倒，被自己的血，被別人的血，一踩就滑倒。

明明大家都一直亂跑亂叫，爲什麼沒有人看見兇手？

車廂內越來越熱，越來越熱，像血一樣熱。

大家推來推去，被彼此撞倒，車子卻始終沒有停下來。

女高中生覺得喉嚨癢癢的。

一摸，就摸到了不斷湧出的泡泡聲音。

「咕嚕。」

咕嚕咕
嚕咕嚕
咕嚕咕
嚕咕嚕
咕嚕咕
嚕咕嚕

38

不夜橙眼神茫然地，從紙箱裡站起來。

第十一個。

第十一個相似的夢了。

他不發一語在天橋下走來走去，來來回回。

這個夢，這一個女高中生的夢，跟前一個小學生留下的夢，還有前前一個失業上班族賣的夢，都跟那第一個延畢大學生的夢境很相似，只是場景不一樣。

五個夢在電影院，三個夢在演唱會，兩個夢在捷運上。

這次，第十一次，則同樣在捷運上。

無面孔的乘客，無法聚焦的單字本。

搖晃的視線，滴血的吊環，濕滑的紅色地板，一切如常得可怕的到站廣播聲。

尖叫，對峙，無秩序的崩潰推擠，彼此踐踏，天旋地轉的視角。

明明就是第一手的最新鮮夢境，怎麼雜訊這麼多，圖像忽大忽小又遠又近得那麼嚴重，即使不夜橙站在客觀的觀眾位置上，不斷變換角度，每每想仔細看，馬上就失焦了。

當然了，夢的最後，這個夢境主人的喉嚨同樣忽然裂開了一道平整的傷口。

傷口不斷湧出血來，將整個夢都淹滿。

而血泡在傷口邊咕嚕咕嚕冒出的聲音始終不絕於耳。

那慘狀，就跟最後消失前的目標Ａ一樣。

至於兇手，不管是在捷運上或演唱會或電影院，其臉孔都深陷於面目模糊的黑暗，只知道確實是人，實實在在的人類，並非幻想出來的異種怪物。

不夜橙看著天橋的另一頭，那些正在燃燒的成堆紙箱。

一個又一個，五十塊錢的，只配化成火焰的廉價夢。

「到底是……」不夜橙看著妖異的怪夢火焰，沉吟：「代表什麼意思呢？」

之前自己一味沉溺在小雪的夢，沒有再多接觸別人的夢境。

這三天來，自己用少少的錢買下的這連續十一個夢，分別由四個人所賣，而這四個人互不認識，卻擁有情境雷同的夢境，而且每個人至少都做過兩次一模一樣的夢，未來還可能再繼續一樣的夢下去。

搞什麼？

遠遠的，正在狂燒紙箱的黑草男跟他對看了一眼。

不夜橙曾追問過黑草男，也只得到最近紙箱國意象相似的兇殺夢境越來越多，多到沒人想買，如此而已。其餘的，跟交易無關的所有部分，黑草男都一臉沒有興趣了解的爛表情。

「我只交易夢。」黑草男依舊在煙霧裡說話：「我只，評斷夢的交易價值。」

「你交易夢這麼久了，不會是第一次遇到這樣的異象吧？」

「日子久了，自然會遇見各種狀況吧，但偶爾也會有新鮮事。」黑草男像是笑了：「比如之前就沒遇過像你這樣，硬是拿著別人的夢來賣的。」

「到底很多人夢到類似的情境，代表什麼意思？」

「這又關你什麼事呢不夜橙？」

「有些看不透的因果，我想弄清楚。」

「關於夢的秘密，你得自己買，自己進夢裡找答案——」

黑草男的眼神撲朔迷離，揶揄不夜橙的問題：「如果你認爲夢裡能找到線索的話。」

這是一道謎題嗎？

還是巧合的純粹累積？

爲了對付心中的不安，不夜橙將自己的實際經驗暫時擺在一邊，用網路找了很多關於夢的理論，或者稍微科學一點的說法。

比如最經典的，佛洛伊德的精神分析理論認爲，夢可以解釋爲一種病徵，夢顯示了人們在平時有意識狀態時，心中潛藏的一些意念。佛洛伊德相信夢的詮釋，將有助於了解人類完整的心靈，而所有的夢境都是被抑制的願望滿足，不能只看夢的表面，而是要探究夢的眞相……諸如此類，非常學術的研究表達。

但是學術理論，對爲什麼一群素昧平生的人會在特定時間內都做相似的夢，好像沒有眞正的解答，如果佛洛伊德可以造訪紙箱國一個月，在上萬個陌生人的夢裡實際進行夢的田野研究，他一定會震撼到把寫過的書重新改寫一次。

那些集體凶夢，眞是太不正常了。

也太不吉利了。

而這種不正常與不吉利，原本跟不夜橙毫不相干。

但扯上目標A，就讓不夜橙很掛意。

夢的世界深不可測。

不夜橙的確在夢境的無數窺看裡整理出一些規則，但夢境就是宇宙，看似有規則，有秩序，有因果，實際上所有關於夢的規則都可以被例外顛覆，而例外多到又自成一個宇宙。

後來，不夜橙持續在網路上檢索關鍵字句「集體夢境」、「相似夢」、「很多人做一樣的夢」、「共同夢」、「眾夢」的資料，得到共同的新關鍵字。

——預知夢。

39

預知夢。

在這個關鍵字底下的所有資料，不夜橙越看越狐疑，越看越心驚。

一九八五年，十一月十三日，哥倫比亞內華達德魯茲火山爆發，岩漿與衝上雲霄的熱氣，將覆蓋大地的積雪與冰川融化，化作十多公尺厚的泥石流高速淹沒城鄉，造成兩萬多人死亡。在此之前的半年裡，火山鄰近一帶的村莊裡有許多人都信誓旦旦，連續夢見了好幾天的火山爆發，心神不寧地舉辦各種法會與儀式請求神靈息怒，雖然年代久遠，仍留下了許多非正式紀錄。

一九九九年，九月二十一日，發生在台灣南投一帶的大地震，在地動天搖前一個月，陸陸續續有一百多個人曾經做過關於天崩地裂的可怕夢境，不約而同，都是連續夢見好幾天，有些人還有精神科的門診正式紀錄，但更多人選擇到廟宇求神問卜，或在網路上寫下惡夢日記紀錄。

二〇〇四年，十二月二十六日，印尼大海嘯，共造成鄰近諸國超過二十九萬人失蹤與死亡，世界各地至少有上千人宣稱在災難來襲前幾週，都曾經做過關於海嘯的惡夢，相似的是，這上千人也都是連續夢見類似的情境，而這些人當然都不是占星師或算命師，也都非天生就具有神通的靈能者。

預知夢的內容，基本上都充滿了災厄。

許多說法都很類似，巨大的災厄充滿了巨大的能量，能改變大氣的磁場，認爲許多野生動物保有最強的第六感，能在地震前、海嘯前、火山爆發前，就感應到災難將至，提前逃命去。

人類當然也有相似的感應能力，只不過人在清醒時，大腦要即時處理許多瞬息萬變的複雜資訊，到了現代社會，琳琅滿目的資訊量更加豐富龐雜，佔據了人類所有的五感，唯有等到入夜睡著時，或者在打坐冥想時，意識在寂靜中慢慢沉澱，人腦才能得到釋放，在深層意識裡對重大災難的感應便有機會開啓，去接受大自然的提示。

而這些提示，往往會以夢的形式出現。

只有一個人夢到了災厄，可能是日有所思夜有所夢。

很多人在同一時間內夢到了凶兆，很可能，就是災厄的能量從不遠的未來波傳到現在，被許多人的潛意識感應到，進而捕捉，將其側錄在夢裡。

但是，關於災厄的預知夢，幾乎都是威力強大的天災。

大地震、暴風、火山爆發、海嘯等等自然災害，都曾出現在祭師或靈能者的預知夢紀錄裡，但是人爲的災難，只有零星的一、兩起重大飛機失事事件在集體預知夢的討論裡出現過。

至於兇殺案，則完全沒有被提及。

「也對，不過是兇殺案，哪來什麼巨大能量？」常常殺人的不夜橙自問。

即使是一個精神病拿槍衝到大街上瘋狂亂射，不過十多人喪命，這樣的兇殺規模有可能引發集體預知夢嗎？

即使是幾年前日本奧姆眞理教在地鐵施放沙林毒氣，殺害了十三個人，如此慘案在網路上也沒有人夢到預知夢的紀錄。

而且，為什麼這些預知夢，會有多達三個場景的不同？

如果是眞正集體預知夢的話，線索不該指向同樣的犯案地點嗎？

為什麼一下子在捷運上殺人，一下子在電影院行兇，然後又跑到演唱會裡大開殺戒呢？

焦慮的不夜橙不斷檢索資料，也上了圖書館混了一整天，亂無章法地翻了許多奇奇怪怪關於夢的書。看來，只有一個方法可以漸漸接近不夜橙想像的眞實。

——那就是不停地進入這些相似的夢裡。

去研究，去推敲，去找尋他需要擔心的原因。

40

新店溪，河岸。

芒草被寒風吹得波浪起伏，發出蕭瑟的冉動聲。

長年廢棄的工寮裡，滿地的米酒瓶，鹹酥雞吃剩的乾癟骨頭散了一地。

工寮的地上鋪了好大一塊的塑膠墊。

一個被油炸食物跟米酒吸引過來的流浪漢大叔，吃吃喝喝的好不開心。

「謝謝你們請我喝酒，又請我吃了你們這麼多東西，今天眞是幸運啊哈哈哈哈遇到年輕人眞好！不過剛剛都是我在說話，眞是不好意思啊哈哈哈！」流浪漢大叔醉了，但醉了更開心，說話的聲音也更大了：「來來來！你們也一起喝嘛！」

那三個人，顯然對酒酣耳熱的流浪漢大叔一點也不感興趣。

他們坐在撿拾來的瓦楞紙上，各自拿著一本事先塗鴉好自己想法的筆記本，針對彼此在家裡擬好的奇特想法進行討論。

「我這幾天想了一下，在幾乎是密閉的電影院裡執行『惡魔666號蟲洞』計畫，我們可以控制的因素最多、最重要的是一片漆黑，我們又買下最後一排所有的座位，一動手，就先用最快的速度割開倒數第二排所有人的喉嚨，那麼黑，初期造成的混亂，絕對最讓現場的群眾摸不著頭緒，也無從反應，一定會造成最多人死亡。」

「不反對，但很多人一個月只去一次電影院，卻每天都會搭捷運。在捷運上動手，更能帶給所有人最如影隨形的陰影。」

「我個人是覺得，捷運雖然更日常生活化，但比起在黑漆漆的電影院裡好好執行『惡魔666號蟲洞』計畫，在捷運上動手，所有人都會在第一時間就發現狀況，我們會被阻止得很快。」

「反對這個觀點，我上網研究過美國校園屠殺的現場群眾反應，大家即使發現了也沒有差別，所有人都會覺得慘案就在眼前而且持續進行，那種血腥太超現實，每個人都會呆住，無法思考，最好的反應也不過就是快點逃跑，不會有人敢出面阻止。」

「同意。逞英雄的人在現實世界裡太稀有了。」

「好吧，應該是這樣的群眾反應沒錯。」

「另一方面，在捷運上動手，也會有最多人拿起手機，把我們執行計畫的過程拍下來。有了那些被確實紀錄下來的屠殺畫面，透過媒體大量重播又重播，『惡魔666號蟲洞』的爆發力才會最強。」

「同意，這是個畫面決定的時代。」

流浪漢大叔在一旁聽得迷迷糊糊，忍不住插嘴：「什麼蟲洞啊？惡魔什麼的，那是學校作業嗎？」

當然了，沒有人要搭理。

「我剛剛想了一下，雖然在捷運上執行計畫最有畫面感，但我覺得還是要考量到現實層面。我們，應該都不算是很外向的人吧？我們眞的有辦法在很多可以把我們看清楚的陌生人面前，冷靜地把計畫執行到底嗎？萬一被手機拍到的畫面，都是我們很狼狽的樣子，計畫的精神就會大打折扣。」

「我個人是覺得，我不在意陌生人的痛苦，但完全不想跟他們的視線接觸。」

「不反對，聽到尖叫聲應該不會影響我，血也不會，但我的確很厭惡跟他們的眼睛對到。光是用想像的，就覺得噁心到想吐。好吧就這一點來說，電影院比較合適。」

「還是這是可以訓練的？」似乎很捨不得計畫沒有被手機捕捉到。

「視線接觸的訓練嗎？」

「反對，我不想接受這樣的訓練，寧願把時間花在更有效率的攻擊訓練上，比如說刀子的落點、切割的角度之類的，這也是我們今天聚會的目的之一吧。上次光對付一個喝醉的老人就弄得一塌糊塗，要不是我們有三個人，一定失敗。」

流浪漢大叔打了一個很臭的酒嗝：「訓練什麼啊？叔叔可以幫忙啊！」

三個人往他的方向，冷漠地瞥了一眼。

是的，你可以幫忙。

但討論還沒結束之前，你乖乖坐在一邊，吃你的花生，喝你的酒。

「該討論演唱會的版本了吧？在演唱會上打開蟲洞，一定是最酷最炫的版本！」

「演唱會啊……」

「想想看，歌手在台上唱到一半，唱到最高潮的時候，我們開始往旁邊的人刺，對後面就直接捅肚子，往前面就割喉嚨，不管大家怎麼慘叫都不會被注意到，運氣好的話說不定可以殺完整首歌！」

「我剛剛想了一下，不管是跟捷運比還是跟電影院比，認真思考的話，演唱會的安檢情況太不穩定了，就算買通負責檢查違禁品的工讀生這個辦法，也不能納入計畫裡，以免買通不成，還提早被相關安檢的人懷疑。那會導致最糟糕的情況——」

「計畫還沒開始就失敗。」

「沒錯。」

「不反對，但也反對。如果我們自己就是檢查違禁品的工作人員，就可以搞定這個狀況。只是這樣一來情況會變得複雜很多，我們要花時間融入工作人員，要花時間一起受訓，還要熟悉演唱會的動線，而且，萬一我們三個人被分開來怎麼辦？尤其，我們要挑哪個明星的演唱會來執行計畫呢？」

「是，我剛剛想了一下，如果在周杰倫或五月天的演唱會上動手，以後，每次媒體在描述我們這個計畫的時候，就會一直提到周杰倫或五月天的名字，但這關周杰倫或五月天什麼事？好像周杰倫或五月天變成計畫本身，好像周杰倫跟五月天變成我們要控訴的對象之一，這樣不行，計畫的光芒不能被偶像明星這麼便宜的佔去。」

「不反對，重點是，我們根本沒有要控訴什麼。」

「對，一定要語焉不詳，符號混亂，才能在曖昧的灰色地帶裡引發最大的討論。這就是蟲洞的意思！」

「嗯……嗯？」

「好吧，蟲洞的意思之一。」

「反對，不是說好了連我們自己也不要深究計畫名稱的意義嗎？」

「好，不深究。」

「總之，那些自以為很有想法的網友，一定會把『惡魔666號蟲洞』腦補得很厲害，我們想都沒想過的符號、隱喻、象徵什麼的，他們會自己幫我們創建出來，這樣很好。但，如果他們在腦補的時候把當時這個明星在唱的歌的歌詞也一併想進去，萬一那首歌很智障、很芭樂怎麼辦？那不就是整個計畫給拉低層次了嗎？」

「好吧，演唱會的想法就不繼續下去了。」

聽起來，這個叫『惡魔666號蟲洞』是一個還在成形中的無差別屠殺計畫。

而這三個年輕人，在討論這個屠殺計畫時的語氣，一點也沒有任何讚嘆、興奮、恐懼、緊張，只有就事論事的淡然冷漠。

像是在進行一份團體作業。

像是在網路上敲敲打打一篇冷血的廢文。

「嘿嘿，你們是不是要拍電影啊？」流浪漢大叔又幹掉了半瓶米酒：「我可以去客串喔！哈哈哈以前那個侯導在拍《少年吔，安啦！》的時候！我！我也有去客串過喔！哈哈哈哈！」

三個人不約而同凝視著他。

血液裡充滿酒精的屍體，發酵腐爛的速度實在令人不敢苟同，上次已經領教過一次。不過，練習還是很必須。

三個人同時站了起來，圍著流浪漢。

手中沒有刀，三人只是拱起了手掌，在流浪漢的身上比劃。

「最理想當然是這樣，從後面輕輕抓住下巴，然後一刀切開這裡。」

他一隻手托住流浪漢的下巴，一手慎重其事擦過他的喉嚨。

「我們沒有辦法每一刀都確實割斷喉嚨，所以直接刺進去這裡，也很好。」

他以掌作刀，將掌尖斜斜地壓進流浪漢的脖子與肩胛之間的溝縫。

「我個人是覺得，遇到比我們高大的人，直接刺肚子還是滿可靠的，尤其是刺進去，再轉一轉，讓破壞力從直向，變成一個大面積的立體混亂。」

他將手掌掌尖鑽進流浪漢的肚子，作勢旋轉。

「那部韓國黑幫電影我也有看，好像叫……朋友，是吧？」

另一個他說，也模仿了同樣的刺轉動作在流浪漢的肚子上。

「這裡是肝臟，幕之內常常打這裡，直接刺下去應該會死。」

「肝臟很大一塊，應該很容易就刺到了，不擔心這個。」

「我剛剛一直在想，不可避免的是，我們這樣一直砍，說不定刀會隨時斷掉，光是頸椎的骨頭或……肋骨，可能就會讓我們的刀子應聲折斷，或是卡住，所以要準備多一點的刀子。」

他一邊說，一邊皺眉摸著流浪漢的肋骨。

另外兩個他紛紛點頭同意，在筆記本上做了補充紀錄。

「我個人是覺得，其實砍這個動作，對人的傷害效果並不好，只是動作充滿發洩意味，比較張狂，比較直覺。如果我們可以練習到全部都用刺的話，致死率一定高得多。」

「不反對。」

「避免掙扎，還有消除我們自己的緊張，我覺得我們可以聯手，三刀齊下。」

「我比較高，我盡量刺脖子。」

「不反對，但脖子還是用割的好，那我刺肚子好了。」

「我砍腳，讓他不能逃。」

「反對，人在緊張的時候會分泌很多腎上腺素，你砍腳，除非直接把阿基里斯腱砍斷，不然他滿腦子只想逃跑的時候根本就感受不到痛，跑遠了才會倒下。而且砍腳的姿勢太怪了，你不可能一直用那種怪姿勢砍腳吧。」

「多你一個刺肚子吧，記得轉。」

「其實我個人是覺得隨性一點吧，到時候看狀況，想割哪裡就割哪裡，如果不記得刺，砍也無所謂，總之做什麼都不要停下來就對了。」

「不反對，不要停下來很好。」

「不要停下來很好。」

三個人將那個流浪漢當作是塑膠人偶一樣，煞有其事地用手掌在他身上劃來劃去，這裡刺一刺，那裡捅一捅，弄得流浪漢大叔癢得哈哈大笑。

「哈哈哈哈好癢啊！你們到底在玩什麼啊！也讓大叔參與嘛哈哈哈哈！」

大叔一笑，空氣裡的酒氣就特別濃，特別臭，特別噁心。

三個人都露出嫌惡的表情。

差不多了。

沒有多餘的對白，沒有累贅的恐嚇，沒有過度表演的惡意。

三個人站在醉醺醺流浪漢大叔的前面，左後側，右後方。

僅僅是，一個團隊合作的實驗概念。

三個人的手上多了一把刀子。

河岸邊。

芒草叢。

工寮裡。

塑膠墊子上。

惡魔666號蟲洞，無惡意的蒼白預演開啓。

41

夢的邊界之外，是生冷僵硬的現實。

這間處於倒閉邊緣的二輪電影院，已經很久都沒有更新片單了。

在裡面看電影的人寥寥可數，眞正在看電影的人更是不知道有沒有。

藉著被允許的黑暗，藉著電影的聲音，小情侶在角落糾纏擁吻，年紀不詳的流鶯用手幫休假的阿兵哥打手槍，發出剝滋剝滋的怪聲。

坐在最後一排的曉茹姊吃著滷味，不夜橙則翻著牛皮紙袋裡的資料。

「這個放高利貸的，眞的有那麼壞嗎？」不夜橙盯著業務需求這一欄。

「心疼了嗎？你又不認識。」

「搞成這樣，說不定我都要看心理醫生。」

單子上面清楚註明著，殺手必須使用高濃度的鹽酸，潑灑在目標整個頭上，令目標在燒灼的劇痛中死亡，最好能夠在死亡前令目標雙眼燒毀，口鼻潰爛，在恐懼中越久越好。

這麼暴烈的死法，死前肯定又吼又叫又衝又撞的，每一句話都是驚嘆號。不夜橙心想，肯定需要把目標打昏再扔到一個廢棄的什麼鬼地方，過程非常繁瑣不說，還令下手的人特別難受。如果對方跟自己有深仇大恨也就順理成章，但自己只是一個死亡代工，唉。

「所以這次有特殊業務加給嘛。」曉茹姊自己也笑了。

「……最近心理變態的客人特別多。」不夜橙摸著特別厚的紙袋，眞想拒絕這種見鬼了的單子：「有錢買兇殺人，也要有錢去做心理治療啊。」

「每一個該死的人，都有一個該死的理由，其他你就不要多想了。」

「……我沒說我不接。」

兩個人看著大銀幕上的槍戰。

B級片，但已經拍得比眞實的槍戰繽紛許多，不管是子彈的用量，還是主角閃躲子彈的本事，抑或是正邪雙方將槍戰堅持到底的毅力，都讓眞正的殺手嘆爲觀止吧。

不過是區區一件任務，任務的背後不過是錢，何苦拿命來拚呢？

「對了不夜橙，怎麼你今天看起來氣色很差。」

「嗯。有正在煩惱的事。」

「沒有好好作夢嗎？」

「不能說完全無關。」

「連夢都做不好啊……話說你都已經找到紙箱國了，我好像愛莫能助。」

不夜橙思忖。其實，也不是完全愛莫能助呢妳。

「曉茹姊，最近有聽到風聲，有人要下單指定大屠殺的嗎？」

「大屠殺？」

「有沒有特定的買家，正在找尋願意執行無差別大屠殺的瘋狂殺手？比如說在公開場合大開殺戒，無差別地殺害一大堆路人，地點可能是電影院？捷運上？甚至是演唱會？」

「不夜橙，你知道的，我不能向你透露其他任何單子，或任何殺手的任何訊息，同樣，如果別人向我問起有關你的一切，我也會守口如瓶。」曉茹姊拒絕得非常果斷與專業：「對你，對我，對其他人，都好。」

「我理解，但……」

「但你剛剛說的大屠殺，距離職業殺手能夠做的、應該做的，距離太遠。」曉茹姊的語氣透露出優雅的不屑：「你明白你說的是殺人魔，而不是職業殺手吧？」

自己的確想過殺人魔與職業殺手間的差別，然而這中間的區別其實相當曖昧。

職業殺手受雇於人，沒有意志，只有達成目的的手段。

而連續殺人魔，或者說殺人兇手，則是憑藉自己的自由意志進行殺戮。

除此之外？

「所以說，如果有買家下單給妳，要求一個殺手在特定的時間與特定的場合，進行爲數至少十人的大屠殺，方法不計，只求死亡人數，當然也允許殺手完事後逃逸。對妳來說，這單妳是接，還是不接？」

曉茹姊笑了出來。

「好吧，我懂你要說的了，直接回答你，我的手底下沒有這麼瘋狂的好人才。」曉茹姊失笑，頓了頓才又說：「即便有人肯接，我也過不了自己這一關，這種只有單純惡意的混蛋單子，實在是令人無法接受呢。」

不夜橙皺眉。

「價值判斷到了這個單子身上，突然變重要了嗎？」他沒有批判的意思，只是疑惑：「用鹽酸潑臉把人凌遲到死，我覺得也沒有高明到哪裡去。」

黑暗中，曉茹姊彷彿愣了一下。

曉茹姊隨即深深嘆了一口氣：「你說得對，這次是我感情用事了。重新回答你，若遇到這種大屠殺的下單，我會一個一個詢問底下的殺手，看看有沒有人要接，但我會暗自希望我手底下的殺手用各種理由推託吧。」

不夜橙沒有點頭，也沒有搖頭。

兩個人繼續看著電影。

許久。

「沒有，沒有人下這種單，我也沒聽到風聲。」

「……謝謝。」

一如往常，曉茹姊在微冷的漆黑裡默默消失。

留下不夜橙與滿銀幕的廉價槍林彈雨，以及手中厚實的牛皮紙袋。

「鹽酸要灑在頭上啊……鹽酸要灑在頭上啊……」他嘀咕。

不夜橙稍微用科學常理推測了一下，鹽酸澆頭這種死法恐怕非常漫長，說不定都處於休克狀態，一時半刻無法死絕。到時候紙箱罩頭，搞不好會裝到驚悚而漫長的超級凶夢。

不過，還有這個必要嗎？

小雪不會去賣夢了。

自己也該停止這種奇怪的行徑了吧。

42

夜了，等一個人咖啡。

「今天，喝什麼？」

「好像失戀。」

「失戀有好像的嗎？」

「好像有。」

阿不思皺眉，好像有些疑惑，但還是轉身去弄她的特調咖啡。

眞是沒看過阿不思那種表情，不夜橙笑了，選了一個角落坐下。

是啊，好像失戀呢。

很多情緒得慢慢消化，然而，失戀也不是全然沒有好處。

已經得到幸福的小雪永遠不去天橋下賣夢的話，目標A也就永遠不會出現了，如此一來，自己好像沒有必要再跟黑草男討紅色小紙箱，像個偏執的精神病，去將那些倒楣目標的最後一夢裝回去。是了，這是眞的。

以前做完事，都會以最快的速度離開現場，簡潔俐落的最後算式，絕不節外生枝。現在殺人後，將紅色紙箱套在目標頭上，等待死亡之夢捕獲完成的幾分鐘內，他都非常煎熬，時間的流逝感變得極爲緩慢。只能乾坐在一旁瞪著自己剛剛製造出來的準屍體，無五官，無表情，一點一滴榨取其最後的意識價值。

那種感覺，就是變態。

「……」不夜橙閉上眼睛。

算了吧。

那股虛幻的愛情滋味再如何眞實，都已不會存在。

自己再不放下，就永遠前進不了。

別再像個精神病一樣拎著個什麼紅箱子，正正常常的殺人吧。

「阿不思！一杯眞命天子特調！」

「那我要一杯……唉呦喂呀靠腰特調！」

不夜橙像是被雷打到一樣轉頭，看向咖啡店門口。

小雪與阿克興高采烈跑了進來，迅速在靠窗的位置噗通一屁股坐下。

不夜橙眞的傻了，一時之間竟然有種想要逃走的情緒。

這兩個人。

這兩個人！

把一切莫名其妙都看在眼底的阿不思走了過來，在不夜橙面前放下一杯「好像失戀」，不夜橙看都沒看阿不思一眼，就呆呆地把不知道是什麼滋味的特調一飲而盡。

「不是失戀，是別的。」阿不思看著不夜橙。

「嗯？」不夜橙恍恍惚惚，沒有要搭理阿不思的意思。

「是不想失戀。」

阿不思轉身前，拋下冷笑：「根本點錯。」

兩個人有說有笑，距離之近，不夜橙想不聽都不行。

不久阿不思送來了餐點。

都坐下來一陣子了，卻還漲紅著臉，阿克一身遲來的冷汗：「剛剛眞是太扯了，我一定是瘋了。妳竟敢在陌生人告別式裡發神經，是想把誰嚇破膽啊！」

「沒想到是另一個女孩讓阿克這麼傷心，眞嫉妒。」小雪哼哼哼哼。

「什麼另一個女孩？」不夜橙忽然一句飛來。

阿克與小雪不約而同看向不夜橙。

「！」身爲堂堂殺手的不夜橙竟然一陣魂飛魄散。

之前以各種角度參與這兩個人的約會……嗯，在夢中，還會拚命插嘴，但！

天啊，自己現在到底在幹嘛啊？

這不是夢，這是現實，這是現實，這不是參觀別人的夢！回什麼屁話啊！

「……不好意思。」不夜橙強自鎭定，理由也硬是省下了。

兩個人禮貌地向不夜橙點點頭，繼續聊天。

「阿克，你眞的沒想過我們在一起喔？」小雪突然指著自己臉上的酒渦。
「沒啊，眞不好意思。」阿克毫不留情搖頭，吃著難吃的牛肉飯。
「可是我很可愛啊，你不是郵筒怪客的迷嗎？」小雪搖晃著馬尾。
「我也是艾爾頓．強的迷啊，難道就要跟他在一起？」阿克失笑。
「是喔，可是網路上有一份調查，裡面說現在的年輕人認爲在『判斷兩個人是否在戀愛』的各種指標裡，『有沒有牽手』比起『有沒有做愛』更能表示兩人的親密關係。」小雪的手指彈著阿克的手：「我們常常牽手耶。」
「那以後別牽啊。」阿克隨口回答。
不夜橙大傻眼，差點沒把桌上的叉子捅進阿克的太陽穴。
幸好……強忍了下來。
小雪的臉色在剛剛一瞬間暗了一下，立刻又回復了一貫的怪怪笑容。
阿克好像察覺自己口不擇言傷害了小雪，卻又不知道該怎麼道歉的怪表情。
「去墾丁吧。」
櫃台後的阿不思，嘴裡迸出這一句沒頭沒腦的話。
「是啊，我們去墾丁吧，曬曬陽光散散心情。」小雪看著阿克。
「好像有點道理，也許過陣子我會換工作吧，中間可以自己放自己幾天假。」阿克趕緊接話。

肯定是不想尷尬，兩個人很有默契地說說笑笑。

突然，阿克的臉瞬間僵硬。

小雪察覺阿克的異狀，順著阿克迅速避開的眼睛回頭一看。

不夜橙也慢慢轉頭。盡量的，自然的，慢慢的轉頭。

一個漂亮又時髦的女孩站在咖啡店門口，旁邊還有一個高大帥氣的成熟男子。

「換個地方？」成熟男子詢問，一隻手已經拉住漂亮女孩的外套。

「沒關係。」漂亮女孩強笑，跟同樣正在強笑的阿克點了個頭，算是打過招呼。

那漂亮女孩選了一個背對阿克、距離遠遠的角落，跟成熟男子坐下。

阿不思走過去等候點菜。

阿克忍不住瞥眼看向那漂亮女生。

那漂亮女生專心地看著菜單，而成熟男子卻笑笑看著阿克，表情非常有自信。

喔，懂了呢，這一切的關係實在是一目了然。

阿克喜歡那個漂亮女生，而那個漂亮女生大概也有一點喜歡阿克，所以看到阿克跟小雪一起吃東西，感覺有些尷尬，或者不是滋味。而那個成熟男子很明顯正在追求阿克喜歡的那個漂亮女孩，對阿克頗有敵意。不夜橙把一切看在心裡。

「是那個男人搶了你的女孩嗎？」小雪打量著那成熟男子。

「儘管笑吧。」阿克低下頭，打開雜誌，將臉半埋了進去。

「那個女孩對阿克來說，一定是一顆很痛很痛的觸身球。」小雪嘆氣。

小雪拿起桌上阿克的手機，找到了那個漂亮女生的電話號碼，然後輸進自己的手機裡。

「做什麼？」阿克皺眉，拿回手機。

小雪開始輸入簡訊，不一會兒，文姿放在桌上的手機震動。

這些小動作遠遠看在視力極佳且心思縝密的不夜橙眼裡，雖然不知道小雪傳了什麼內容，但很清楚她正在進行的動作是什麼意思。

遠遠的位子上，那漂亮女孩拿起了手機。未知的使用者傳來的簡訊寫著：「我是小雪，坐在阿克身邊那個女孩。我想問妳，妳跟阿克之間到底發生了什麼事？我問阿克，他都不肯明講，只是很傷心。」

那漂亮女孩一陣無名火起。這算什麼？炫耀？

小雪的手機震動，是來自漂亮女孩的簡訊：「妳喜歡就撿。」

短短五個字，殺傷力卻有如一把蠻橫的匕首。

小雪也火大起來，手指飛快在小小按鍵上猛壓。

阿克低著頭裝看雜誌，心亂如麻，根本沒注意到小雪在做什麼。

「撿什麼？臭三八，妳遲早後悔。」小雪快速傳出，氣得臉都紅了。

「嘴巴可以放乾淨點，我跟妳不熟，也沒什麼好後悔。」漂亮女孩傳回。

「臭三八！妳以爲到雅虎奇摩拍賣什麼都可以買到麼？好男人這種東西……」小雪專注地

按手機按鍵，渾不知道那漂亮女孩已經走到她後面。

不夜橙全身緊繃，但他知道自己什麼都不能做，也什麼都不應該做。

一道冷冽的冰水從小雪的頭頂直澆而下，小雪倉皇轉身。

只見那漂亮女生拿著一只倒懸的空玻璃杯，冷冷地看著小雪。

阿克傻了，完全不知所措。

小雪大怒，抄起手邊的水杯狂飲一大口，然後鼓起臉頰。

「不會是這麼孩子氣的招式吧！」不夜橙在心中驚呼。

小雪的雙手猛然朝自己的臉頰一拍，水柱竟從口噴向漂亮女生的臉。

漂亮女孩完全沒有閃避，只是靜靜地迎著水，溼了滿臉。

成熟男子霍然而起，走到一臉濕淋的漂亮女生身旁，拉住她的手作勢要走。

小雪瞪著漂亮女生，漂亮女生看著阿克，雙腳不移不動。

阿克看著桌上的咖啡，臉都漲紅了。

完全是局外人的不夜橙，卻有著局內人的尷尬。

僵硬的沉默。

「我這樣被潑水，也沒關係嗎？」漂亮女孩看著阿克，終於開口。

阿克的眼睛，還是只敢注視著桌上的咖啡。

「我這樣被潑水，也沒關係嗎？」漂亮女孩重複問句的時候，聲音已在顫抖。

漂亮女孩注意到，桌子底下，阿克的手正牽著小雪，很緊很緊。

阿克想說什麼，但表情極度壓抑，很努力似的。

漂亮女生點點頭，轉身走出等一個人咖啡，成熟男子緊跟在後。

小雪像是鬆了一口氣，轉頭看著阿克，卻見到一雙憤怒不已的眼睛。

「妳幹嘛噴她水！」阿克怒吼，一隻拳頭停在半空中，模樣十分嚇人。

小雪被嚇壞了，根本說不出話來。

不夜橙緊握拳頭。

「妳幹嘛老是這樣任性！妳以爲別人都要吃妳那套是不是！妳知不知道我有多喜歡她！知不知道我有多喜歡她！知不知道我有多喜歡她！喜歡到不當我自己都沒有關係！」阿克的拳頭重重砸在桌上，發出巨大的撞擊聲。

小雪哇一聲哭了出來，抽抽噎噎的。

不夜橙的拳頭捏得很緊，很緊。

這不是夢，這不是夢，這不是夢，這不是夢……

阿克突然像洩了氣的皮球，面色愧疚。

「妳說點什麼吧……說點什麼反駁我吧。說是文姿先潑妳水的，說妳不是爲了自己，而是爲了我潑的……妳說吧。」阿克剛剛握緊拳頭的手，拿起桌上的面紙擦拭小雪臉上的眼淚。

小雪哭著搖搖頭，搖搖頭。

「我不用說，也不需要說，因爲阿克在罵我的時候，還一直緊緊牽著我，嗚……」小雪號啕大哭。

桌子底下緊緊相繫的那雙手，兀自顫抖著。

不夜橙鬆開手。

鬆開手。

小雪的眼淚流進了不夜橙最心底的秘密裡。

那些眼淚，一定會讓自己再度遇見……

43

桌上都是鈔票的特殊油墨味，整疊整捆的借據，龍飛鳳舞的帳本。

一隻金黃色貔貅蹲踞在桌子正中央，守護著這間房間裡掠奪來的一切。

除穢香的香氣濃郁瀰漫，燻黃了天花板，驅趕著所有妨礙賺錢的邪靈。

「欠債還錢這麼簡單的事，不就是數學問題嗎！有多少錢就還多少錢，剩下的，暫時沒有錢還，那有什麼問題！只要有誠意，我們當然就要努力幫他想辦法啊！」

一個半身赤裸的五十多歲男子，顯然是這個房間的主人，挺著一個凸起的巨大小腹，在電話這頭氣急敗壞地教訓另一頭正在討債的手下。

「他的腎好，就幫他的腎賣個好價錢！啊？什麼？賣過一次了？只剩一顆？好……那他的眼睛好，就把眼角膜賣給比他更需要的人啊！」

「什麼？看不見？看不見有看不見的日子可以過嘛，你就幫他找盲人按摩的活幹，告訴你——人定勝天！現在越來越多人喜歡按摩對吧！我包準他眼睛瞎掉，賺錢比眼睛看得見的時候還要穩定！他賺錢穩定，我就收錢穩定！」

「還有，你去看看他老婆長得怎樣？他的老婆長得還可以，就替他老婆找砲打！一個女人整天在家裡哭哭啼啼也不是辦法對吧！出來見見世面！可以打砲又可以收錢！這麼好的活我也想幹啊！」

「啊！什麼？他沒老婆？那看看他是不是gay啊！gay也有gay的市場……啊什麼啊？你是不是歧視gay啊？幹我們這一行的就講一個人人平等！」

電話掛了又打，打了又掛。

這間小小的高利貸錢窟裡，凸小腹老闆不斷走來走去，不知道他的惡毒建議有多少是在發洩他掌握別人人生的優越感，還是眞的在下命令不計代價惡搞欠債者的人生。

看看手錶，時間差不多了，半裸的高利貸老闆將一捆捆借據放進保險箱鎖好。至於剛剛點收進來的鈔票則一把一把裝進袋子裡，準備拿去信用合作社存款，賺點蠅頭小利，找機會再把錢貸出去，賺更多的腎與眼角膜進來。

老闆房間外面的大辦公室，並沒有像黑社會電影裡一群刺龍刺鳳的江湖兄弟，無所事事地坐在那裡等著打打殺殺。白色的日光燈燈管下，只有十幾個中年婦女用與她們外表不符的甜美聲音，在電話裡很有耐心地推銷優質的借貸方案，無論如何都是超好借，越是無房無車無抵押，彷彿就更想把錢借給你，循循善誘，非常忙碌。

一個勉強看起來像是保鏢的高大肥胖年輕人，原本斜坐在沙發上看八卦雜誌，一見到高利貸老闆從房間裡出來，就伸手過去要幫忙提錢袋。

「是要講多少次！裝錢的袋子是你可以提的嗎！」

高利貸老闆嗤之以鼻，將錢袋打向胖子保鏢的腦袋：「你！你！你這個豬腦袋！我花了多久才可以提這種裝滿錢的袋子！你提個屁！找你這種大胖子跟我出門，是要用你的五花肉幫我擋子彈！」

「是，老闆。」胖子保鏢自己也笑了：「用我的五花肉，幫你擋子彈。」

老闆跟胖子保鏢離開辦公室，進入大樓運貨用的工業電梯。

多虧了這棟大樓出入複雜，自己雖然是合法立案的非法經營業者，但同一棟樓裡還有一些更王八蛋的詐騙集團租了辦公室在亂搞，據說還有人在搞軍火交易，大家都是小心爲上，幾乎都不大使用正常的前排電梯，而這台原本幾乎廢棄的送貨電梯沒有監視器，各路牛鬼蛇神進進出出，都不會被紀錄。

非常隱密，不會被紀錄。

——所以非常合適所有不想被紀錄的人使用。

下降中的電梯不正常地抖晃了一下，愕然停在樓與樓之間。

金屬柵欄式天花板一震。

胖子保鏢跟老闆不約而同向上看。

咻。

胖子保鏢的眉心多了一個洞，眼睛瞪大，直接倒在老闆身旁。

「對不起，再怎麼計算都必須連累你。」

不夜橙戴著護目鏡與N95口罩，蹲在電梯上方，手裡拿著一把槍。

老闆還沒反應過來，一大桶鹽酸便從上而下澆灌，滾滾而瀑。

電梯天井間發出淒厲的慘叫聲。不可能沒有人聽見。

但這棟樓的情況恐怕是，根本不會有人報警。

「……」不夜橙皺眉，還有些反胃。

這一切實在是太難熬了。

很快就沒了鬼吼鬼叫，人類的聲帶比不夜橙預期的還要脆弱。

取而代之的是傾全身之力撞擊柵欄的聲響，暴烈，瘋狂，無所不用其極到，分不清是想拚了一切逃出電梯，還是想在最短時間之內將自己撞死結束痛苦。

然後是第二桶鹽酸淋下。

刺鼻的化學煙霧中，混雜著五官溶解的古怪氣味。

胖子的夢，不屬於他。這是不夜橙的規則，不夜橙的自制。

終於沒了聲音，只剩下殘存於肌肉與神經之間的最後顫抖。

不夜橙拿出了紅色紙箱。

44

天橋下。

「我要預約那個女生的夢。」

「那個女孩或許不會再來了。」

「會的。」

「這次的箱子，怎麼聞起來有點……怪怪的味道？」

「這幾天，她一定會來的。」

不夜橙笑了。

不夜橙夢了。

巨大的黑白相片底下，阿克、小雪、不夜橙，三個人並肩而站。

高懸的黑白照片用許多黃色鮮花飾邊，相片裡的陌生男子笑得很肉麻，露出參差不齊的牙齒。許多穿黑色衣服的人哭哭啼啼坐在鋁椅上，聽著一個老女人在台上訴說著對往生者的思念，會場悠揚著翩翩驪歌。

「嗯，是我錯過的那場告別式吧？」不夜橙想起那天晚上的談話。

「你又來了！」小雪，喔不，是目標A看著不夜橙驚呼。

「是妳終於又出現了。」不夜橙莞爾。

心裡明明很激動，卻只是淡淡地給了笑容。

「上次我……這裡？」目標A的手指摸著喉嚨，神色還有些驚魂未定。

「嗯，我最近正在研究那是怎麼一回事，我發現……」不夜橙話還沒說完。

目標A突然別過頭去，進入夢境劇本的設定裡，專注聽著台上的女人說話。

不夜橙點點頭表示理解，安靜地看著台上。

「俊青不只是一個好牌友，也是一個可靠的好人，每次朋友有困難，俊青總是先想到幫助朋友，最後才想到自己，有一次我坐在俊青後面看他打牌，他居然扣著該胡不胡的自摸牌不胡，還故意放槍給缺錢的老王，這等胸襟，不能不讓人佩服，不能不……」台上的老女人說得涕淚縱橫。

阿克看著一旁不動聲色的小雪，眼神大感疑惑。

「他是妳的誰啊？親戚還是朋友？」阿克搔頭。

「不認識。」小雪看起來一貫的冷靜。

「那妳帶我來這裡做什麼啊？」阿克的頭皮頓時發麻。

「來靈堂，當然是來參加告別式的啊。」小雪一副理所當然呢。

不夜橙欣賞著目標A的側面，輪廓很美。

能再見到目標A，實在是太好了。

阿克渾身不自在地東張西望。

「看不出來妳人這麼好，連不認識的人的告別式妳都來參加，不過我沒有這種日行一善的習慣，我先走了。」阿克搖搖手，便要離開。

小雪拉住阿克，搖搖頭。

「搖什麼，我眞的要走了，我覺得好怪。」阿克堅持。

「阿克，你不覺得，這個地方很悲傷嗎？」小雪淡淡地說。

一位哭哭啼啼的歐巴桑哭得亂七八糟，捲起阿克的袖子擦眼淚，阿克嚇到。

不夜橙哈哈大笑。

目標A瞥了不夜橙一眼，嘴角也反劇本地揚了起來。

「就是因爲這樣才奇怪啊！」阿克看著濕淋淋的袖子。

「我每次心情不好的時候，如果夜還不夠深不能燒郵筒，我就會翻報紙找訃聞，看看哪裡有沒有在辦告別式的人家，如果地址近，我就會過來參加。不過認識阿克之後，我一次都沒有來過喔，阿克把小雪治療得很好。」小雪說。

不夜橙嘴巴張得很大，胡亂參加陌生人的告別式，這是哪招啊？

「靠，超毛的，妳心情不好時能搞出的花樣眞的很變態。」阿克說的是實話。

小雪沒有回話，專注地聽著台上的人講話，阿克只好繼續待著。

「人死了，還能聽見大家的思念嗎？」小雪輕嘆。

「不行。」不夜橙果斷插嘴，製造死人可是他的強項。

「不能啊，不過告別式上大家說的這些話，還是有意義的。」阿克也不同意。

「？」小雪看著阿克。

「往生者的親朋好友還活著啊，大家聽了其他人對往生者的回憶跟思念或讚美，一起想念往生者，這樣……這樣不是很感人嗎？妳看，所有人都在哭，難道那些眼淚沒有意義嗎？」阿克環顧會場。

不夜橙心想，這個世界上真正認識自己的人實在是少之又少，自己某一天死了，大概不會有什麼告別式吧，十之八九是失手而死，下場不是被黑道給大卸八塊丟海，就是被警察亂槍打死後冰在殯儀館冰櫃裡長年無人認領。

沒有告別式很好，九十九的致詞根本不會感動曉茹姊，而曉茹姊的發言也不會讓九十九掉眼淚，鄒哥只會在家裡把酒灑在地上就算好好紀念過自己了。以殺手身分為名的告別式根本是騷擾大家，最好，還是變成消波塊沉在海底吧。

小雪幽幽嘆氣。

「如果最應該聽到那些話、最應該流那些淚的人，聽不到這些話，流不出這些淚，那還有什麼樣的意義？每次來到告別式，我都很害怕，是不是要等到我死後，大家才會對躺在鮮花裡的我，說出一句句我生前很希望聽見、卻沒有人願意說給我聽的話。更害怕，躺在鮮花裡的我，根本沒有人守在旁邊。」

阿克正感到莫名其妙，小雪突然走上台，阿克完全阻止不及。

不夜橙也嚇了一跳。

小雪接過麥克風，深深一呼吸。

「我要說一個故事。」小雪說。

台下的人紛紛議論小雪的身分，交頭接耳的。

「我很愛很愛一個人，雖然他已經有老婆孩子了，但我還是一樣愛他，願意包容他遇見我之前的一切，但他終究還是離開了，他答應要寫給我的信，我一封都沒收到。」小雪邊說邊哭了出來。

不夜橙想了起來，喔對了，這正是小雪之所以狂燒郵筒的緣由。

「孤零零的，放我一個人在全世界最寂寞的城市，呼吸這世界上最孤獨的空氣，他完全消失，好像我跟他之間的一切都是假的，那些快樂的回憶都不再真實，都是我一個人虛無想像的空白，我愛他，但他愛我的那一段到底存不存在？」小雪泣不成聲。

台下一個歐巴桑突然發飆，指著黑白相片裡的男人大罵：「俊青你這個王八蛋！有了我你還嫌不夠，還在外頭養這麼幼齒的女人！難怪天打雷劈！」

另一個坐在阿克前面的中年婦人突然發難，回頭拉扯第一個歐巴桑的頭髮：「憑妳！俊青居然會看上妳這麼醜的女人，是！他一定是被妳吐死的！還我的俊青來！」

兩個女人打起架、互扯頭髮，坐在附近的喪家趕緊衝上去拉開。

不夜橙難以置信地大笑。

小雪哭到全身無力，一瞬間閃回目標A的表情，對著不夜橙尖叫：「我的天啊，我真的是瘋子！」

「原來燒郵筒還不是最誇張的。」不夜橙鼓掌，換來目標A的白眼一枚。

阿克趕忙扶住搖搖晃晃走下台的小雪。

「阿克，換你了。」

「我？」

阿克只好走上台，敲敲麥克風，清清喉嚨。

站在台上，果然有一種奇怪的氛圍催促他說些什麼。

「昨天晚上，我發現我……我很喜歡的一個女孩，原來一點都不喜歡我……」

阿克深深呼吸，全場數十雙悲傷的眼睛正注視著他。

「於是我喝了好幾罐啤酒，在陽台揮了幾百次棒子，吐到神智不清。揮棒的時候，我一直在想，我究竟喜歡那個女孩哪一點？回憶的片段就像無法停止的幻燈片一樣，在我的腦袋裡不斷跑著，跑著，我努力在那些瑣碎的回憶片段裡，搜尋我喜歡那女孩的理由。

「但是我找不到。我想，一直以來，我只是很單純地喜歡著她，越單純，就越可貴，不是嗎？她不喜歡我，不是她的錯，但不是任何人的錯也改變不了我心裡好痛的事實。」

阿克站在台上，越說越平靜。

小雪拿著手帕拭淚，大家在台下聽得發呆。

「明天要過，明天的明天還有明天要過，不會因爲一場失戀讓明天不再來，我是個笨蛋，只要一睡覺就會忘記不愉快的那種笨蛋，很痛，但只要我睡一百次，過一百次明天，我想不愉快無論如何都會慢慢忘記、稀釋。總有一天我一覺醒來，會重新呼吸到快樂的空氣。我說完了。」

阿克正要下台，突然台下有人發問。

「請問……你跟俊青是什麼關係啊？」

阿克恢復平常的支支吾吾，尷尬地抓著頭。

「國中……國中同學。」阿克竭力鎮定。

「俊青都五十多歲了，你……你怎麼這麼年輕啊？」一個老女人嘖嘖稱奇。

「多喝水，打棒球，早睡早起，每天……每天一顆維他命，日行一善，養妖怪，這就是我保持青春的秘訣。」阿克艱辛地說完，汗流浹背。

在眾人不解的眼神壓力下，告別式，夢的場景像油畫一樣慢慢溶解。

溶解的色彩顏料解脫了想像的重力，上下顚倒，左右交錯。

像是進入了被畫面龍捲風包圍的意識隧道，所有一切都是爲了重組而存在。

「這個夢要結束了嗎？還是只是換個場景呢？」目標A走到不夜橙的面前。

「像是換場。」不夜橙凝視著目標A的眼睛。

距離上次見面，感覺像是一輩子那麼長。

那一點點刻意保持的陌生感裡，醞釀著更強烈更直接的情緒。

「你來找我，我很高興。」

「我，好像比自己上次說的，更喜歡妳。」

不夜橙順其自然地說出這一句，自己在現實世界裡，永遠無法明白的語言。

「所以你喜歡我什麼？」目標A沒有忘記上一次被打斷的問題。

「我沒想過這個問題。」不夜橙坦然地說：「意識到的時候，就發生了。」

「我喜歡這個答案。」

「我也只有這個答案。」

在夢意識奔流的瀑布裡，不夜橙看著小雪記憶裡不規則的圖形與對白裂成碎片，在無限的可能性流動裡重新組合，在他與目標A之間結構成新的場景。

45

夢的另一端。

等一個人咖啡店的門口。

目標A轉身，眼神變化爲小雪的神采。

站在阿克與小雪的背後，不夜橙看著他們興高采烈地跑了進去。

「阿不思！一杯眞命天子特調！」

「那我要一杯……唉呦喂呀靠腰特調！」

是前幾天發生過的事，小雪的夢境果然以記憶重現爲底。

跟著兩人走進咖啡店，不夜橙看見另一個被記憶示現的自己正坐在角落，一臉吃驚地轉頭，看著阿克與小雪坐在自己身邊。

在夢裡看見自己，實在是一件很古怪的事。

「你跑去找我了！」目標A一坐下，就驚呼不夜橙在夢境劇本的出現。

「其實是不期而遇。」不夜橙走到自己面前，似笑非笑。

坐在位子上，阿克一身遲來的冷汗：「剛剛眞是太扯了，我一定是瘋了。妳竟敢在陌生人的告別式裡發神經，是想把誰嚇破膽啊！」

「沒想到是另一個女孩讓阿克這麼傷心，真嫉妒。」小雪哼哼哼哼。

「什麼另一個女孩？」劇本裡的不夜橙忽然一句飛來。

阿克與小雪不約而同看向不夜橙。

「真丟臉！」不夜橙慘叫，看著劇本裡的自己陷入尷尬的沉默。

目標A嘲笑似地看著一旁的不夜橙，又看了看劇本裡不知所措的不夜橙。

「你會怎麼反應？」目標A吃吃笑著。

不夜橙只能苦笑搖頭，等待既定劇本裡的自己隨著記憶軌跡硬著頭皮道歉。

只是，劇本裡的不夜橙卻遲遲沒有反應。

沒有任何反應。

悄悄的，夢的流動感停滯了。

阿克的表情凝結，櫃台後的阿不思也停止了動作。

目標A倒是脫離了小雪的角色，看著不夜橙說：「這個夢又怎麼了？是小雪夢到一半就醒來，所以忽然結束在奇怪的地方嗎？」

「不知道。」不夜橙觀察四周。

這個夢境，是自己經歷過的確實記憶的再現，如果停止在這個地方，或許真如目標A所說的，小雪夢到一半就醒了。而自己跟目標A就可以待在這個斷裂點，像以前一樣，好好的說說話，牽牽手，直到夢境氛圍自然散去爲止。

但出於殺手的警戒，有種不好的預感。

不會如此單純。

「你說你在調查上次的事？」目標A也感覺到了什麼。

「嗯，後來我開始買別人的夢進去睡，意外發現，最近有不少人都有類似的夢境，最後清一色被割喉，鮮血漲滿了整個夢。」不夜橙左顧右盼，以殺手的第六感在檢查這個夢停滯的異狀。

「這代表什麼呢？」

「沒有證據，但我猜是預知夢。」

「預知夢？」

「很多人在同一個時期一起做同樣的夢，很可能是對不遠未來的一種集體感應。上次，妳在夢裡出現被割喉的樣子，也是一種不好的預感。」

「是說小雪在夢之外的世界，會被殺掉的預感嗎？」

「都只是猜測，沒有證據。到底小雪在未來會被某個殺人兇手給殺掉，還是她只是感應到一場兇殺案的發生，然後凶兆以一種具體的方式示現在妳的身上……嗯，我也不知道。但我越來越確信，這一切不會只是巧合。」

「聽得一知半解呢。」

不夜橙將自己最近蒐集與研究的資料，概略地跟目標A說了一遍。包含預知夢通常是針對大自然災害而產生，或是大規模空難或恐怖攻擊，幾乎沒有針對兇殺案產生預感的前例，然而最近不夜橙的體驗卻完全相反。

目標A吐舌頭：「感覺很陰森呢！」

「更陰森的是，一開始我買的那些預知夢裡……嗯，姑且就眞的將它們當作預知夢吧，有些人的預知夢是在電影院，有些人的預知夢是在捷運，也有些人的預知夢是在演唱會，都是在人很多的地方遇害。地點不同，但都是在大眾聚集的公共場所，氛圍也很雷同，都是沒有差別的冷靜大屠殺。」

「你提到一、開、始這三個字，所以後來不一樣了嗎？」

「後來過了好幾天，我陸陸續續越買越多夢，漸漸發現場景開始統一，只剩下電影院的畫面，捷運跟演唱會的場景都消失了，沒有一次再出現過預知夢裡，而電影院的屠殺畫面越來越清晰，屠殺的細節也越來越多。我想，這代表……」

「這代表兇手的想法一直在變！」目標A驚呼。

不夜橙笑了，眞聰明的推理。

看到不夜橙的笑，目標A也得意地笑了。

「嗯，我也是這麼認爲。」不夜橙點點頭，說：「兇手一開始構想了三個犯案地點，電影院、捷運，跟演唱會，當他還在構思犯案細節如何進行的時候，不知道出於什麼理由，最後終於決定了在電影院行兇。」

「電影院似乎比較恐怖呢，一片黑漆漆的，如果有人在裡面忽然殺人，根本就看不清楚發生了什麼事就死翹翹了呢。」目標A憂心忡忡地說：「不過不夜橙，我們還沒有一起去看過電影呢，上次小雪做過跟阿克一起看電影的夢，你錯過了，反而跑進來一個想強暴我的壞蛋。不知道下次還有沒有機會遇到一樣的電影院場景，然後你跟我在裡面約個會，好不好？」

雖然警戒著夢境周遭，不夜橙還是不禁笑了。

目標A似乎擁有來自於小雪對這個世界的一切認識，卻沒有真正的體驗過。

「好。」

「對不起打斷你了呢。」

「但一個兇手在構思階段，甚至連地點都還沒有完全確定的階段，他的屠殺企圖心就已經強烈到足以引發很多預知夢，可見，時間與地點並不是最重要的犯罪原因，重要的是，這個兇手非得要犯下此案的決心。」

目標A嫌惡地說：「怎麼有那麼可怕的人。」

不夜橙尷尬不已：「關於這點，我好像沒有資格說別人。」

「你不一樣啊，你是職業殺手耶。」

「職業殺手，收錢殺人。而這個大屠殺的兇手，則是免費殺人。關於收費這一點來看，免費殺人比收錢殺人感覺還要高尚一點不是嗎？」雖然臉紅了，不夜橙還是咬牙坦承：「我沒有比較好，完全沒有。」

「但你想要阻止他不是嗎？」

「阻止？」

這是什麼概念？

不夜橙怔了一下，遲疑地搖了搖頭：「我，只是不想妳受到傷害。」

這時輪到目標A愣住了。

「你是說，如果我……如果小雪不會死，而是小雪單純預知到一場大屠殺的發生，有很多小雪之外的其他人會死掉，你就不會追查下去嗎？」

「如果妳只是一個預知者，而不是被害人……是，我不會阻止他，但由於無法保證妳的角色是不是安全，所以我還是會繼續追查下去。」不夜橙嚴肅地說：「我的職業屬於黑暗，遇到同樣處於黑暗世界的人，儘管不認同，我必須保持中立。自然會有屬於光明的人會與我們這種人周旋對抗，至於勝負，那又是另一回事了。」

「我覺得你這樣有點可怕。」目標A眉頭深鎖。

「我是一個殺手。」不夜橙沒有辦法不同意目標A的指控。

「就算我喜歡你，但有些時候你的想法我實在是不喜歡呢。」

不夜橙的胸口一揪。

這是什麼感覺？

好陌生，本應流經心臟的血液好像在一瞬間靜止不動，什麼都梗住了。

「我知道你沒有不好。」目標A看著不夜橙的眼睛，像是怕他聽不清楚似的，慢慢說道：「可是，一旦我知道你沒有辦法變得更好，我會有一點難過。」

不夜橙什麼話都說不出來。

「一般人都有的正義感呢？你沒有嗎？」目標A並非咄咄逼人的眼神。

正因爲不是咄咄逼人的眼神，更顯步步相逼。

「我不被允許有。」不夜橙臉頰發燙。

小偷不齒強盜，小強盜不齒大強盜，都是站不住腳，沒有道理的事。

「如果我希望你有呢？」

「……」

「你在路邊看到老太太跌倒了，你會扶她起來嗎？」

「我不介意扶她起來……嗯，我想我會。」

「你看到把老奶奶撞倒的車子把人丟下逃離現場，你會記下車號報警嗎？」

「我會打電話叫救護車。」

「所以你有正義感，不夜橙。」

不夜橙斷然搖頭。

「不，我沒有。」不夜橙無法迴避目標A的眼神：「我在公車上看到小偷在偷老太太的錢包，我不會出聲。我在巷子裡看到兩個男人打劫一個酒女，我不會出聲。如果我正好在銀行處理事情，一群搶匪衝進來亂開槍，我只會自己想辦法躲好，或是幫忙保護旁邊的人不讓他們受傷，而不會阻止那些搶匪。」

「……」

「我有的是同情心，不是正義感。」

「你對自己的了解，怎麼會這麼殘酷呢？不管是同情心也好還是正義感也好，都是你隨時想要有就可以有的東西啊，而且，我聽你說過殺手三大法則啊，當你不是殺手的時候，你就不是殺手了不是嗎？幹嘛刻意跟一般人不一樣呢？」

「我……」不夜橙感到很難受。

「不夜橙，我希望你不要刻意壓抑自己的好。」

「妳以前不會這麼評斷我，妳跟我相處的時候，我都很自在。」不夜橙忍不住。

「因爲我越來越喜歡你啊！所以我希望我喜歡的人，是一個越來越好的人，這樣的想法有什麼不對呢？」

目標A還沒說完，不知哪來轟隆一聲，四周的夢境忽然擠碎出一條條的裂縫。

巨大的黑暗像瀑布一樣，從四面八方湧破等一個人咖啡的夢境裂痕，朝不夜橙與目標A身上傾瀉。

夢境裡所有的光線都被漩渦一樣的黑暗吞噬，不夜橙一伸手，那黑暗在指縫中竄流的觸感不像是液體那麼有實感，卻也不像是氣流那般不可捉摸，唯一可說的，是溫度，一種難以言喻的冰冷。

不夜橙一開口，想說出口的語言也被流動的黑暗侵蝕。

是意識。

不是屬於小雪的黑暗意識。

小雪的黑暗意識是悲傷憂鬱的，而這股黑暗很明顯不是來自於小雪，而是其他。有其他人的黑暗意識正在侵蝕小雪的意念，從外界，以特殊的方法滲透進小雪的潛意識，破壞原本的夢境。

黑暗稍稍退潮，從地上冒起一張一張的座椅，阿不思身後的咖啡吧台被隆隆升起的大銀幕給取代，黑氣沉沉的電影院霸佔了這個夢，而夢境裡唯一的光源就是銀幕上的電影畫面。

這個畫面，這個場景，跟最近漸漸趨於統一的電影院凶夢，如出一轍。

不夜橙站在大銀幕前，面對著滿場的觀眾對著他哈哈大笑。誇張的配樂不計代價地填充電影畫面，滿座觀眾笑得前俯後仰，空氣裡都是爆米花與吉拿棒的焦糖氣味。

不，並非如出一轍，而是益加清晰。

原本在過去的凶夢裡，這些滿座觀眾都是無面孔的罐頭佈置，現在這些觀眾依然輪廓模糊，卻可以用直覺感受到他們彼此的不同。熱戀中的發情情侶，每個週末都來影城報到的老夫老妻，剛剛一起蹺掉補習課的高中生，等一下看完電影要去KTV續攤慶生的好朋友，醉翁之意不在酒的曖昧中男男女女，拿了公司電影招待券來打發時間的上班族，在漆黑裡用力手牽手一起大笑的同志愛侶。

這個預知夢，正隨著時間，越來越接近眞實。

等等，目標A呢？

目標A不見了！

「不夜橙！我又要死了嗎！」

不知道何時坐在倒數第二排位子上的目標A，害怕地摀住自己的脖子。

「冷靜！我來了！」

不夜橙衝向快要崩潰的目標A，一路穿透著每一個正在哈哈大笑的觀眾。

詭異的是，不夜橙越是又跑又跨，與目標A之間的距離卻始終沒有拉近，他們之間的觀眾席正在延長，無限延長，中間有更多無面孔的觀眾像殘影一樣鏡射出來，不讓不夜橙接近目標A。

這股來路不明的黑暗意識正在接收這個夢境的掌控權，不讓他改變任何事。

「你快來！不知道爲什麼我不能動了！」目標A尖叫。

「堅定妳的意志力，把夢搶回來！」不夜橙憤怒不已。

「我沒辦法！這不是我的夢！」目標A慘叫。

遠遠的，不夜橙看見目標A的身後，出現一道濃烈的黑影。

黑影朝四面八方扔出不明的瓶罐，瓶罐破碎，破碎在座位，破碎在地上，破碎在觀眾頭上，破碎在觀眾臉上。煙霧瀰漫，快要無法辨識的慘叫聲此起彼落。

「走！快走！」「殺人！有人殺人！」「快逃！」「他死了！他死了啊啊！」「救命啊！有人在亂砍！」「不要踩我！」「我流血了！救命啊……」「有人死了！報警！有人——咕嚕咕嚕……」「快報警！」「咕嚕咕嚕……」「我的眼睛！看不到！我的眼睛！」「不要擠！啊……在那裡！」

嗆辣的杏仁氣味中，黑影四處割喉，刺擊，砍殺，不夜橙卻無法接近。

無以數計的觀眾喉嚨被切開，繽紛地噴洩出紅色的汁液。

明明是夢境，醒來一切就會結束。

但這個夢境，可是目標A的眞實。

「目標A！」不夜橙倉皇大叫。

目標A的臉上不斷冒著白色的蒸汽，五官正在溶解，痛苦地在無法移動的座位上慘聲尖叫。

四周閃起了無法辨識的超快速影像蒙太奇，都是小雪過往人生的片段。

嬰兒，童年，與高中老師無解的地下戀情，情書，燃燒的郵筒，發洩自我的告別式，生病的金魚，混濁的魚缸，極惡的爛男友，地下道的塔羅牌，與阿克陽光空氣水的邂逅，相遇，巧合，相遇，巧合，相遇，巧合……

回憶像極速旋轉的萬花筒一樣，在夢中颳起了影像龍捲風。

電影院裡四處激射的血液噴上了龍捲風。

被血色染紅的萬花筒籠罩包圍，不夜橙呆立在原地。

「這些影像……」

這些影像龍捲風的萬花筒現象，並未出現在任何其他的預知凶夢裡。

明白了。弄清楚了。

妖怪小雪，並不是預視兇案的預言者。

妖怪小雪是，提前感受到自己即將死於非命的，兇案受害者。

因爲……

不夜橙不再往前奔跑。他直直看著正前方。

四周環繞飛逝的人生跑馬燈影像消散。

痛苦的推擠人群也消失一空。

空蕩蕩的戲院裡，只剩下目標A坐在原來的位置上，五官溶解，全身是血。

已無法看見任何事物的目標A，竭盡最後努力地，對著漆黑吐出一口血煙。

「不夜橙……救我……救……這些人……」

語畢。

目標A的咽喉，被黑影從後方一刀劃開。

咕嚕

不夜橙呆若木雞。

「剛剛是……人生跑馬燈。」

46

小雪不能死。

這一個月裡，不夜橙成了跟蹤狂。

如果大屠殺一定會發生，只要掌握足夠的資訊，自己能夠做的事也不算少。

不夜橙的計畫很簡單——雙重確認。

雙重確認一——

從一個打擊練習場開始，不夜橙輕而易舉跟蹤到了阿克與小雪的同居處，開始跟監小雪的行蹤。一向沒有鬼子幫忙的他，此時此刻展現了追蹤殺單目標的毅力與絕佳的耐心，底線是絕對不打擾小雪日常生活的一切，在遠處守護著小雪的夢。

阿克跟小雪除了去打棒球外，偶爾也會去看電影約會，不夜橙必須確認小雪進場看任何一場電影時，他一定會跟著買票進入放映廳，抱著隨時都會目擊大屠殺的心情，守護在小雪的座位附近。

在台北最晚場的電影，約莫都是在晚上十二點半到一點之間開始，如果小雪在那之前沒有走進任何一間電影院，那麼今天的跟監就算結束，就進入雙重確認的第二點。

雙重確認二——

每一天晚上，在確認小雪沒有去看晚場電影後，不夜橙就會到天橋下，繼續購買那些廉價的重複預知夢，一次又一次進入夢裡，想辦法找出之前沒注意到的、或是根本就是新出現的蛛絲馬跡，好確認大屠殺當天，到底是哪一部電影？哪一個影城？哪一個放映廳？哪一個場次？

大屠殺的日子並不確切，但夢境肯定隨著大屠殺越來越近，而越來越清晰。總有一天，他一定可以看清楚電影的畫面，座位號碼，甚至是，兇手的臉。

那時，資訊量將達到最飽滿。

雖然目標A對他的期許與指責，令不夜橙很難受，但沒有改變不夜橙對兇手的看法與作法。一旦到了眞實的大屠殺現場，不夜橙打算救了目標A，不，救了小雪就走，絕不戀棧制伏兇手。

那一條黑白分明的界線，不該由他越過。他不夠資格承擔正義。

無論如何，現在已經推測出預知夢的內容，會依照兇手計畫的改變而改變地點，表示未來如有機體般隨著某些條件的改變而有所不同，既然如此，只要更加掌握大屠殺精確的時間地點，小雪可以不死。

是的，雖然不打算實踐正義，身爲一個職業殺手，自己必能百分之百好好保護小雪。小雪若不死，目標A也就不會消失。

這一個月來，不夜橙推掉所有的殺單，好讓自己全神貫注在跟蹤與夢境調查上。

「我是不會過問你爲什麼把單子都推掉啦，但如果……我是說如果，如果你遇上什麼麻煩的話，就說出來商量吧。」

九十九依舊點了滿桌子的滷菜，自顧自大吃：「幫你排除萬難，專注在工作上的事，也是經紀人的職責範圍啦……我是說，如果不是太麻煩的話哈哈哈哈哈！」

「謝謝。」不夜橙也夾了一顆滷蛋：「需要工作時我會說的。」

「暫時沒時間？跟上次你提到的下單大屠殺有關嗎？」

曉茹姊的眼睛看著大銀幕，手裡拿著沒能送出去的牛皮紙袋：「我說不夜橙，你該不會在盤算奇怪的事吧？」

「謝謝。」不夜橙吃著爆米花：「需要工作時我會說的。」

「你的制約應該還沒完成吧不夜橙？」

鄒哥幫不夜橙倒酒：「肯定是，遇到了讓你心煩意亂的女人吧？來，喝下去就忘一半了，醒來又忘一半，喝！」

「謝謝。」不夜橙看著酒波上的光：「需要工作時我會說的。」

不夜橙沒有跟這些友善的經紀人說明原因，只是微笑婉拒他們的幫忙。

他心想，以一己之力保護小雪就對了。

47

遠離市區，早已斷水斷電的廢棄學校裡。

一個失業的男子接到一份工作通知，說是要拍一部鬼片，按天計酬的臨演約。

但是依循通知上的地址到了這裡，只看到三個年輕人坐在破敗的教室裡。

地上鋪滿了交疊的塑膠墊，腳輕輕踩在上面，都會發出吱吱簌簌的聲音。

厚重的大片窗簾遮住了窗戶，將月光與街燈完全擋住，唯一的燈光來自手電筒。

現在應該是面試吧？

失業男子就著手電筒的光，努力看清楚這三個劇組人員。

這三個年輕人穿著便利商店在賣的薄黃色雨衣，頭頂上掛著軍用等級的夜視鏡，以及專業的防毒面罩，手上戴著軍用手套，看起來有種逼人的專業感。不過說是拍電影，現場卻沒有看到任何一台攝影機，或其他的劇組成員。

「請問什麼時候開工啊？我以前也當過臨演，不過……」失業男子感覺有些不安。

不愧是鬼片啊……這裡眞是有點毛毛的。

「我們是實境拍攝，鏡頭都藏在你看不到的地方。」防毒面具後的第一張臉。

「這個場次，是要用隱藏鏡頭記錄你的眞實反應。」防毒面具後的第二張臉。

「所以你等一下就盡情的逃跑，認眞閃躲就對了。」防毒面具後的第三張臉。

「閃躲？」失業男子似懂非懂，感覺會很辛苦。

「絕對不可以離開這一間教室。」防毒面具後的第一張臉。

「我們先給你三分鐘習慣黑暗。」防毒面具後的第二張臉。

「請開始活動筋骨，等一下見。」防毒面具後的第三張臉。

三個年輕人關掉手電筒，離開教室，關上門。

失業男子感覺到他們只是站在窗戶外面。

雖然還沒有談到酬勞，但如果指令是閃躲，那就是一場鬼追人的戲吧？

而這一場鬼追人的戲只有自己一個人擔任被害者，酬勞應該相當不錯才是。

「等一下一定要好好表現，嗯，一定！」

失業男子摩拳擦掌，期待爭取到更多的臨演機會。

男子忽然惦記起家附近那七隻，跟他有一餐沒一餐的流浪狗。

哈哈，一開始把第一個吃到一半的便當放在地上以後，就被這些狗黏上了，眞是拿牠們沒辦法呢……說起來眞是好笑，明明已經失業好幾個月，連自己都快餵不飽了，卻還是明知故犯，硬是把那些流浪狗給扯進自己貧窮的生命裡，一起向下沉淪是嗎？牠們肯定不曉得依靠錯了人呢，哈哈！

雖然自己眞的很不可靠，但今天領了報酬回家，一定要跟牠們在街角開一個小小的宵夜慶祝會。

失業男子愉快地胡思亂想著，等到眼睛勉強習慣黑暗後，三分鐘大概也到了。

喀喀。

失業男子聽到門打開。

微微透進外面的一點光後，門隨即闔上。

一亮一暗，剛剛才習慣的黑暗又忽然變得有點陌生。

失業男子瞇起眼睛，感覺到三個黑影從容不迫地靠近自己。

開始了嗎？連他們也沒有台詞嗎？

這麼暗，攝影機拍得到東西嗎？不，一定有紅外線之類的裝置吧？

失業男子趕緊裝出驚慌失措的表情，東跑西跑，努力把桌子撞得亂七八糟。

忽然，肚子被什麼東西猛戳了一下。

失業男子怔住。

這種觸感深深沒入身體裡，那感覺好奇異，是之前的人生都沒有發生過的……

「？」失業男子嘴巴張大。

那潛入體內的觸感迅速在自己的身體內一轉，一扭。

劇痛！

失業男子幾乎就要叫出來的時候，下巴馬上爆出一股激烈的灼熱。

然後肩膀一熱，迅速被火焰燒爬上來。

「啊啊啊！導演……卡！卡！」

馬上，失業男子就知道下巴爲什麼會爆出灼熱。

一道全新的激痛割開了他自行喊卡的叫聲，汩汩鹹味湧進了喉嚨。

接著還是肚子。

後頸。後背。肚子。

肚子。胸口。臉。

肚子。肚子。肚子。

失業男子在一張剛剛被自己撞倒的桌子邊，跪了下來。

呼吸困難。

鼻腔裡，嘴裡，都被很多液體灌滿了。

「我個人是覺得，剛剛我很想大喊招式名稱，一定很有氣勢。」黑影。

「別傻了，那樣也太阿宅了吧，爆出來會被媒體取笑。」黑影。

「不反對，不要歧視自己，不要標籤自己，我也想喊招式名。」黑影。

「眞難得你會贊成那種提議。好吧，我剛剛想了一下，就跟念能力的原理相似，覺得喊出招式名稱可以增加氣勢的話，說不定眞的能夠增加砍殺的威力，就跟富蘭克林把手指割斷，用來增加念彈的威力一樣。」

「我想喊次元刀！」

「那我喊氣元斬！」

「走懷舊風是嗎？那我要喊天翔龍閃！」

「提醒大家一下，不要每殺一刀就喊一次，那樣呼吸會非常凌亂。」

「的確，才砍一個人就很累了，招式名稱要在關鍵最後一擊的時候再喊！」

「不反對，那樣才有絕招的感覺。」

「不過刀子斷了，我剛剛想了一下，砍後背眞的不行。」

「不反對。不能只是爲砍而砍，能刺就刺。」

「砍在肩膀上，那裡的骨頭好硬，才一下我的手都麻了。」

「我個人是覺得，割喉果然還是需要技術，第一下歪得很厲害。」

「肚子吧，觸感很好。」

「夜視鏡眞的需要嗎？我個人是覺得，到時候電影院的光比這裡亮多了。」

「反對，戴著夜視鏡，這樣一來就不用直接跟這些人的視線接觸。」

「想想看怎麼把放映廳裡的電源切斷吧？」

「不反對。」

越來越聽不清楚那三個年輕人在說什麼。

跪在地上的失業男子，頭低低的，重得抬不起來。

有什麼東西從肚子裡不停流出來。

雙手一摸，軟軟的，溼溼的，滑滑的。

無法說一句話。

能夠順利脫離喉嚨的，只有大量的黏稠汁液。

總算習慣了黑暗，但視線卻開始模糊。

剛剛那是怎麼一回事……應該感到害怕嗎？

有點冷。腳都麻了。

都什麼時候了，怎麼會不由自主，回想起小時候最喜歡的紅豆餅呢？

那攤紅豆餅，每個禮拜三都會在國小校門口，老闆娘是一個很親切的大嬸。

三個紅豆餅要二十塊錢，但只要旁邊沒有別的客人，大嬸都會多給他一個。

啊……等等……現在好像不是思念紅豆餅的時候……

巷口的七隻流浪狗，該怎麼通知牠們呢？
應該還是有別的……多管閒事的人吧？
真希望今年的冬天晚一點到……

48

天橋上，一支菸孤孤單單點著。

「又來了。」不夜橙嘆氣。

不夜橙站在橋上，瞥眼看著那支似乎是被放在扶手上的菸。

還是一樣的天黑，還是一樣無法看清前方。

空氣中充滿了尼古丁的焦味，眼前的濃霧似乎來自那一支正在燃燒的菸。

打了好幾個呵欠，伸了無數次懶腰。

不夜橙反正是看不清前方的煙霧繚繞裡藏了什麼人，什麼怪物。

或是一道什麼樣的神祕謎題，給藏在了橋的另一端。

都無所謂，因爲這片霧根本不需要隱藏什麼，哪裡都沒有秘密的價値。

不夜橙只是無奈地在煙霧的這頭站著，坐著，蹲著，躺著。

不管夢了多少次，這個枯燥的場景對不夜橙來說都是極大的煎熬。

那麼就來想一點事情吧……關於無可奈何跟蹤阿克與小雪到了墾丁這件事。

現在的自己，應該是在墾丁充滿陽光的沙灘上不小心睡著的吧？明明是煙霧重鎖的天橋夢境，還可以感覺到夢界之外的陽光暖意。

說來諷刺，上次來墾丁，是來殺一個有黑道背景的夜店老闆，那次得非常費力才能避開所有跟班嘍囉小弟，才能只殺掉老闆一個人把單子結掉。

話說今天一大早阿克與小雪，以及他們的兩個好朋友，從台北一起開車來到墾丁玩耍，爲了避免突發狀況，不夜橙自己也只好跟來。

他們滑沙、玩漆彈射擊生存遊戲、沙灘小吉普車、拖曳傘，等到大家一起玩沙灘排球時已是黃昏。剛剛一路跟蹤眾人的不夜橙呵欠連連躺在沙灘上，而阿克與小雪就在前面不遠處打情罵俏，最後小雪用堆沙把阿克堆成一隻大烏龜後，還趁機硬是亂吻了阿克一大下，看得不夜橙臉紅心跳，完全體認到自己是一個變態的事實。然後在那之後自己就忽然睡著了吧？

小雪很可愛。

但也就是，很可愛，如此而已。

自己爲什麼喜歡目標A，卻對長得一模一樣的小雪沒有愛情的感覺呢？

是因爲很清楚知道小雪喜歡著阿克，所以潛意識告訴自己即使連小雪也一併喜歡下去的話，根本不會有結果是嗎？而且還會意識錯亂。但說到結果，即便自己跟目標A是兩情相悅，跟一個夢中的虛擬角色談戀愛，又能有什麼未來？

目標A，現在應該躲在小雪的深層潛意識裡療傷吧。

希望下次看見她的時候，她好好的。

也希望她不要太責怪自己，並非如她所希望的，更好的那一個人。

終於，不夜橙嘆了一口氣。

暗暗祈禱，這趟旅程儘速結束回到台北，不然他又得在自己這千篇一律無聊的夢裡度過折騰的睡眠時間，連思念另一個人都覺得格外疲憊，與無助。

不夜橙往前走，直直走進了霧裡。

49

落單的夜，在林子裡格外深沉可怕。

跟朋友在樹林裡走散的阿克與小雪，拿著手電筒在林道裡走著，已經走了半個多小時，卻還是走不出無盡的黑林。幾許蛙鳴跟不知名的蟲子叫聲此伏彼起，貓頭鷹在樹梢顧盼低吟，暗示著這個夜還很漫長。

「阿克牽。」小雪嘟著嘴伸出手，阿克一把牽住。

「放心啦，迷路對我來說簡直是家常便飯，大不了走到天亮，總之一定能走回小木屋的。」阿克故作輕鬆，實際上他也不怎麼害怕。

「記不記得這裡？」小雪的手指刺著阿克的肩膀，皺眉。

「好像有點印象？」阿克搔搔頭，但類似的林道岔路實在太多了，每棵樹的模樣又是大同小異。

「這裡我們剛剛走過了啦！笨蛋！笨蛋阿克！」小雪害怕，手指猛刺。

「妳怎麼知道？」阿克不以爲然。

怎麼知道？潛伏在遠遠後方的不夜橙，不知道已經翻了幾個白眼。

要是能出聲提醒，他早就帶這兩個傻瓜走出生天，回小木屋睡覺了。眞不曉得自己是哪根筋斷掉，在墾丁，這種晚上、這種樹林哪可能有什麼電影院好去被殺人魔宰，自己幹嘛傻裡傻氣跟出來吹風，還得時時刻刻忍住打噴嚏的衝動。

小雪指著一棵樹，上面刻有遊客沒品的留言，阿克的手電筒照了過去。

「楊巔峰與謝佳芸到此一遊，我十分鐘前就看過了。」小雪跺腳。

「不會吧？雖然迷路對我來說根本是稀鬆平常的事，但……我們剛剛有轉過彎嗎？怪怪，難道是傳說中的鬼打牆？」阿克嘖嘖稱奇。

「幹嘛講得那麼恐怖？會不會是，這世界上有另一對情侶也叫楊巔峰跟謝佳芸啊？」小雪努力解釋著。

「楊巔峰這麼難聽的名字應該不會有第二個人了。我在猜，會不會是那對沒品的情侶一路留言？所以看到第二次也不奇怪。」阿克越說越有自信。

突然，在黑暗中有一點微光在晃動著。

不夜橙屏息，稍微往前走了一步。

「靠！有鬼火！」阿克大驚。

「什麼鬼火！是螢火蟲！螢火蟲耶！好～可～愛～喔～」小雪喜道。

果然，是一隻落單的螢火蟲，大概是被阿克手電筒的光給勾引來的。

「墾丁靠海，哪來的螢火蟲啊？」阿克將手電筒交給小雪，輕易就撈住了螢火蟲，雙手小心翼翼捧住：「快說！你是什麼蟲！假扮螢火蟲有什麼目的！快說！你是不是臥底！」

「阿克好笨！我們不是要去看瀑布嗎？螢火蟲住在水邊，所以瀑布說不定是這隻螢火蟲的家喔！」小雪從阿克的雙手縫中看著閃閃發亮的螢火蟲。

「有這種事？」阿克張開雙手，讓螢火蟲飛出。

螢火蟲緩緩飛著，在黑暗中的軌跡格外清晰、卻略顯笨拙。

「現在我們只要當螢火蟲的跟屁蟲就好啦！跟著牠，說不定我們就可以找到瀑布，店長不是說，有一條小路可以從瀑布那邊直直往下通到小木屋嗎！那樣的話就沒問題啦！」小雪喜孜孜地拖著阿克，跟著螢火蟲。

「那就祈禱這隻螢火蟲不是一隻不愛回家、正值青春期的叛逆螢火蟲囉。」阿克呵呵笑道，居然得靠一隻屁股著火的小蟲子引路。

兩人走著走著，約莫過了十分鐘，沿路的螢火蟲越來越多，但兩人還是巴巴地跟著原先那一隻笨拙的螢火蟲，穿越一層又一層的黑暗深林。

忘了是何時放下了迷途的焦急，兩人都將注意力放在微微一點螢火上，腳步越來越輕鬆，有說有笑的。不知埋在何處的瀑布還沒見到，卻可以感覺到空氣越來越濕潤，隆隆聲也越來越清晰。

突然，眼前豁然開朗。

一條山澗瀑布劃過兩人眼前，在銀色月光下閃閃發亮。

數以千計隻螢火蟲在瀑布上盤旋著，有如美妙的流焰，森林的精靈。

兩人呆住，久久都說不出話來。

「哇，這隻螢火蟲的家裝潢得還眞不賴。」阿克嘴巴開得好大。

「好想哭喔。」小雪摳淚。

「是有那麼一點。」阿克也摳淚，但不曉得爲什麼。

兩人靜靜站在瀑布前，彷彿不敢褻瀆似的，手電筒自然關掉。

靠海森林的深處，螢火點綴的銀色瀑布，猶如不可侵犯的神聖之地，卻又可愛得叫人想觸手親近。

這情景在都市叢林是遙不可及的夢幻，自有一種特殊的悸動觸發著。

「好奇怪，妳有沒有覺得，心好像跳得很快？」阿克百思不解，終於說出。

「現在是不是應該……做點什麼？」小雪牙齒咬下唇。

「打……打棒球？」阿克很認眞地舉起手，做出揮棒的預備姿勢。

小雪雙手慢慢拉下阿克的手，閉上眼睛面對阿克，微微踮起腳尖。

阿克全身躁熱，彷彿全身上下每一個部分都快壞掉似的。

阿克對著踮著腳尖的小雪輕輕一吻，無數螢火蟲圍繞著兩人打轉。

「這樣……我們算男女朋友了嗎？」小雪的臉都羞紅了。

「剛剛……舌頭好像忘了伸？」阿克完全不知所措，剛剛的吻彷彿只是本能。

「這種事怎麼會忘記？」小雪的臉更紅了。

「我的舌頭沒見過世面，幾千個小傢伙在旁邊偷看，緊張到忘記伸舌頭也是很合乎邏輯的。」阿克結結巴巴，握住小雪的手更緊了。

「你眞的很喜歡說廢話耶。」小雪咬著嘴唇，很嬌很美。

阿克看得頭都暈了，差點就要摔下瀑布。

小雪又踮腳尖，閉上眼睛。

在無數螢火蟲見證下，兩人眞正的第一個吻。

不夜橙躲在層層樹後。

飛舞中的螢火蟲一隻隻停在不夜橙的身上。

從夢裡，至夢外，見證了這一段妖怪與傻蛋之間愛情的開花結果。

很感動，但更惆悵。

眼前的幸福光芒，令他與目標A之間的相遇，越來越遠，越來越遠……

他的守護。

忽然很，寂寞。

50

「抱歉啊，那些夢的第一手體驗，已經被預訂光了。」

夜半月盈，天橋下。

當黑草男跟從鋻丁回到台北的不夜橙這麼說的時候，不夜橙的臉色大變。

「等等，那些夢不都是沒有人要的便宜貨嗎？」他難以置信。

「之前是。」黑草男慢條斯理地說。

「之前？」

「夢的價值隨著新的出價，會有不一樣的評價。現在就是奇貨可居。」

奇貨可居？

那些夢越來越多，紙箱都堆到了天橋外，哪來的奇貨可居。

「那些夢不都是重複到毫無特色可言嗎？」不夜橙忿忿不平。

「據說現在還是很重複，大同小異啊。」黑草男完全不否認。

「那就通通都賣給我，我只要第一手！」不夜橙急迫到甚至往前了一步。

「說了，都給別人預訂了。」

黑草男的視線，帶著不夜橙望向了坐在大紙箱裡的那個人。

那個人，那個傳說中不斷來買夢尋找靈感的怪作家。

一頭亂髮，滿臉鬍碴的他正縮著腳坐在大紙箱裡，將筆記型電腦放在膝蓋上，聚精會神敲敲打打著小說，好像他的世界就只有一個紙箱大小，一跨出去，就什麼都不關他的事。

記得黑草男以前提到他時，曾說這個作家不知道在認真逃避什麼，經常不回家睡覺，常常賴在天橋下，一待就是十幾天，餓了就騎腳踏車去附近找東西吃，想尿尿想大便就直接在雜草堆裡解決，累了倒下就睡，睡覺時不是買夢，就是賣夢，一個夢接著一個夢，一個夢換著一個夢，然後在電腦鍵盤上繼續製造屬於讀者的紙上夢境。

「他？」不夜橙瞪著那不修邊幅的作家。

「他。」黑草男抽著菸。

「他訂光了，所有的，不斷重複的……兇殺夢做什麼？」

「我說你啊……我根本不需要跟你解釋這些。」

轉身離開前，黑草男拍拍不夜橙的肩膀，這個動作已大大踰越了他的平常相處。

「等等！那我拿之前的紅色紙箱跟你換！我跟你換！」不夜橙急切地提議。

「那些紅色夢，你已經拿去交換那個女孩的初夢啦！說話算話……」

搖搖晃晃的黑草男越走越遠，去看顧他另一筆生意去了。

不夜橙轉頭，看著作家。

作家持續敲敲打打，視線完全不超過電腦螢幕的範圍。

答答答答，答答答答，答答答答……

那個用想像力把自己狠狠囚禁住的模樣，現在看起來，眞是，非常，討厭。

不夜橙慢慢走向他。

多麼脆弱的一條生命啊，只要自己輕輕抓著他的頸子，這麼一轉……

不夜橙在作家旁邊慢慢蹲下。

他打量著他。

打量著他的纖弱，審視著他的頑固，感受他的偏執。

「……」不夜橙聞到了，很多天沒有洗澡的臭味。

「你是殺手吧？」作家頭也不抬，忽然這麼一句。

不夜橙怔住。

這是什麼等級的開場白？

「我認識一個愛吃漢堡的殺手，你們身上都有一股相似的氣味。」作家繼續寫。

「什麼氣味？」不夜橙話才一出口，立即很後悔被牽著鼻子走。

「天生就不想被正常人喜歡的氣味，天生就想避開人群的氣味，天生就自以爲是孤獨的一匹狼的氣味。臭味。」作家沉浸在想像的世界裡，繼續他的敲敲打打：「有什麼話就說吧，我盡量忍耐。」

不夜橙不清楚這個作家的來歷，也不認識什麼愛吃漢堡的殺手。

但這個邋遢的作家絕對不是普通人物，也就省下跟普通人物說話的一般句型吧。

「你爲什麼要跟我作對？」不夜橙單刀直入。

「作對個屁，我根本不認識你。」

「你買下那些根本沒有人要夢的夢，而且買光光。那些夢以前只有我在買。」

「我買下的是第一手，之後隨便你怎麼溫習。」作家還是看都不看他一眼。

「我要第一手。」不夜橙強調。

「那你殺了我啊，不敢殺我的話就乖乖排我後面。」

不夜橙的腦子一熱，眞想伸手過去把作家的脖子擰斷。

「……我需、要、那些夢的第一手，但你只是想、要、那些夢的第一手。」

「我是想要，但是是、很、想、要，應該有超過你的需要。」

「你只是要拿它們寫小說吧。」不夜橙很努力控制自己的手。

「對啊，我很想要好好研究它們，拆解，分析，重組，然後破解，寫成小說……個屁！」

作家皺眉，感覺很不耐煩：「我幹嘛跟你說這些？我要拿它們來寫小說或是拿它們來打發時間，都是我的自由，反正我就是用我的夢把它們都換光光了。」

「這些大屠殺的夢千篇一律，你夢一個也就差不多知道全部了。其他的，都賣回給我。等到這些夢都……告一段落，我會還你非常棒的，人將死之際所做的最後一個夢。」不夜橙簡直是咬牙切齒地在說這一番話：「你寫犯罪小說吧？我還你十個非常犯罪的夢，保證讓你靈感源源不絕。」

此時，作家終於慢慢把頭抬起，正視不夜橙的眼睛。

看來這筆交易是吸引到他了。

「你在開玩笑嗎？」作家瞪著不夜橙。

「我沒有開玩笑，我還你，更好的夢。」不夜橙信誓旦旦。

「我是說，你他媽的是在詐欺吧？」

作家嗤之以鼻：「你那些破爛凶夢，怎麼比得上那些預知夢？」

不夜橙一震。

「你！」

「別把你的自以爲是，拿去詐欺比你更自以爲是的……」

作家再度嗤之以鼻。

「惡夢專家。」

51

紙箱國，不屬於人，不歸神管，也不近魑魅魍魎。

這裡是所有界線與邊疆互相交錯穿插之地，漂浮於萬千現實之上，從於夢。

是以，天橋下所聚集的不正常的人，比正常的人要多很多。

這個自我放逐的作家，顯然也不歸這個世界管。

「我給你錢。」不夜橙的語氣帶著窘迫。

「你看我這個樣子，睡紙箱，吃便當，拉撒都在草堆裡，像是需要錢的人嗎？」

「我幫你殺人。」不夜橙硬著頭皮，反正他的身分在作家面前也不是秘密。

「殺人？」作家看起來有些啼笑皆非。

「隨你挑選，我幫你殺一個人，換你先讓我夢第一手。」

「還殺什麼啊？需要殺人的日子已經遠離我了。現在我最想殺死的人，說不定正是我自己。」作家科科科地笑著，用手朝自己的脖子慢慢劃了一下：「不過他媽的也不需要你來動手了。」

真是，笑得很不誠懇。

笑得，很有故事。

「……」不夜橙沒有怒氣，也沒有絲毫貶抑。

他只是感覺到了同是天涯淪落人的淡淡悲傷。

那股悲傷，不可輕侮。

無視不夜橙正從他的笑，感受與領悟著什麼，作家用力闔上了筆記型電腦，從紙箱裡站起來，打了一個又臭又長的呵欠，自顧自走到草叢裡拉了一泡醞釀超久的尿。

尿液在草枝上濺出窸窸窣窣的聲音。聲音越來越小，還有些悲涼的斷斷續續。

不夜橙望著作家矮小的背影。

在天橋外的花花世界裡，這個據說很暢銷的作家到底經歷過什麼事，逼得他非得躲到紙箱國，餐風露宿，將自己與世隔絕？

不必問。

反正人生很長，長到每個人遲早都會擁有一個，逃避世界的理由吧。

作家的背影哆嗦了一下，搖晃著拉拉鍊的姿勢好像還顛了顛。

罷了。

不夜橙起身，暫時離開天橋下。

他能跟這個古怪作家交換的，或許只有時間。一起吃飯的時間。

回來的時候，不夜橙的手上多了兩個熱騰騰的雞腿便當，以及兩杯熱拿鐵，但作家已在一個紙箱裡沉沉睡去，不曉得這次是賣，還是買。

不夜橙坐在一旁慢慢等著。

等到一杯拿鐵乾了，便當都冷了的時候，蓬頭垢面的作家才從紙箱裡醒來。眉頭緊皺，眼睛佈滿血絲，背上的冷汗溼透了衣服。

只過了片刻，作家的眼神就已恢復正常，顯然意志力驚人。

不夜橙自然而然遞了一個便當給他。

不過是便當而已，還蹲在紙箱裡的作家，沒有絲毫客氣就接過來吃了。

「剛剛不好意思，我想清楚了，讓我們重新開始。」不夜橙微微點頭示意抱歉。

「……」作家沒有理會，逕自狼吞虎嚥。

「我想請問你，你是怎麼發現那些夢，是預知夢？」

「聽好了，無論如何我是不會跟你交換那些預知夢的初體驗。」作家含糊地說。

「完全明白，那就交易別的東西吧。」不夜橙已經接受了作家凌駕於他的自以爲是，繼續說：「我要拿什麼，才能交換你對那些預知夢的看法？」

「看法？你自己進去過那些夢這麼多次，需要我的看法做什麼？」

「關於預知夢，我有很多的不明白。」

「你這個低能兒想知道什麼？」

「我想知道大屠殺什麼時候會發生，是哪一天哪一個場次的電影，在哪一個放映廳。如果你進去這麼多第一手的預知夢以後，看了更多的新資訊，能不能跟我說？」

「你想阻止大屠殺？」作家瞥了不夜橙一眼，猛扒飯：「這麼偉大，這麼厲害，啊不就好棒棒！你是聖人是不是？」

不夜橙搖搖頭。

「你在夢裡看到認識的人被殺，你想救是吧？」

「是。」

「關我個屁事！」

不夜橙失笑，哪來這麼憤世嫉俗的失控回答啊。

接下來，是長達一分鐘的沉默。

作家慢慢咀嚼嘴裡的東西，第一次仔細打量不夜橙。

「你想在那種鬼哭神號的大屠殺裡救人，有這種自信啊……」

不夜橙沒有點頭，也沒有搖頭，任憑作家用帶著鄙夷的眼神觀察他。

「你很強嗎？」作家瞇起眼。

「關於殺人嗎？」不夜橙確認。

「不然是吃便當很強嗎？不然是寫小說很強嗎？不然是作夢很強嗎？不然是——」

「勝在耐心。勝在沒有失手過。」不夜橙趕緊打斷。

「沒失手，意思是你盡殺一些沒名號的跑龍套小角色嗎？」

「死在我手上的江湖大哥不少。」

「跟超一流高手對決過嗎？」

「只有一次，在我當殺手之前。但那次的對決沒有結束。」

「還有這種的？沒有結束？」

「我一直在尋找跟他再對決一次的機會。」

每一句對話的中間，作家都牢牢看著不夜橙的雙眼，像是要看透他用語言築起的背後，到底透露了多少眞實，隱藏了多少曖昧。

「沒有失手過啊……」作家陷入沉思。

許久，他開始用免洗筷戳著自己的太陽穴。

慢慢的戳，慢慢的戳，戳到太陽穴都出現了印子。

「嘿嘿嘿……跟你合作也行，畢竟我想找出這些預知夢變來變去的規則，然後把兇手找出來，想辦法用旁敲側擊的方式，影響他們的思想，再繼續觀察這些預知夢接下來的變化。我暫時還不想出去這裡，你倒是可以幫我。」

「咦？結果不是要把這些夢當靈感，拿去寫小說嗎？」不夜橙有些驚訝。

似乎對不夜橙的反應感到非常幼稚，作家回以殘酷的冷笑。

「寫小說個屁。」

原本不夜橙以爲至少會聽到，像是「創造謎題，對一個創作者來說就是最好的挑戰。相對，解開謎題也是一種樂趣，我想享受解謎的過程」之類的話，但眼前的作家只是自顧自地看著手上快要空空如也的便當，持續莫名其妙的冷笑。

「我要盡可能裡解夢的一切，才有辦法……抓到，那個東西。對，我要抓到那個東西，在它抓到我之前……光是等待是沒有用的，我得先發制人……一般的方法不會有用的，必須設下圈套……能夠掌握預知夢的話，說不定……說不定……」作家陷入奇怪的自言自語：「說不定可以提前摸清楚它的下一步……知道它的下一步，就可以改變它的下一步……改變它的……」

「你想抓到某個東西？你躲到紙箱國，難道不是因爲受到什麼打擊才……？」

「打擊？那是什麼東西？」

陷入歇斯底里冷笑的作家，只是反覆搓弄著自己的手指，彷彿混雜了恐懼與興奮兩種極端的情緒：「只有這裡，只有這裡才是最可能抓到它的地方……這一次再抓不住它，還會有更多人死……我也死定了……哈哈……哈哈……那個白痴……在這種時候給我搞失蹤……你也死定了哈哈哈……」

不夜橙不敢打擾作家失控的自言自語，只是將冷掉已久的咖啡遞了過去。

作家發抖的手接過咖啡，亂七八糟地喝了一口，這才勉強鎭定下來。

情緒平靜些許，作家深呼吸，像是瞬間做了某個重要決定。

「好。」

「好？」

「恭喜你，我反悔了。我幫你拆解這些夢，你幫我殺一個人當作交換。」

不夜橙精神抖擻了起來：「可以，這個人是……」

「不准問為什麼，也不能管對方是何方神聖，到時候叫你殺，你就動手。放心，這一個人是誰我還沒想到，也不會隨便叫你去殺你媽惡搞你的人生。就暫時先讓你欠著，以備不時之殺。」

「完全沒問題。」不夜橙倒是覺得無所謂。

並非對自己的實力特別有自信。

成敗不計，只是這件事一定能夠做，是一個能夠負擔的承諾。

「只要你說到做到，從現在開始我們正式對等。」作家用冷掉的拿鐵咖啡漱口，吐在地上，淡淡地說：「你先用你的低智商好好跟我說，你在那些預知夢裡發現什麼？」

不夜橙調整了一下坐姿，感覺像個準備充足的樣子。

「前期的預知夢你可能錯過了，一開始，那些預知夢的場景一共有三個，電影院、捷運，跟演唱會。後來所有的預知夢內容只剩下電影院，我想兇手一定是做了某些評估，最後才決定在電影院。」

「還有呢？」

「不管地點怎麼變，兇手無論如何都要犯案，所以意志非常強烈。」

「不要再炫耀你的低智商了，還有呢？」

不夜橙想了想，繼續說：「還有，兇手的犯案手法一直在調整，一開始只是用刀亂砍，後來依稀演變成用刀猛刺，還加了強酸之類的液體，增加引起混亂的程度。」

「然後呢？」

「……我想要保護的那個人，她的夢裡，有一個地方跟別的預知夢不一樣。」

「她特別漂亮是吧？」

「不是……嗯，也是，但這不是重點。重點是夢的尾聲，出現了人生跑馬燈的現象，很多她的過往記憶片段像萬花筒一樣轉來轉去，我猜想，這個絕無僅有的特殊現象，意味著她不只是一個大屠殺的預知者，也是一個受害者。」

「說完了？」

「差不多是這樣了。」

「噗哧。」作家就這麼不客氣地笑了出來。

剛剛的回答有那麼差勁嗎？不夜橙滿臉通紅。

「好吧，這樣也好，低智商就是你需要跟我交換條件的理由。」作家獰笑，啃著冷掉的雞腿上最後一塊肉：「只是早知道你智商低成這樣，我就該好好勒索你，至少得幫我殺三個人才行……好！就三個！你幫我殺三個人，我幫你上課！」

能這樣隨時反悔的嗎？

雖然有求於作家，但看到作家這種低級下賤的嘴臉，不夜橙的手又熱了起來。

這麼細的脖子……這麼脆弱的脖子……

不知不覺，腦袋裡浮出的字句竟然開始無止盡相疊。

這麼細的脖子……這麼脆弱的脖子……這麼細的脖子……這麼脆弱的脖子……這麼細的脖子……這麼脆弱的脖子……這麼細的脖子……這麼脆弱的脖子……這麼細的脖子……這麼脆弱的脖子……這麼細的脖子……這麼脆弱的脖子……這麼細的脖子……這麼脆弱的脖子……這麼細的脖子……這麼脆弱的脖子……這麼細的脖子……這麼脆弱的脖子……這麼細的脖子……

等等！這種無恥的疊字連發式思考，竟然停不下來！

這麼細的脖子……這麼脆弱的脖子……這麼細的脖子……這麼脆弱的脖子……這麼細的脖子……這麼脆弱的脖子……這麼細的脖子……這麼脆弱的脖子……這麼細的脖子……這麼脆弱的脖子……這麼細的脖子……這麼脆弱的脖子……這麼細的脖子……這麼脆弱的脖子……這麼細的脖子……這麼脆弱的脖子……這麼細的脖子……這麼脆弱的脖子……這麼細的脖子……這麼脆弱的脖子……這麼細的脖子……這麼脆弱的脖子……這麼細的脖子……這麼脆弱的脖子……這麼細的脖子……這麼脆弱的脖子……這麼細的脖子……這麼脆弱的脖子……這麼細的脖子……

「聽好了，低能兒。」

作家的身子往前一壓，眼睛閃閃發亮。

「這世上所有的惡夢，都是循環相生。」

52

今天還是下著大雨。

就跟他們第一次來到這裡時的雨，幾乎一樣惱人。

從那個時候起，這裡，深巷裡的小破屋，就被當作計畫源起的秘密基地。

牆角的，深具指標意義的第一個黑色塑膠袋，已經脹了起來。

屍體腐爛所散發出的氣體，鼓鼓膨脹了黑色塑膠袋，塑膠袋只要隨時被蟑螂或老鼠咬破，要命的屍臭就會噴得整個地方亂七八糟。

在塑膠袋破掉之前，這三個年輕人並不介意跟它待在同一個空間裡。

三個不需要臉孔的年輕人站在一片狼藉的地板上，等待泡麵煮好。

幾隻蛾在日光燈管下撲撲飛著。

蒼白的燈管下，一個沒有人在乎的無名老人，雙手雙腳反綁固定在木椅子上。

這是第幾個練習對象了呢？

越繁華的城市，有越陰暗的角落。

人口越稠密越熱絡的地方，越有不被任何人在意的個人。

這些練習的份量都不能算在最後的被害者紀錄裡，實在是相當遺憾。

老人虛軟無力地看著雙腳下，蔓延在薄塑膠墊上的血，以及滴滴答答的尿液。

表面上，今天實驗的內容是，如果肚子只有機會被刺一刀的話，過多久才會死。

實際上，這三個人只是想保持一個禮拜動手一次的頻率，以維繫計畫的熱情。

天橋下。

「低能兒，你懂機率嗎？」作家咄咄逼人。

「還算可以吧。」不夜橙顯得窘迫。

「聽黑草男說，最早一共有大約十幾個人都剛剛好賣出預知夢，後來很多人因爲老是做一樣的夢賣不掉而漸漸退出，只剩下四個還鍥而不捨不知廉恥地繼續賣，但最近忽然夢見預知夢的人又多了起來，恐怕有二、三十個人那麼多。」

「是。」

「台灣有多少人？台北有多少人？假使每十萬個人裡面有一個人能夠夢出預知夢，這已經是相當高的比例了，那麼，一共會有兩百三十人可以藉著種種機緣湊巧去夢到某一個特定的未來，那，你覺得那兩百三十個會做預知夢的人，有十分之一都正好跑到這座天橋下賣夢的機率，有多低嗎？」

「……很低嗎？」

「放心，不會比你的智商還低。」作家得理不饒人：「這種超低的機率，不可能是這麼多被選中的人，正好通通都會跑到天橋下賣預知夢——而是相反。」

「相反的意思，是指奇蹟嗎？」

「奇蹟個屁。」

作家嗤之以鼻：「應該是，這些平凡人到了天橋下，才能夠，正好夢到預知夢。」

不夜橙的身子震了一下。

這一點，好像出奇的重要。

還沒煮好的泡麵，放在桌上。

桌上還擺了三副軍用夜視鏡，三副防毒面具。

六把生魚片刀，六把一體成型的全鈦水果刀。

軍用皮製手套，迷彩頭巾，野戰軍靴。

十五瓶高濃度鹽酸。

一本封面上寫著「惡魔666號蟲洞——1」的筆記本。

裡面有著對特定戲院座位的分析圖，在最大放映廳內最合理砍殺路線的規劃，人體部位的傷損實測，刀具選擇的邏輯，鹽酸潑灑的時機，與扔擊鹽酸的最佳座位位置評估，夜視鏡品牌的實測報告，可說是一本詳盡的完全大屠殺手冊。

一本封面上寫著「惡魔666號蟲洞穿越事典」的筆記本。

內容是關於666號蟲洞在宇宙空間的位置，以及如何打開此蟲洞的方法，亦即藉由大屠殺儀式打開蟲洞入口，好在肉身死亡後，以邪惡的超靈體進行血腥穿越，抵達宇宙彼端的一個由惡魔掌權的新世界，重生爲惡魔一族。每一個章節都是極盡能事的鬼扯瞎掰，以及從聖經、啓示錄、惡魔學、邪教儀式、網路小說、魔戒、時間簡史等等書籍斷章取義下來進行拼貼重組的東西，不需要仔細研究，就能發現其內容幼稚不堪，完全經不起挑戰。

整整最後一排放映廳的票。

三件印上白色數字666的黑T恤。

三顆氰化鉀膠囊也擺在桌上，意義不言而喻。

「你知道我爲什麼開始調查這些……預知夢嗎？」

「因爲許多不相干的人，都夢出幾乎一模一樣的夢境。」

「呸！是因爲，連我也夢出了一模一樣的，你所謂的預知夢。」

「你也夢到了？」不夜橙不知道自己該不該感到吃驚。

「平常呢，主要是智商的問題，我的腦袋跟你，跟他，跟這一大堆人的腦袋都不一樣，所以我總是可以夢出一大堆奇奇怪怪的東西，去交換我認爲同樣難以掌控的怪夢。」作家又開始他令人討厭的自以爲是：「但是，幾天前我卻夢到我在電影院裡被殺掉，所以我的夢，就被黑草男扔到一邊，跟那一大堆凡夫俗子的夢堆在一起，我很不爽。我再接再厲再夢一次，竟然還是差不多的夢境！我簡直要吐了！」

「所以你就開始研究那些沒有人要買的夢？」

「一大堆人都做出一樣的夢，廢話這一定不會是巧合。但我更在意的是，爲什麼連我也在這個巧合以內？我到底跟那些人有什麼相同點？憑什麼我也會跟他們做出一樣的夢？我們之間眞正的交集，除了吃飯拉屎外，還有一個，就是睡覺！」

「你們的共同點就是，都在天橋下……」不夜橙被帶領著思考：「買夢，賣夢。」

「買夢？賣夢？這只是前提之一。」作家的身體靠了過來，鼻毛清晰可見：「我在夢出跟大家一樣的預知夢之前，我做了一件事。」

「嗯？」

「基於好奇，我買了，你拿來限定交易的紅色夢。」

「我之前想了一下，關於上次提到的絕對神祕感，我有異議。」

「什麼異議？」

「我個人是覺得，我也不想死，應該說，不想馬上死，因爲我想看媒體是怎麼報導我們的，我想知道社會大眾會怎麼解讀我們亂寫的蟲洞，把我們當作精神病呢？把我們當作互相催眠的阿宅？還是自我毀滅傾向的新興宗教？你們眞的不想知道嗎？」

「……嗯？」

「我個人是覺得，我們處心積慮就是想成爲經典，但，若只是一味地想要保持神祕感，卻錯過了最重要的成果收穫，有點得不償失。至於看到成果之後被判死刑，我沒意見，被判死刑很好，反正這個世界不值得留戀，被槍決前還可以刻意大喊：『我終於要進入蟲洞了！』混淆視聽，效果更好。」

「我承認我也想感受成爲傳奇的所有過程。」

「我剛剛想了一下，我建議槍決前要喊：『媽！我終於要進入蟲洞了！』這樣更有網路社群的動感，拖一堆平常嘴賤的網友下水，一起被媒體鞭屍！」

「我個人是覺得，我們不在現場自殺的話，還有一個好處，正好可以讓嗜血的網路鄉民跟白痴的廢死團體之間，又一次戰得一塌糊塗，增加一點經典犯罪的煙火這樣。」

「反對，雖然我也很想親身體驗成爲傳奇的感覺，也想看看報導的內容，但爲了一己的偷窺私慾，卻降低了整個計畫的神祕感，也是從根本破壞犯罪史經典的一種負面作法。」

「但我們有兩票。」

「反對投票的思維，這不是二比一的問題，我們是一個整體，整體就要有整體的共識。我們可以取得一個平衡——抽籤。」

好奇心濃烈的古怪作家進入過恐怖的紅色夢，這不奇怪。

奇怪的是，他進入紅色夢之後不久，就做出了預知夢。

「當然了，紅色夢的價格很高，能夠購買一手夢的人都很有錢，就那一堆自以爲是的智障惡夢衝浪客，我呸！但那些紅色夢每睡過一次，價格就降了一半，幾手過後也就平易近人啦，連小學生都買得起！」

「嗯，天橋下沒有夢的年齡分級制度。」不夜橙自以爲幽默。

「隨便多訪談幾個人，就可以知道以下的事實——每個夢到預知夢的人，都買過你拿來限定交易的紅色夢，就跟我一樣。唯一的例外，就是你說的那個女生，她根本沒有買過任何一個夢……他媽的這點我剛剛才知道。」

「所以我拿去的紅色夢，有啓發一個人做出預知夢的……潛能？」

作家沒有說話，只是看著不夜橙，似乎在鼓勵他繼續推理下去。

「我拿去交易的紅色夢，是被殺死的人生前最後一夢，大概充滿了兇殺的怨氣吧？所以那些怨氣就成了激發大家夢出另一個兇殺案件的一種能量？甚至激發到，足以預知出另一個還沒發生的兇殺案的能量？」

「所以我說你智商低。」作家揮舞著已經沒有肉的雞腿骨：「你應該知道，預知夢幾乎都是針對大規模的天災吧？」

「嗯，針對人爲的災難也有，但都是數百人死亡的空難或海難，以及恐怖攻擊。但對於兇殺案的預知夢……沒有找到過相關資料。」

「廢話！」作家笑得很欠揍：「因爲，這些不是眞正的預知夢。」

「不是預知夢？」

「至少不是典型的預知夢，這些，是感應夢。」

感應夢？

不夜橙感覺到了什麼不對勁。

「抽籤？」

「用抽籤來決定命運，讓其中兩個人依照原先的計畫，在警方來臨前服毒自殺，至於抽籤抽中的人，就可以束手就擒讓警察帶走，享有體驗成爲傳奇的每一個過程，並好好閱讀所有媒體對犯罪的描述，看看跟我們原先策劃的效應差距多少。當然，這個計畫的幕後故事，就由他一個人瞎掰。」

「不能三個人都活下來嗎？我剛剛想了一下，三個人如果落網後，各自說著三個完全不同版本的幕後故事，也是一種精神混亂的風格，感覺滿變態的。」

「反對，我完全不能接受，而且，雖然我們都不怕死亡，但都捱不過刑求吧？承認吧，光是疲勞審訊，我們中的任何一個人都熬不過去，我們不是那種人，我們是另一種人。要維持三種完全不同的說法到底，根本不可能。」

「……我承認。」

「我剛剛想了一下，是，我們都熬不過刑求或審訊，但既然我們不怕死，就約好在落網的第七天，無論如何都要自殺成功大家覺得怎麼樣？」

「我個人是覺得看了七天的報紙也夠了，很豐盛的果實。到時候就是一頭撞死，咬斷舌頭，或是用原子筆插進動脈亂攪，用衣服在角落上吊，我都辦得到。只要一心求死，就怎麼樣也活不了。」

「好吧，那我就不反對，希望到時候我們都能成功自殺。」

「你剛剛提到激發？他媽的激發是激發了，但恐怕不是激發大家一起作夢！」

作家越說越激動，手中的雞腿骨幾乎要戳中不夜橙的額頭：「你自己回想你剛剛說了什麼？你說那些你所謂的預知夢有什麼共同特色？仔細用你的豬腦袋回想！」

「一、預知夢裡，兇手曾改變過地點。二、預知夢裡，兇手曾改變手法。三、不管地點或手法怎麼變，兇手在公共場合屠殺的決心不變。四、被害人的預知夢裡，會多出人生跑馬燈這一項。」

「加入我剛剛說的重點！」

「預知到兇手犯案的人，都曾經買過我拿去交易的紅色夢。」

「所以？」作家瞇起眼，試著引導不夜橙進入最後的不負責任推理。

彷彿被牽引，不夜橙的頭慢慢地傾斜。

「所以……」

泡麵終於燜好了。

三個人在距離死亡只有一步之遙的老人旁邊，吃起了香噴噴的泡麵。

「聽說，紙箱國關於電影院大屠殺的夢，越來越多。」

「之前完全沒料到這種發展。」

「要進去那些夢裡看看嗎？」

「看看我們是怎麼做的嗎？我個人是覺得，一定很有趣。」

「反對，提前知道的話，實際行動時就像照表操課了。」

「只是那些夢被當作垃圾一樣賤賣，或是直接燒了，說是千篇一律。」

「千篇一律，我個人是覺得，這就代表我們的計畫越來越縝密。」

「不過那個作家一直在調查，誰買過紅色夢，還一個個訪談。」

「他有問到我。應該也有問過你們吧？」

「嗯。要殺掉他嗎？當成另一個實驗品？」

「但他好像除了買東西吃以外，不會走出天橋，有難度。」

「要順便偷偷到天橋下把那些紙箱通通燒掉，以防萬一嗎？」

「反對，在蟲洞計畫前橫生枝節，並不明智。而且，那些夢也是蟲洞的可能繁衍。」

「我個人是覺得，只要我們被抓到的時候，瞎說蟲洞的概念是受到那個作家的小說啓發，他就身敗名裂了，跟死了沒兩樣，然後他寫的那一大堆小說都會被視爲蟲洞起點，都可以幫助繁衍，成爲禁書哈哈哈。」

「你們說的是，有任何可能把我們的經典繁衍下去的東西，都該留著。」

「筆記本、紙箱、網路謠言、新聞報導，都會讓不存在的蟲洞變得眞實存在。」

「一切都會繁衍。」

「一切都會繁衍。」

「一切都會繁衍。」

三個年輕人津津有味地吃著泡麵，對達成這樣的共識相當滿意。

喀喀喀。

破房子的門無聲無息打開。

三個人不約而同看向門邊。

看向站在門邊的那一個濕透了的男人。

男人的視線望向，整整齊齊堆在桌上的那些犯罪工具。

望向，牆角的黑色塑膠袋。

望向，困頓椅子上的老人。

「所以，你們都曾買過我的紅色夢。」

開口的那個男人，自然是不夜橙。

「進入紅色紙箱後，看到被鹽酸殺死的人所做的最後一夢，感受到那股被強酸腐蝕的痛苦，所以覺得很有趣？所以覺得值得效仿？然後你們就這樣把強酸列入大屠殺的必要混亂元素之一。是吧？」

不夜橙平靜地掃視三個年輕人的眼睛。

不夜橙沒有嘆氣，只是放慢了語速。

「沒想到，我才是殺死小雪的起點。」

很抱歉，作家先生。

雖然不知道你想要捕捉到什麼怪物，但我已經沒有心情陪你玩下去，所謂如何讓「感應夢」或「預知夢」，隨著行動者進一步的改變而繼續改變的微調遊戲。

對目標A，對小雪來說，這三個人實在是太危險了。

「你說，我們買過的紅色夢是你的？」

「你幹嘛跟蹤我們？」

「不要再靠近了，你想做什麼？」

三個年輕人情緒高漲起來，緊張到連手中的泡麵都拿不穩。

都是，小孩子嘛……不夜橙點點頭。

「你們決心這麼強，我要怎麼阻止你們犯案呢？」

不夜橙慢慢說道：「原本，我沒打算阻止你們，畢竟我是最沒有資格教訓你們的人之一。不過，在知道你們是我的責任之後，就不一樣了。」

三個年輕人的視線，默契地，不動聲色地落在桌上的許多刀上。

不夜橙卻已走到桌子旁，用他的指尖，在滿桌的犯罪預備物上輕輕划過。

「砍了你們一隻手，絕對是不足夠。砍了兩隻手，應該就能阻止你們繼續搗亂。但剛剛我發現，思想才是最可怕的。你們即使被砍掉了雙手雙腳，只要還能說話，就能把你們的邪惡傳播出去，即使連舌頭也割掉了，你們只要爬進紙箱，便能用夢繼續荼毒別人。」

不夜橙一邊說，一邊來到瀕死老人的身邊，嘆息：「你們，讓我不知所措。」

三個年輕人的心跳跳得很快。

這個人，不是在說謊。

這個自稱擁有紅色夢的人，一定就是，製造出紅色夢的……怪物。

就是這個怪物親手製造出來的夢境，默默餵養了這個蟲洞計畫。

他就是神吧？

或者說是惡魔也行。

該對啓發自己的神，重新教育自己的惡魔，跪下，發出肺腑之內的讚嘆嗎？

這三個年輕人緊張、害怕、畏懼到連話都說不出來。

「幸好，看到你們準備了……氰化鉀膠囊，三顆。」

不夜橙面露欣慰：「嗯，我完全懂了，謝謝你們堅定的意志。」

三個年輕人的心跳聲，劇烈到不夜橙都能夠清楚聽見。

的確是該緊張，該害怕，尿出來也是正常的。

「給你們一個機會，等一下把燈關掉前，先把夜視鏡戴起來，把防毒面具戴起來，把刀拿起來，把鹽酸準備好。三分鐘，我會回來。」

不夜橙拿起桌上的水果刀，俐落地刺進了老人的頸椎，截斷了他的延髓。

老人抽搐兩下後便死了。

不夜橙將紅色的刀子放回桌上，走向門口。

「三分鐘。」

53

劈哩啪啦，劈哩啪啦，劈哩啪啦。

不夜橙看著車窗外豆大的雨點。心情複雜，卻很平靜。

自己第一次完全靠著自我的意志，決定了誰應該留在這個世界，而誰不該。但完全沒有正義使者的錯覺。應該是一種，遲來的贖罪……不，算是提前預防的追悔吧。

紅色夢裡蘊藏的犯罪惡念、死亡暴烈與殘酷意象，在在激發了這三個素昧平生的年輕人，觸發了他們心中的邪惡，起心動念去計畫一場莫名其妙的大屠殺。

紅色夢的暴烈能量成了一種共同介質，讓同樣進入過紅色夢的人，在夢的潛意識世界裡，得以互相感應，共同模擬出一種最可能的未來。

一個又一個的紅色夢持續影響這三個人的思想，漸漸進化這三個人天眞的邪惡。

因爲愛情，自己種下了惡因。

因爲愛情，自己必須親摘惡果。

一個人斜倒在桌子邊。

一個人跪在門後。

一個人躺在黑色塑膠袋旁。

一個冒煙的眉心，一張冒煙的嘴，一個冒煙的太陽穴。

三個燒灼的彈孔。

大人有大人的玩法。

沸騰的腦漿從後腦勺開出的大洞汩汩冒出，咕嚕咕嚕咕嚕咕嚕……

咕嚕

喜歡一個人，就要偶爾做一些，自己不喜歡的事。

這句話不知道是誰說的。

但說的人，很好。

再一次回到車上的時候，不夜橙發現車位上放了一份牛皮紙袋。

裡面是三頁蟬堡。

「不夜橙……救我……救……這些人……」在上次夢境結束前的最後對話。

來自現實裡不存在的夢中人物的委託，在死神的眼裡也同樣成立嗎？

不夜橙摸著承載蟬堡文字的信紙，感受著某些來自她的連結。

54

天橋下。

破曉前夕的天空，一半屬於神，一半屬於魔。

黑草男坐在石墩旁的廢棄大冰櫃上，笑吟吟地看著一場鬧劇。

有一個剛剛從紙箱裡爬出來的人，他非常火。

「你把人給殺了？」作家一臉難以置信，對著不夜橙猛摔紙箱。

不夜橙沒有躲開。

「誰他媽的讓你把那些小屁孩殺掉的！」

作家咆哮到臉都紅了：「你要做的！頂多是嚇嚇他們！我需要時間好好想些詭計，去改變那些畜牲的計畫！你很正義是嗎！你是蝙蝠俠是嗎！我有說最後不阻止那些變態王八蛋嗎！但我要研究！我要先研究那些夢的變化！」

一旁的黑草男吐著煙，不知道聽得懂，還是聽不懂這些對話。

「……跟你交換。」

不夜橙將三個用來裝哈密瓜大小的紅色紙箱，放在地上。

「……」作家瞪著那三個紅色紙箱。

黑草男瞬間瞇起眼睛，嘴裡的煙變得很緩慢。

「這個世界上，最後三個，紅色夢。以後再也沒有了。」

不夜橙面無表情：「我猜想，只有你有能力承受裡面的內容，希望這些殺人魔的嘔吐物，可以幫到你什麼，抓住那隻……什麼東西的東西。」

作家肯定是吞了一口口水。

「你要交換什麼？」黑草男開口。

得好好提醒他們，這裡的交易，是黑草男他說了算。

「這三個夢，用來跟你交換，你未來夢出來的任何一個具有限定交易價值的夢。然後我要轉用你那很受歡迎的夢，去限定交易……」不夜橙看向黑草男，繼續說道：「那個女孩子，未來有一天來到這裡賣的，第一個夢。我要永遠擁有它。」

「那我也要永遠保有那三個夢。」作家的表情非常複雜。

「這正是交易的前提，那些亂七八糟的變態東西，只能在你的夢裡反芻，不能再賣給其他人。絕對，不能，再交給，任何人。」不夜橙伸出手。

「我同意。」黑草男看向作家。

作家裝作勉爲其難地點點頭，也伸出手。

在黑草男吞吐的煙霧裡，夢與夢的交易就這麼拍板。

最後三個紅色夢，其秘密，其暴烈，其詭譎，從此深埋在作家的腦海裡。

不夜橙不再帶著紅色紙箱到處殺人了。

用腦袋封印住最後紅色夢的作家，日復一日蟄伏在紙箱國裡，蹲在夢裡，躲在夢裡，窩在夢裡，尋找對付不知名怪物的奇招。頭髮越來越捲，鼻毛越來越長，越來越喜歡喃喃自語。

不夜橙卻沒有戒斷掉，跟蹤小雪的日常習慣。

雖然希望小雪幸福快樂，卻盼望著，再一次小小的不開心就好。

他很想跟目標A報告，像個男子漢一樣神氣地邀功，小小吹噓一番，他終於還是救了她。

雖然跟正義感無關，但，他似乎是扛起了責任。

如果小雪從此以後幸福快樂，他也很想好好跟她說一聲。

再見。

55

一個月過去了。

小雪與阿克慶祝兩人「在一起」滿一個月的方式，是在等一個人咖啡喝「阿克最愛的妖怪」與「千萬不可以不幸」兩杯阿不思特調後，到打擊練習場，挑戰高懸在網子上的全壘打大銅鑼。

阿克面對時速一百四十公里、忽高忽低的快速球，依舊是每一球都豁盡全力的熱血打法，打到上半身都脫光光，汗水都甩到隔壁的打擊區……不夜橙的臉上。

小雪扯開喉嚨在鐵網後面拚命加油，所有好事的圍觀群眾都在計算，阿克這次得要用幾顆球才能掄元中靶，臉上難掩同情之色。

答案是，整整六百四十二顆。

「好厲害啊！」小雪在鐵網後面感動得落淚，現場播放特殊的賀喜音樂。

「一般般啦。」阿克幾乎要脫力陣亡，拄著球棒跪在地上，嘴唇都咬白了。

所有人瘋狂鼓掌。

但，同樣在鼓掌的不夜橙注意到，在圍觀人群背後，有幾隻很不友善的眼睛正盯著又叫又笑的小雪。

今天晚上，會出事。

不夜橙聞到了，蠢蠢欲動的，惡意。

……彷彿，看見了目標A的身影。

56

阿克牽著小雪，疲憊地漫步在和平東路旁的小巷子，小雪卻顯得精神奕奕。

巷子口，一台燈管忽明忽滅的自動販賣機旁散放著垃圾，野貓鬼鬼祟祟翻跳在機車座，老舊的冷氣滴水答答墜落。

夜深了，黑色天空只剩下窄窄的頂上一線。

「阿克！」小雪的腳抬得好高，手也甩得好高。

「幹嘛？」阿克累得吐出舌頭。

「你還記不記得我們第一次見面，你是怎麼跟我告白的啊！」小雪嘻嘻笑。

「怎麼可能忘記，我說，同學，妳相信大自然是很奇妙的嗎？」阿克倒記得很清楚，畢竟那樣的開場方式夠亂來的了。

「還有呢？」小雪追問。

「我說，大自然很奇妙，總是先打雷後下雨不會先下雨後打雷的，所以我們這樣邂逅一定有意義，雖然我現在還看不出來，不過不打緊，國父也是革命十一次才成功，不如我們一起吃個飯、看個電影，一起研究研究。」阿克一字不漏唸完，有氣無力的，全身痠痛。

「哇！好感動喔！有人說笨蛋的腦子不靈光，但記憶力好，說不定是眞的耶。」小雪高興地說。

此刻的小雪妖怪眞覺得自己好幸福，說不定上帝正拿著「幸福放大鏡」對準地球，將焦點集中在她一個人身上，好燙好燙的。

「謝謝喔。」阿克沒好氣答道。

小雪握緊阿克的手。

當下的幸福，化成了永恆。

突然，深邃的暗巷中拉出三個高大的黑影。

六隻眼睛瞪著阿克與小雪，神色不善。

阿克不知道來者何人，卻本能地提高警覺，技巧地擋在小雪面前，繼續前進。

但小雪卻止步了，神色害怕地躲在阿克背後，拉住。

三個混混完全擋住了去路。

「前大嫂，別怕，我們只是討個分手費來的，十萬塊本金，加手續費跟動用費跟九個月循環利息，剛剛好是六十六萬，六六大順，搏個好彩頭嘛。」其中一個混混獰笑，手中的蝴蝶刀輕輕刮著牆壁，發出嘶嘶的聲音。

花襯衫混混手裡拿著根用報紙包好的鐵條，做出揮擊的恐嚇。

前男友，大爛人劍南，陰狠地瞪著小雪。

叼著菸，裝酷沒有說話。

不夜橙的拳頭捏得很緊。

忍耐。

必須忍耐。

現在一出手的話，就見不到目標A了。

「去死！我一毛錢都不會給！」小雪大叫，阿克立即明白了眼前的狀況。

「等妳被揍到吐不出東西的時候，妳就會給的。」劍南對著拳頭上的指虎哈氣，惡狠狠地瞪著阿克：「至於你！媽的！沒把你打到殘廢算我沒種！」

於是三個流氓一擁而上，圍住阿克跟小雪。

小雪不只是緊張，簡直是害怕得發抖。

「小雪。」阿克深深呼吸：「還記得幻之絕技那間爛店嗎？」

小雪點點頭，卻又趕緊搖搖頭。

「就是那樣了，非那樣做才能強迫取分。」阿克緊緊握住小雪的手鬆開。

阿克大叫一聲，一拳朝離小雪最近的混混揮去，混混慌忙往旁一跳，小雪立刻拔腿就跑。

很好，專心逃跑就對了。

剛剛閃身躲在自動販賣機後面的不夜橙，激動地握緊拳頭。

三個流氓大怒，劍南想追上小雪，卻被阿克抱住腰身撲倒，倒在地上的阿克一手撈出，猛力將跑向小雪的混混的腳踝抓住，絆得他跌了個狗吃屎。

「幹！」花襯衫男狠叫，手握鐵條往阿克背脊砸落，阿克悶聲軟倒。

小雪越跑越遠，瞬間消失在巷口。

劍南等人無處發洩，朝著阿克就是一陣毫不留情的瘋狂亂打。

阿克從來沒打過架，但為了拖延眾人追逐小雪的時間，阿克任由三人不斷將他打得抬不起頭、幾乎無法睜眼，卻毫不猶豫鎖定劍南一個人出手還擊，死咬著劍南的臉亂打。

沒幾拳，劍南的牙齒給打得崩落，氣得用指虎朝阿克的臉砸下，阿克一個踉蹌直墜，頭髮卻給扯住。劍南掄起阿克往牆上砸，頓時頭破血流。

「敢還手！敢還手！」其中一個混混右腳膝蓋猛蹬阿克肋骨。

阿克的頭靠著牆，腫脹的眼皮讓他幾乎睜不開眼。

花襯衫男最兇狠，將鐵條從下往上勾揮起，阿克身體一個不自然俯仰，大字形倒下。花襯衫男沒有注意到，鐵條已經變形彎折。

三個混混繼續猛踹，絲毫不因阿克已毫無抵抗而歇手。

「不要打了！」巷口一聲大叫。

小雪哭紅了雙眼，氣喘吁吁。終究還是跑了回來。

……笨蛋。

躲在自動販賣機後面裡窺視一切的不夜橙，在心裡暗暗叫了聲不好。

「我的錢通通給你，你不要再打了！」小雪大哭，顫抖的手裡拿著提款卡。

劍南吐出嘴裡的血，憎恨地用鞋子踏著意識模糊的阿克。

花襯衫男哼的一聲丟下變形的鐵條，走向小雪。

小雪並沒有害怕退步，反而想靠近阿克觀看傷勢。

地上的阿克，像條蟲緩緩蠕動著。

「阿克！阿克！」小雪注意到變形的鐵條，害怕得大哭。

「叫屁啊！」劍南一巴掌轟得小雪臉別了過去。

三個混混將小雪架了起來，獰笑大步離去。

不想插手也不行了。

過了今天晚上，肯定，有三個人將沒有辦法再站起來。

被灼熱的腎上腺素填滿的不夜橙，以不被發現的暗殺腳步聲跟了上去。

57

倒在地上的阿克，只剩下微薄的意識。

好想睡了。

躺在冰冷的地上，鑽心痛楚從毛細孔緩緩流瀉而出，帶走曾經熾熱的體溫。

阿克閉上眼睛，好像看見無數螢火蟲環繞在瀑布上，盈盈飛旋。

靜謐，銀色，涼風徐徐。

結束了。

就這麼熟睡下去吧。他心想，頓時有種輕鬆的錯覺。

一根球棒從天而降，摔到阿克的身邊，發出震耳欲聾的匡匡匡巨響。

驟然，阿克瞪大眼睛。

「站住！」

劍南等人停下腳步，回頭看。

剛剛令不夜橙得以躲避的飲料自動販賣機旁，一根球棒，撐起一個殘弱虛浮的人影。

遠遠的，販賣機壞掉的燈管忽明忽滅，映著雙眼腫得幾乎睜不開的阿克。

小雪幾乎又要哭了出來。

「操！從哪來的木棒？」混混冷笑。

是啊？哪來的木棒？

瞬間踏進路燈陰影後的不夜橙，也暗暗嘀咕了一下。

阿克用球棒撐起身體。

沒有瞪著劍南，也沒有瞪著他旁邊那兩個惡棍跟班。

他只是看著墾丁那晚，銀色瀑布旁的那個女孩兒。

「我很喜歡妳。」

阿克左手伸進褲袋裡，錢幣登登響。

小雪咬著嘴唇，全身發燙，雙手捧住小臉。

阿克將兩枚銅板投進自動販賣機裡，隨手朝販賣機一按，一罐可樂咚隆掉下。

「搞什麼啊你？有力氣爬起來不會去醫院掛號啊？」

三人哈哈大笑，笑得前俯後仰。

阿克伸手拿起可樂，目光依舊凝視著小雪雙眼。

沒有經典台詞，沒有熱血的音樂，沒有快節奏的分鏡。

小雪，跟不夜橙，完全被阿克的姿態所吸引。

輕輕一拋，可樂懸在半空。轉著，旋轉著。

三個流氓不由自主順著可樂上拋的弧度，將脖子仰起。

就連躲在暗處的不夜橙，也順著本能抬起了視線。

阿克掄起球棒，快速絕倫地揮出！

鏗。

可樂鋁罐爆裂，甜漿瞬間濺濕阿克的臉龐，一道銀色急弧直衝而出。

不夜橙幾乎要拍手了。

「啊！不是……」花襯衫男駭然，臉上忽地一震，冷冽而沉重的金屬親吻。

破裂的可樂罐在地上急旋，許久都還沒停下來。

磞。

劍南與另一個混混均不可置信地，看著花襯衫男雙膝跪地，眼睛向上翻白，茫茫然斜倒下，鬆開抓住小雪的手。

劍南與混混跟班還沒清醒，一聲咚隆響喚起了他們麻掉的神經。

阿克從販賣機的飲料出口又拿出一罐可樂。
搖搖晃晃地，勉強靠著球棒撐住身體。
逐漸乾涸的血跡佈滿阿克半張臉，血將前額的頭髮凝結成束，胸膛微微起伏。
「謝謝妳救了我。」阿克再度拋起可樂。
高高的，高高的，可樂幾乎高過了路燈的最頂端，沒入黑色的夜。
劍南與混混跟班面面相覷，幾乎同一時間放下小雪，朝阿克衝過來！
混混手中的刀子，晃動著惡意的殘光。
阿克無暇注意他們，只是將木棒凝縮在肩後，笑笑看著小雪。
可樂罐墜落，墜落在阿克面前。
偏下，一個所謂大壞球的位置。
「落遲了，但不重要。」不夜橙的心中很篤定。
人生有太多遲到，卻美好非常的時刻。
所以阿克揮棒！
命中！
混混以在電影中亦絕難看見的誇張姿勢，頸子愕然往上一轉，發出喀啦脆響。
劍南驚駭不已，腳步赫然停止，距離阿克只有五步，停止呼吸，發抖。
前進，或是後退？

混混跟班的鼻血嗚咽了一地，痛苦地爬梭在地上亂踢，眼淚都酸迸了出來，手中的刀子早不知摔到哪去。

「幹！」劍南拔腿就逃，以他平生最快的速度。

背後又傳來咚隆一聲悶響，又一罐飲料掉下。

全力逃跑中的劍南心臟快要猛爆。

眞是太邪門了！有鬼！靈異現象！不能把命送在這裡！

劍南的臉孔驚嚇到都扭曲了。

阿克微笑。

小雪放在臉上的十隻手指頭縫裡，一雙熱淚盈眶的眼睛。

「請妳，一直待在我身邊。」

阿克笑著，可樂高高拋起，輕輕墜下。

然後阿克揮出他這輩子最漂亮的一棒。

沒有人理會可樂罐精采絕倫的飛行路線。

沒有人理會劍南後腦勺如何迸開的畫面。

上帝手中幸福的放大鏡，如小雪所願，靜悄悄聚焦在自己身上，還有站在自動販賣機旁的浴血男孩。

小雪哭了，但阿克在笑，雙手緊緊握住棒子，停留在剛剛那一瞬間。

如果有人問他，這輩子最帥是什麼時候？

毫無疑問，他會記住現在這個姿勢。

路燈後，陰影下。

「我眞是，出現在這裡的，多此一舉。」

不夜橙鬆了一口氣。

臉上，好像溼溼熱熱的。

58

阿克當然進了醫院。

小雪在加護病房外焦急守護著。

警察局也派人來做了筆錄，帶走了救護車一併送來的三個小流氓，那三個倒楣鬼個個都有輕微的腦震盪，驚魂未定，僥倖出院後，他們還得吃上好幾年牢飯。

「是我奪走了阿克的好運氣麼？」小雪喃喃自語，看著雙手握緊的兩支手機。

一支小雪自己的，一支阿克的。

小雪臉上淚痕未乾，靜靜地撥打阿克的手機，反覆聽著自己甜膩又撒賴的語音鈴聲，回憶這段日子以來，一切的一切。

然後又哭了出來。

在一起才滿一個月，就發生這麼可怕的厄運，自己眞是一個充滿不幸的人。

如果阿克能夠脫離險境，自己就離開他吧？

離開他，別再汲取阿克身上幸福的能量，別再自私了。

現在的自己，一個人也能勇敢地活下去吧，阿克已經教會了她許多。

小雪摸著左手手腕上的舊疤，幾乎已看不出來當初割腕的傷痕，只剩下淡淡的一抹紅色。

阿克的愛，早就滲透了她全身上下每一個細胞。

遠遠的，青色走廊盡頭，阿克焦急的家人趕來，拉著醫生與護士問東問西。

小雪透過加護病房的玻璃，看著鼻孔插入呼吸管、被繃帶重重纏綑的阿克。

小雪刪去了自己存在阿克手機裡的來電鈴聲與相片。

「阿克，謝謝你。」

眼淚又掉了下來。

愛情與人生，不再是兩好三壞。

加護病房走廊的盡頭，一個今晚走在影子裡的男人。

不夜橙，看著小雪將手機交給阿克的朋友後，她便即轉身離去。

雖然感傷，但不夜橙的心跳卻非常劇烈。

他知道痛苦憂傷的小雪要去哪裡。

他確信今天晚上，明天晚上，一個又一個更多的晚上……

59

那天晚上，小雪沒有到天橋下賣夢。

隔了一天晚上，小雪也沒有出現在天橋下。

「應該是太難過了吧？」

連續兩天沒有睡覺的不夜橙坐在廢棄的卡車輪胎上，看著遠方。

又一夜，又一夜，又一夜，小雪都沒有出現在紙箱國。

不夜橙悵然若失，眼睛裡的血絲多到像魔鬼一樣。

小雪消失了。

像妖怪一樣，忽然就不見了，好像從來就沒有存在過一樣。

這個城市再沒有郵筒突然失火的新聞。

隔了很久，不夜橙才確信小雪已經默默離開了這個城市。

連最後一個夢也不留在紙箱國，毫無眷戀地走了。

是啊，不帶走什麼，也不留下什麼。

「那就這樣吧，本來就是，不可能有結果的不是嗎？」

坐在空洞的紙箱裡，不夜橙忽然瀟脫地笑了出來。

日子還是要過下去。

愛情，尤其是夢裡的愛情，只佔了人生一小部分不是嗎？

然後是連續數日的嚴重失落。眞是灑脫個屁。

本以爲能稍微緩解思念的，是不斷複習不夜橙拜託黑草男一定要保存下去的、小雪幾個曾經留在天橋下、還沒有被燒毀的幾個非常陳舊的夢境。

沒想到，越是在夢中看到按照既定劇本演出的小雪，不夜橙幾度在她旁邊喃喃自語，希望奇蹟再度發生，然而小雪卻只是照本宣科地演繹完固定的對白與動作，不夜橙的失落感越來越沉重，對目標A的思念，也越來越痛苦。

而那些陳舊的夢境，越來越稀薄，細節越來越粗糙斷裂。

最後只剩不夜橙一個人還在買。

終於，被忍無可忍的黑草男冷酷地一把火燒掉。

「等等，我繼續買不就代表有交易價値，你不一定要燒掉啊？」他無奈抗議。

「我買賣的是夢，如果殘破到不成夢了，也就無法交易。」黑草男拒絕受理。

只剩下淡淡的一縷，無法允許他繼續想念的輕煙。

不夜橙在一旁默然看著。

那道聞起來特別嗆鼻的輕煙，就是失戀吧。

現在，連夢也沒了。

而自己早已失去作夢的能力。

從今以後再也沒有辦法遇見目標A，所有關於她的存在，都沒有留下任何可供追憶的實質紀錄，沒有照片，沒有錄音，沒有信件，什麼都沒有，就只剩下不夜橙在腦海裡反覆回憶的一切一切。

誰會知道，上次的夢就是最後一面。

無法把握機會好好說再見，竟然是這麼難受。

有多難受，就有多愛。

回想起來，過去那極端乏味的漫長人生裡，幾場不夜橙口中所謂的「戀愛」，明明都是跟活生生的人一起經歷愛恨，卻沒有一個夢中角色帶給他的，快樂、自在，與深刻。

不夜橙經過棒球打擊練習場時，一定會進去裡面打上一百球。

他常常在裡面遇見阿克。

「不夜橙，你很會打棒球嗎？」目標A挑眉。

「沒這樣打過……球。」不夜橙掂了掂球棒，倒是有用它來打爆過誰的腦袋。

「那我們來比賽！」

「好啊。」

「輸的人要怎樣？」

「妳自己說好了，反正我是不可能輸的。」不夜橙認真地說，揮棒。

「可惡！」目標A咬牙切齒，揮棒。

不夜橙經過哆啦A夢的扭蛋機時，都會順手扭一個出來測試運氣。

他常常看見阿克站在他後面排隊。

「用扭蛋來占卜？現實世界的我，好像是一個古靈精怪的女生耶。」

目標A看起來有一點高興：「所以抽到哆啦A夢的話，我就會運氣超級好囉？」

「大概吧。」不夜橙說：「運氣不知道，至少心情會很不錯吧。」

「那抽到靜香，我的戀愛運就會超強嗎！」

「說不定只是提醒妳該洗澡了。」

不夜橙經過「幻之絕技」壽司店時，都會往裡頭多看一眼。

他常常看見阿克坐在裡面硬吃。

「還滿香的嘛。」不夜橙嘖嘖。

「希望小雪等一下不要吃，拜託拜託！」目標A很崩潰。

「太噁心了吧！」不夜橙眞正覺得，那塊不斷被老闆抓在掌心的握壽司，絕對比他殺過的每一個人的死法，都還要殘酷！

「我眞的很希望這個夢快點醒來！」目標A尖叫。

不夜橙經過設立在大街上的靈堂告別式時，會往裡頭多看一眼。

他常常看見阿克在裡面演講。

告別式，夢的場景像油畫一樣慢慢溶解。

溶解的色彩顏料解脫了想像的重力，上下顚倒，左右交錯。

「你來找我，我很高興。」

「我，好像比自己上次說的，更喜歡妳。」

「所以你喜歡我什麼？」目標A沒有忘記上一次被打斷的問題。

「我沒想過這個問題。」不夜橙坦然地說：「意識到的時候，就發生了。」

「我喜歡這個答案。」

「我也只有這個答案。」

每一次經過街上有燒焦痕跡的郵筒時，不夜橙都會忽然笑出來。

「妳就是郵筒怪客！」不夜橙竟然在大叫。

「我怎麼知道啊！」

目標A也很失控：「夢之外的我真的是……太負面了，太黑暗了，太詭異了啦！就連回憶都這麼不可愛！難怪阿克會把我當作一隻妖怪！」

「用燒郵筒當ending，嗯，老實說是有一點超過。」不夜橙幽幽說道。

「我就知道！」目標A尖叫，一腳踢向不夜橙：「我！就！知！道！」

不夜橙看著一旁的郵筒。

突然明白爲什麼小雪要燒掉裡面的信件，燒掉那些不存在的可能性。

燒掉不存在的希望。

「承認吧，你嚴重失戀了。」不夜橙自言自語。

而且，你一輩子都開心不起來了。

60

一年過去了。

天橋下的世界，可以交換的不只是夢。

交換了故事，這兩個人總算形成了，偶爾可以說上一、兩句話的特殊關係。

「所以……那一個看起來精神有問題的白痴高中生，老是拖著超大行李箱走來走去的怪女人，還有一個硬是在肩膀上亂養貓的流浪漢。」不夜橙很訝異：「你一直獨佔這三個人的初夢，不是因爲他們可以在夢裡跟你互動嗎？」

「當然不是，你講的情況，我根本遇都沒遇過。」作家還是那副趾高氣揚的嘴臉：「我只是喜歡霸佔最奇怪的夢的最佳體驗，這種雞巴心態很難理解嗎？」

「……」不夜橙斷然搖頭。是，完全不難理解。

「好，用你的低智商給我聽著，你提到的異象，只有三種可能。」

「哪三種？」

「目標A是鬼，所以你中邪了。」

「我沒有中邪。」不夜橙悍然否認：「而且小雪還沒死，哪來的鬼？」

「二、一切都是你在幻想，目標A是你從小得不到母愛的投射，之類的啦！」

「好吧，我可能有精神上的疾病，畢竟我腦袋挨過子彈，多多少少留下一點後遺症。但我覺得不是這個原因，因爲其他人進去過小雪的初夢，也發現了目標A與眾不同的特性，還有人想在夢裡強暴她。」不夜橙回憶往事：「我還揍了其中一個噁心的胖子。」

「那你從小有得不到母愛嗎？」作家連珠炮式展現他討人厭的高智商。

「……我覺得這不是重點。」不夜橙又開始覺得作家的脖子很纖細了。

「好！那應該就是第三個可能了！」作家用力一拍大腿。

然後，作家並沒有解釋第三個可能是什麼。怎麼也不肯說。

拿著槍指著作家的腦袋也沒有用。

作家只是神祕地笑笑。

笑得有點猥瑣，有點欠揍。笑得有點高深莫測。

「如果眞的有答案，這個答案，一定會由她親口告訴你。」

所以還能見面嗎？

不夜橙閉上眼睛，躺進又一個枯燥無味的夢裡。

61

又一年，過去了。

人生漫長。

人生苦短。

這兩個概念的差別在於，你不知道它什麼時候會結束。

在那之前，你又能找到多少事情打發你的人生？

沒有別的像樣的長處，不夜橙理所當然重新接起了單子，恢復規律的殺手生涯。

規律的生活作息是不可能出現在有睡眠障礙的不夜橙身上。

但規律的工作可以。

不夜橙仰仗頻繁的接單做事，暗自希望能夠減緩失戀的痛苦。

只是不再攜帶紅色紙箱。

全神投注在冷酷的工作之中，不夜橙展現了其他擁有高技術含量的殺手所沒有的自制，他沒有風格，不需要風格，行事無辨識度，只有不可思議的百分之百成功率，以及幾乎不把案件鬧大的無聲無息。

希望三天至少可以到紙箱國買夢一次的不夜橙，最遠只想到香港澳門出差。

有一次不夜橙到了香港。

某天下午，不夜橙不斷打呵欠，一路跟蹤一個不知道自己只剩幾個小時性命的倒楣鬼，兩人經過廣東道時，不夜橙看見幾個警察正在街角拉出一條條黃色封鎖線，對著封鎖線裡面的郵筒不斷拍照。

郵筒燒焦了，燒得黝黑。

「怎麼回事啊？」不夜橙駐足，手裡還拿著凍檸茶：「郵筒被燒了？」

「這個月第二次了，心理變態。」警察有點不耐煩。

不夜橙不禁笑了，這一笑，差點令他跟丟了目標。

原來小雪到了香港。

不知道香港有沒有買賣夢的地方，還是小雪將目標A留在某個粉紅色的枕頭上？

作家的預言就要實現了嗎？

「燒得好。」不夜橙喃喃自語。

「你說什麼？」警察回過頭瞪眼。

「我說，燒得很好。」不夜橙微笑轉身。

不夜橙在香港多待了四天，尋尋覓覓，翻翻找找。

終於鼻血都流出來了，他才瀕臨崩潰地飛回台灣，一路直達紙箱國報到。

「希望」是最可怕的毒藥。

嚐過一次在異鄉無錯身的重逢，就無法克制。

不夜橙再度逼自己超越睡眠的極限，試著離開台灣，到更遠的城市奪人性命。

新加坡、吉隆坡、檳城、新山、香港、澳門、京都、四國、上海……

有嚴重睡眠問題的不夜橙，終於還是勉強自己在亞洲鄰國慢慢地做事。

所有藥物無解，七天是對抗睡眠的極限。

此後他每到一個新的異國城市，都會相當認眞翻報紙，期待看到郵筒被燒毀的新聞。或者，期待看到有人闖入陌生人的告別式被攆進警察局的報導。就像新聞中毒者一樣。

只是，香港那次，已是不夜橙距離小雪，距離目標A最近的一次。

再也沒看到了。

62

三年過去了。

天橋之外的世界，始終很不平靜。

前陣子橫空出世一個只靠拳打腳踢，活活將目標給打死的狂傲殺手。

Mr. NeverDie。

非常，非常中二的名字。

這個中二連戒備森嚴的肅德監獄都敢揹手榴彈去炸，硬生生在裡面把目標幹掉。

——創下了一個傳說「不死的星期五」。

這個自稱絕對死不了的年輕殺手目中無人，非常蠻橫霸道，造成了不少經常聘雇殺手的黑道份子的困擾，認爲Mr. NeverDie太失控，藐視江湖規矩，遲早變成所有人的麻煩，一直逼經紀人把這個年輕殺手交出來。

腦袋有問題的人，豈止這個自信不在死神名單上的狂人。

這陣子還跑出來一個專門挖取孕婦肚中胎兒，再塞入活貓的變態殺人魔。

媒體稱「貓胎人」。

許多經紀人再三聯繫討論，很快就確認了這個玩弄胎兒的殺人魔不是受雇於任何人，只是一個需要精神治療的心理變態，雖然殺手的附屬世界裡有許多能力非凡的鬼子，找到貓胎人並不是一件太困難的事，但礙於黑暗世界互不侵犯的內在自制，只得繼續忍受他在這個社會上的邪惡暴走，弄得人心惶惶。

終於，史無前例的血腥颱風來了。

每一個殺手都會記得這個颱風的名字，泰利。

63

公海。

一艘華麗的賭船在激烈的風雨中，迎來了一場比風雨還慘烈的賭局。

一顆子彈劃過了熱血的生命，沸騰上賭桌。

一百多支充滿義氣的手機，連同雨點給同時扔下海裡。

咫尺之間的賭局結束，便是另一場更豪壯賭局的開始。

雨很大。

風更狂。

上百名賭客的見證下，賭神公開打了七通電話。

電話過後，泰利的風勢陡強了一倍。

三個可怕的殺手走進了「富貴年華」三溫暖俱樂部。

黑道裡最可怕的勢力，情義門掌門人，冷面佛死亡。

黑白雙棲的鬼道盟精神領袖，啷噹大仔同時一命嗚呼。

一夜之間槍聲四濺，黑道的勢力平衡大崩解。

明知故犯的謠言，成了子彈飛來飛去的理由。

假借爲老大報仇雪恨，實則清除異己，所有幫派不分大小全殺得毀天滅地。

甚至出現了，一個幫派在三天內換了五個老大的荒謬故事。

黑湖幫、洪門、情義門、鬼道盟，四大黑幫全都殺紅了眼。

「有我，就沒有戰爭。」已故啷噹大仔的二當家，義雄依舊冷酷。

「我只是想求和平。」已逝金牌老大之子，年輕的陳慶之處變不驚。

「大家是不是該，以和爲貴？」洪門神祕的幕後老大下了帖子。

「你要戰，便作戰。」黑湖幫七大長老眾口一致，倒不假惺惺廢話。

黑幫大火併直接在街頭上演，大剌剌把一般老百姓捲進其中，人心惶惶。

每天報紙的頭條都是屍體，打開電視上全是黑幫仇殺的滅門新聞。

最無法忍受的，當然是唯一合法的超級幫派，警察。

警察，是維持社會治安的防線，同時也是江湖上最大的勢力，警方面對這種二十年僅此一見的腥風血雨，雖然一定要維護正當老百姓的安危，但也深知公權力還須仰賴四大幫派的支持……與油水灌溉，一旦來硬的，只怕也討不好去。

爲了重新找出各大勢力的平衡點，警方的最高層提出了解決問題的方法。

四大幫派在警政署長的「熱情邀約」下，在警政署泡了一壺沒有味道的茶。

泡出了一個堅不可破的約定。

十天。

僅僅十天。

多達十天。

十天之內媒體一律封口，被命令以花邊八卦爆料轉移治安問題，粉飾太平。

十天之內允許四大幫派，用江湖的方法解決江湖問題。

十天之內所發生的一切鬥爭，只要不殃及老百姓，法律層面絕不追究。

在大街上開槍也行。在百貨公司裡砍人頭也行。

在警察局門口把人轟成蜂窩也可以。將對方追殺進小學操場也沒問題。

只要不傷到一般老百姓，通通都當不存在。

哪個幫會死了誰，那個幫會就自己收屍。

哪個幫會的堂口被燒，那個幫會的小弟便自己提水桶來澆。

十天之後。

街上再淌一滴血，警方就會動用所有公權力，將不守信用的幫會，打到殘，打到廢，打到沒有尊嚴。最後把毀約犯事的幫派解散，關進監獄享受天荒地老。

江湖上稱——「無法十日」。

無法十日。

沒有法律的十天，猶如邪惡結晶的十天。

時間有限，黑幫爲了保存實力，迫不及待上演的並非蠻幹的街頭火併，而是精打細算的刺殺——專職的殺手成了幫派廝殺下的最佳棋子。

沒有立場，只問價錢。

幾乎每一個殺手都接到了單。

今天受雇於鬼道盟的誰誰誰，要殺洪門的誰誰誰，明天卻換成受雇於洪門的某某某，去殺黑湖幫的某某某。昨天朝情義門的堂口扔手榴彈，後天在鬼道盟大老的座車底下裝炸藥。

鬼魅似的殺手在幽影底橫行，黑幫人人自危。

的確有一個最好的自保作法，那就是下單殺掉每一個可能殺掉自己的人。

於是黑幫瘋狂地下單，令死神的鐮刀在血腥的地上刮出一道又一道的傷痕。

這是二十年來最大的殺手旺季，眞是不吉利的獵殺潮。

64

二輪電影院。

黑暗中，從潮溼地毯發出的，令人安心又熟悉的淡淡霉味。

「妳只是假裝不知道吧，我根本沒辦法接這些單子。」不夜橙吃著爆米花。

「因爲沒時間仔細安排嗎？」曉茹姊看了看錶。

從她坐下起，已經第三次看了錶。

看樣子外面的世界，已經混亂到連曉茹姊都快招架不住。

「我需要時間仔細觀察，慢慢跟監，還有計畫。」不夜橙坦然以告：「再高的難度都可以用認眞準備跟詳細規劃來克服。時間，時間一向是唯一的壓力。」

「不是不能理解，但最近大家都殺得一塌糊塗，殺手大缺貨，其實這些黑幫硬幹的單子只要不傷到一般老百姓就可以了，爲了除掉目標，不小心殺掉目標旁邊的幾個人都無所謂，蛇鼠一窩嘛其實。」曉茹姊看來眞是急了，又看了一次手錶。

當然不是爲了賺錢，而是某一種職業上的信用。

畢竟殺手經紀人，是一種極端仰賴信任的特殊職業。顧客要殺一個人，下了單，就是很大程度對殺手仲介曝光了自己的殺意，如果經紀人拒絕接單，這份殺意就有外洩的可能，最可怕的下場就是顧客遭到殺手經紀人背叛，反噬到自己。

承平時候，殺手經紀人還可以勉強推掉一些難度太高的單子，顧客也能理解，總不能每一張變態離譜的單子都要叫殺手經紀人硬吃下去吧？但現在風雨飄搖，爲了對熟悉的好顧客負責，殺手經紀人尤其必須在這緊急的當口，安排好最棒的刺客，幫好顧客除掉潛在的威脅，這是一種對顧客的優質保護。

那種時刻，就是現在。

「明白，但我的個性就是急不來。」不夜橙感到些許抱歉。

「如果我安排鬼子給你呢？」曉茹姊還沒放棄：「絕對幫你省時間。」

「我們在談的，可是殺人呢曉茹姊。我有自己習慣的方式。」

曉茹姊嘆氣，看樣子眞是壓力超大。

「妳去忙吧，別花時間在我身上。十天剩三，很快就過去了。」不夜橙歉然。

如果早已決定要拒絕一個人，最好別花時間，讓他產生錯誤的期待。

曉茹姊需要時間，那就別花時間在客套與解釋上。直接一點的好。

「越後面越難熬呢。」曉茹姊壓著肚子，翻了一個白眼：「胃都痛了一個下午。」

不夜橙看了曉茹姊手上的牛皮紙袋一眼，厚厚的一疊，約莫有七、八份。

……這些黑幫到底是哪裡有毛病。

「妳底下的殺手不夠用嗎？」

不夜橙其實沒問過曉茹姊，她到底有多少個合作殺手。

一來不好奇，二來也沒有特別的動機。

「差不多每個人都出動了。」曉茹姊一臉憂鬱地搖搖頭：「偏偏最強的那個，最近的狀況特別差，我什麼單都不敢讓他接，免得他最後搭上那台計程車。」

「喔？原來最強的不是我。」不夜橙故意擺了個怪表情。

「強跟你無關，你是穩。」曉茹姊倒是很公正地做了註解。

「知道，完全明白。」不夜橙用力點頭，完全不反駁。

自己不是拿命硬拚的那型。

這次下手的機會不夠好，下次再跟蹤出更好的時機就是了。平安的成功才是成功。所以當年從事保鏢的時候，才會因爲毫無勝算逕自離開老闆。難堪的回憶。

「說眞的，你們好好活著，比顧客活著還要讓我安心。你知道，那些顧客常常同一時間買下對方的腦袋，我明明都清楚，卻都不能說破。我可是一次都沒有參加過那種人的喪禮過。只是這次眞的壓力太大。」

「那個死不了的瘋子呢？妳把他納入旗下的話，這些單子都不是問題了吧。」

「你說跟G一起搞出事情的Mr. NeverDie嗎？他不見了，據說是忽然完成制約。」

「眞危險。」不夜橙嘆氣。

「是啊，眞危險。」曉茹姊不置可否。

受限於制約，只要是殺手，不管是不是瘋子都得服從殺手三大法則跟三大職業道德。一旦制約滿足，殺手不再是殺手了，瘋子也就是一個眞正的瘋子。

不受控制，想幹嘛就幹嘛。

獲得解放的Mr. NeverDie，不是殺手，卻更危險。

「把單子分給別的經紀人呢？九十九？」

「他那裡也爆了。」曉茹姊倒是噗哧笑了：「搞不好他一急，自己也上了。」

不夜橙聳聳肩，不可能。

「你好好看電影吧，我去忙了。」曉茹姊輕拍他的大腿，便即要走。

這次難得的沒有留下任何一包紙袋。

不夜橙看著曉茹姊收拾著東西。

跟曉茹姊合作到今天，已經幾年了呢？九十九之後，其實是鄒哥，最後才是曉茹姊。但跟曉茹姊聊起來的感覺卻最熟。兩個人老是約在電影院裡談事，卻好像從來沒有一起把電影看完過。

「改天不忙的時候，一起把電影看完吧。」不夜橙隨口說。

曉茹姊微笑。沒有點頭，也沒有搖頭。只是如往常般站起來離開。

關於約定這種事，在生死邊緣掙扎的職業裡特別忌諱呢其實……

「等等。」

不夜橙轉頭，往後伸出手。

「？」已走了幾步的曉茹姊不解。

「妳本來要給妳底下最強的那位，什麼樣的單？」

曉茹姊有點猶豫，慢慢走回位子坐下。

「你想證明什麼？」不得不說，曉茹姊看起來的確充滿期待。

她凝視著不夜橙。不知道是想尋找問題，還是想發現答案。

「我只是很好奇，最強的那位，可以幫妳分什麼憂？」不夜橙微笑。

曉茹姊拿出其中一個最薄的牛皮紙袋，但沒有遞給不夜橙。

「這張單很特殊。」曉茹姊的手緊緊捏著紙袋。

「我很穩。」不夜橙調侃自己。

曉茹姊微笑，但還是沒有把牛皮紙袋遞出去。

「你擅長跟蹤，說不定這單子很合適你。在無法十日結束前，你得無聲無息跟蹤這個目標，在不被他發現的情況下，觀察他接觸了誰，跟誰說過話，偷偷傳過什麼紙條，跟路人，跟店員，跟任何人。」

「我不太可能知道他說了什麼，或是傳了什麼紙條，那是特務的功能。」

「是，只是你能確認內容的話，就有額外獎金。辦不到，記錄下行蹤就行了。」

「那我什麼時候動手？」

「你不是保護他，也不是要殺他，是要好好觀察他，直到無法十日結束。如果有人忽然跑出來殺了他，就無所謂，反正一定是買來的殺手，你不會、也不需要知道後面的雇主是誰，看著一切發生就行。」

「這簡單。」不夜橙聳肩，原來還有不需要殺人的單子。

「不簡單的是，但如果發現有人試圖挾持他，你得馬上殺了他封口。如果來不及就讓他被劫走，你必須想辦法在無法十日結束之前，殺掉他。」

曉茹姊微微遞出手中的薄牛皮紙袋，動作很慢，很謹慎。

意思很明顯。你能做到，才能打開它。

輪到不夜橙微笑。

「如果他在無法十日結束後，才被劫走呢？」

「那就不關你事，也不是我的麻煩。」

不夜橙伸手，接過薄牛皮紙袋。

「十天剩三。」不夜橙微笑：「三天不睡覺，我簡直就是訓練有素了。」

謝謝你，不夜橙。

曉茹姊沒有說，但不夜橙聽見了。

不夜橙打開薄牛皮紙袋。

「事成之後，買一個最好的夢請我。」

65

薄薄的牛皮紙袋裡只有一張照片。

照片上是一個又矮又胖的老男人，禿頭，名叫老茶。

照片後面是簡單的老茶介紹。

老茶是一個老牌的殺手經紀人，曾經在他手底下工作過的殺手，都赫赫有名，其中有很多人都是從國安局特別情報組退役下來的，兼具特務本色的超級殺手。老茶接了很多平庸殺手無法完成的單子，從雇主那裡得到了很多秘密。

這些秘密，在無法十日以內，特別値錢。特別，要命。

照片後面同時寫了一串住址，附註五個小時以內可能有效，但不保證。

爲什麼需要最強的人執行這張單？

這可不是一般「殺了就跑」的單子，要處理的變化太多。或許是如此吧。

一個小時後，不夜橙來到照片後面的住址。

是林口的長庚醫院。

老茶孤孤單單坐在血液腫瘤科門診的外面，拿著前往核磁共振檢查室的掛號批單，臉色看起來很蒼白，多半是剛剛聽到了很不好的消息吧。

不夜橙遠遠坐著，看著不斷咳嗽的老茶換了藍色病服，進了核磁共振室。在那裡面發生了什麼，已超過了不夜橙的觀察範圍，但他並不是很擔心。

一連串的檢查，令老茶的腳步越來越沉重。做完所有檢查，這天已過了大半，老茶一個人在醫院的美食地下街慢慢吃完晚餐，然後在座位上原地待了許久，餐盤都被收走了還是持續發呆。沒有跟誰有特別的接觸。

老茶搭公車離開長庚醫院，來到台北後改搭捷運，在西門町下車。一出六號出口，老茶便被幾個賣愛心筆的猥瑣年輕人攔住後亂推銷，他不斷揮手拒絕，結果被這幾個年輕人狠狠訕笑一番後，這才狼狽走開。

在行人徒步區上的流動水果攤前，兩眼癡呆地發愣超過五分鐘，老茶最後只買了一個梨子，還忘了拿回零錢。

他失魂落魄地走進一間頗經歲月的老旅舍，看他一句話也不多說直接拿鑰匙跟熱水壺上樓，而櫃台也不看他一眼，老茶很可能是月租型的老客人。

老茶上樓後，不夜橙用了點話術，順利租下老茶斜對面的房間。

不夜橙將椅子搬到房門後面，好整以暇坐下，打算就這麼整夜聽著對面的動靜。

反正，誇張的睡眠問題正好是執行這張單子的優勢。

「……老狐狸。」不夜橙打了一個識相的呵欠。

一整天下來，不夜橙直覺，以自己的跟蹤技術來說要被發現的機率很不高，但，縱使老茶沒有發現自己，恐怕也是另一種狀況。

不，不是恐怕，是一定。

這隻老狐狸老早就預設了，在這步步危機的「無法十日」裡，自己百分之百一定會被很多刺客偷偷跟蹤的「前提」，於是他便以自己已經被徹底鎖定了的「思維」，去經營自己這一陣子的「活動」。

咳嗽是假的。

跑去大醫院，掛號血液腫瘤科這麼嚴重的病科，多半是假的。

進核磁共振室詳細檢查身體，十之八九是佯弱的障眼法。

吃東西吃到發呆，是假的。

被愛心筆混混糾纏下的狼狽，是假的。

在水果攤前猛發呆，是假的。

用月租的方式長住在這間無防備的破舊老旅舍，是假的。

「無所謂，繼續裝，反正及時幹掉你就行了。」

不夜橙打開上次收獲的蟬堡信紙，慢慢打發這漫漫長夜。

66

第二天。

老茶正要出門的時候，已是中午，持續刻意的咳嗽聲讓不夜橙無法不注意他。

肯定是餓壞了，老茶站著吃了兩碗阿宗麵線後，坐在行人徒步區的椅子上看報紙，他看得很仔細，就連分類廣告欄都很仔細地閱讀了一遍，這才捨不得地將報紙放在座位上離開。

老茶在巷子裡某間老西裝店拿取一套事先訂製好的深藍色西裝，慢吞吞穿好，在店裡鏡子前整整站了五分鐘，好像在打量自己的遺照似的發呆，店家好言催促後，這才付錢離開。

隨後穿著一身漂亮新西裝的老茶走到附近的公園，先是在販賣機買飼料餵鴿子，再去涼亭裡看一群老人圍著賭象棋，聽著眾人吆喝，聽著口沫橫飛的說笑，一站就是一個下午。

晚上老茶吃了兩碗沙茶魚羹，便回到了老舊旅舍。

不夜橙依舊靠在門板上坐著監聽，讀起蟬堡。

他很累，很想睡覺，眼角都是打太多呵欠滲出的淚水。

第三天中午出門的時候，不夜橙注意到老茶身上還是同一套西裝，只是皺褶變得很多，顯然他昨晚直接穿著它睡覺。

下午老茶到西門町紅包場聽歌，卻小氣地只負責拍手，吃了幾疊小菜。很容易就發現，紅包場裡的每個歌星都跟老茶很熟，對老茶的小氣不以爲忤，招待的氣氛還是很熱絡。老茶牽著其中一個老歌星的手長達一小時，什麼話都沒有說，就只是牢牢地握著。但兩人的手心裡都沒有紙條，不夜橙非常確定，只是差點在歌聲中睡著。

離開紅包場的時候，已是晚上八點二十幾分。穿著一身皺褶西裝的老茶，在人來人往的星巴克買了一杯紅玉紅茶，坐在二樓深處，靠近廁所的位置，背影看起來相當蕭瑟淒涼。

距離無法十日結束，只剩三個小時又二十二分鐘。

不夜橙選了一個可以看見老茶的最遠位置，手上是一杯無濟於事的熱拿鐵。

桌上的紅茶沒喝幾口，老茶叨叨絮絮跟坐在對面的、不存在的空氣低聲說話，已經持續了二十幾分鐘，完全沒有停止的跡象。

「……裝精神病嗎？」不夜橙慢慢觀察這層咖啡店裡的每一個客人。

他越來越確信老茶在裝。

老茶刻意選在人多的地方活動，避開容易被狙擊的窗外。

行動緩慢的他，乾脆在同一個地方都待得很久。

一方面是示弱，降低自己的威脅。

另一方面恐怕是隨時做好了上路的覺悟，好好站著，好好坐著，好好睡著，一把年紀了，絕對不想在很緊張的情緒下被狙殺。在死神找上他之前，他想慢慢的呼吸。不夜橙理解。

他的槍雖不快，但很穩定，每一個動作都不疾不徐。到時候就安心上路吧。

不夜橙又打了一個擠出眼淚的大呵欠。

今晚十二點一過，一定要飛奔到天橋下買夢啊，實在是太難受了現在。

「……」不夜橙看著老茶叨叨絮絮地，對著眼前的空氣碎嘴。

嗯，碎嘴……

像是在路上偶爾可見於流浪漢身上的精神病徵狀……是很奇怪，但並非不常見。

不夜橙不會讀唇語。

但他看得出來，老茶的碎嘴雖然沒有停下來過，但嘴型會在短時間裡重複多次。

不夜橙的眼角餘光掃視全場。

能夠直接或間接捕捉到老茶碎嘴的人有八個。

這八個人裡，只有一個穿著悠閒的輕熟女，用手指正在敲擊馬克杯。

敲，停。敲敲敲，停。敲，敲，敲，停。

不夜橙不懂摩斯密碼。但不夜橙的眼角餘光掃視全場。

能夠看清楚輕熟女手指敲擊節奏的，只有一個穿著西裝的油頭中年人。

那個油頭中年人拿著一本捲起來的汽車雜誌，大刺刺蹺著二郎腿講電話。

老茶猛說話的時候，那敲擊杯子的手指就一直敲，油頭人閉嘴。

老茶重複剛剛嘴型的時候，那敲擊杯子的手指就停下來，輪到油頭人說話。

懂了。

這是一個單向的資訊傳遞。

……老茶對誰傳達著什麼訊息。

是在請求誰不要殺他滅口嗎？

是在對誰傳達足以令他保命的秘密？

是在跟什麼勢力討救兵嗎？

不夜橙憑藉直覺，猜想那個輕熟女並無實際威脅，但那油頭人是一個硬手——因爲油頭人正惡狠狠瞪著不夜橙。

來不及把眼神自然飄開了，不夜橙乾脆好好瞪了回去。

「……」兩個人互瞪。

要拔槍嗎？

自己不想在這裡動手，但對方有這樣的善意嗎？

雖然無法十日允許在公眾場合大開殺戒，但規則底限，就是不能傷到老百姓。

這裡有二十幾桌的尋常客人，對方有這樣的高明技術嗎？

手指敲擊，手指停。

手指敲擊敲擊敲擊，手指停。

油頭人卻無法翻譯手指敲來的資訊，給電話那頭的人聽。

他無法將視線從不夜橙身上移開。

「有人，在跟蹤老茶。」油頭人慢慢地說。

其嘴型慢到連不會讀唇語的不夜橙，都看得出來。像是一種警告。

「……」不夜橙莞爾。

所以呢？

不夜橙的手指慢慢在桌面上一劃，慢慢的順，成一個圓。

這是「我們不是敵人」的公約記號。

自己收到的顧客要求，既不是保護老茶，也不是防止老茶將資訊外洩，而是避免老茶被任何人綁架，即使是殺了老茶也無所謂。如果對方僅僅是協助老茶傳遞訊息，不管訊息內容爲何，其立場跟自己並無衝突，完全沒有開戰的必要。

至於對方的任務是不是包含了更多，就看接下來一分鐘內的發展。

油頭人的眼神沒有降低敵意，但也沒有再釋出更多的殺意。

彼此持續觀察。

「不認眞工作，沒關係嗎？」隔了兩張桌子，不夜橙開口。

「干你個……」

彷彿怕不夜橙看不清楚，油頭人一個字一個字慢慢刻出：「屁……」

匡啷！

窗邊玻璃碎開！

油頭男子的胸口多了一個黑洞，鮮血往後炸開，噴到每一個白色馬克杯上。

咖啡店大亂，大大小小的玻璃碎片飛濺了整地。

怎辦？不夜橙遠遠看向老茶。

老茶露出狐狸尾巴，沒有躲在桌子後或廁所裡，而是身手矯健地衝到一桌正在用餐的情侶後面，緊緊抓著尖叫的女生掩護自己……很清楚無法十日的規則嘛！

還沒有人綁架老茶，現在還不能殺了他。

咖啡店裡驚惶失措的尖叫聲此起彼落，地板上汩汩流出油頭人的血，血圈蔓延得越來越大，顏色很深，倒在地上的油頭人雙腳抽搐，手指顫抖，眼見不可能活了。

輕熟女則一聲不吭地在地上縮成一團，以詭異的姿勢打起電話。

不知道自己的身分是否曝光，不夜橙躲在大柱子後，藉著手機鏡頭捕捉對面狙擊手的位置，一時之間沒有辦法發現什麼，尤其遲遲等不到令人心焦的第二顆子彈，令不夜橙只能持續等待。

他擅長的，等待。

他不擅長的，對決。

警笛聲大起，包圍了樓下。

警察與救護人員衝上咖啡店二樓，迅速拉起封鎖線，準備一個一個調查現場的民眾。而不夜橙一開始擔心腰際的那把槍會不會給自己帶來麻煩，正想把槍偷偷遺落在某處時，老茶已經被十幾個穿了防彈背心的警察團團圍住。

不夜橙瞪大眼睛。

老茶任憑警察爲他上了手銬，用身體幫他隔擋，還架起了兩層盾牌。

老茶微笑，看著不夜橙。

那個微笑只有一個意思——「辛苦了。」

距離無法十日結束，只剩兩個小時又四十三分鐘。

67

老茶落在警察手中的消息走得又快又隱密。

消息怎麼走漏的？

或許是默默收了髒錢的警察自己，或是幫會潛伏在警方中的內鬼？

爲什麼警察要綁走殺手經紀人老茶？

老茶手中有什麼資料？那資料對哪個幫會不利？或是對警方不利？

或根本重要的不是資料，而是老茶自己就是個關鍵？

老茶被綁走前正在跟誰傳話？老茶是警方的幕後爪牙嗎？

有的幫會無論如何要老茶死。

有的幫會非得要在今晚救走老茶不可。

有的幫會卻只要殺手保佑老茶活過今晚就行。

也有的幫會希望不計代價救出老茶，否則就只能一槍轟爆他的腦袋。

各有各的算計，各懷各的鬼胎。

今晚，各家殺手各自接到屬於自己的任務。

「曉茹姊，一般老百姓，包括警察嗎？」不夜橙在警政總署對街打公共電話。

「不包括。」曉茹姊的聲音非常絕決。

「對不起，這爛攤子我會好好收拾。」不夜橙難以言喻的悶。

「十二點一到，一槍都別開，馬上走。」

「知道。」

「不知該從何講起，今晚恐怕會很混亂。」曉茹姊欲言又止。

「總會平靜。」

「聽好了，不夜橙，」

曉茹姊頓了頓，嘆氣：「別坐上那台計程車。」

距離無法十日結束，只剩一個小時又十三分鐘。

68

分秒必爭。

曉茹姊爲他緊急準備的東西，都放在一間便利商店的公共廁所裡。

走出便利商店的時候，不夜橙已經是一個中階警察的模樣。

「還不能睡。」

不夜橙調整了一下帽子，將紅牛提神飲料扔進便利商店外的垃圾桶裡。

他注意到，六台扭蛋機就擺在垃圾桶旁邊。

他找到哆啦A夢扭蛋機，猶豫了一下，才投進硬幣。

深深吸了一口氣，一轉。

咚隆。

「……是嗎？」他看著手上的扭蛋。

沉思片刻，不夜橙將充滿手溫的扭蛋放進口袋。

十五分鐘後，不夜橙大大方方地走在警政總署裡，左顧右盼。

警政總署一共有三大棟建築物相連，其中一棟是有二十五年歷史的舊建築，左右兩棟則是後來新蓋的科技化大樓，新舊相接，部門重疊，加上單層面積廣大，內部設計頗爲複雜。

所幸警政總署對他來說並不是太陌生，不夜橙爲了跟蹤特定警政高層，就曾經變裝進來過兩次，逛了還不算少的時間。他猜想，老茶不是關在五樓，就是關在七樓。

經過一樓辦公桌時，不夜橙的手裡多了一個保溫鋼杯。

經過下一個轉角，不夜橙的手裡又多了一本檔案卷宗。

不夜橙一派悠閒地上樓。

二樓大多是警政會議室、公關室、秘書辦公室。

「好想睡覺。」不夜橙用力握緊保溫鋼杯的把柄。

三樓，科技犯罪防制中心、偵查犯罪指揮中心、刑事研究發展室、通訊監察中心。

「今天晚上一定要買個超舒服的夢。」不夜橙努力皺眉，試圖驅趕睡意。

四樓，證物室、鑑定科、微跡證化驗分析室。

「五樓吧，拜託就在五樓吧，我開一槍就走人。」不夜橙集中精神。

五樓。

五樓到了。

不夜橙瞬間清醒。看樣子不用去七樓了。

走廊這一端，從另一個樓梯剛剛好上來的，是一個不胖不瘦的中年男警。

一手拿著一疊報紙，一手拿著裝滿熱茶的保溫鋼杯。

「……」中年男警看了自己一眼，眼神看似漠然，實則拚命壓抑。

「……」不夜橙的眼神慢慢收斂，趨於面無表情。

走廊的另一端，是年輕的一男一女警察。

年輕的男警察，看起來紅光滿面，手裡也是一只保溫鋼杯。

年輕的女警察，十分青春漂亮，一手會議紀錄，一手也是保溫鋼杯。

四只保溫鋼杯上的熱氣蒸蒸直冒。

四雙越來越沉靜的眼睛。

牆上的時鐘，十一點二十九分。

秒針十七。

坐在保安桌後的兩個值夜警察慢慢斜倒，連同椅子摔在地。

這兩名值夜警察眼睛翻白，頸子早一步被扭斷，沒氣了。

牆上的時鐘，十一點二十九分。

秒針三十四。

「有人早我們一步。」

對面的小女警聲音很甜美，氣息卻很危險。

「你們的立場？」

不夜橙語氣平和，看樣子大家都是同業，就先釐清基本關係吧。

「不管要救要殺，別在這裡開戰。」

對面的年輕男警自信滿滿，看起來……看起來有些面熟？

不夜橙微微皺眉。

「是嗎？我倒是不介意。」

站在自己旁邊的，不胖不瘦的中年男警冷笑。

他是裡面最危險的人，他的殺意毫不自制地膨脹起來。

牆上的時鐘，十一點三十分。

秒針零七。

氣氛詭譎的三十三秒鐘。

拚命壓抑的三十三秒鐘。

眼神如劍，如履薄冰。

誰是敵人？

誰是盟友？

鏗鏘！

走廊盡頭的房間忽然打開。

一個「老警察」扶著一個渾身赤裸的禿頭男子從房間衝了出來。

那一絲不掛的禿頭男神智不清地傻笑。

——老茶！

四個保溫鋼杯同時脫手。

「咻！」在不夜橙手中的槍直接瞄準老茶，直取任務！

沉穩如狐！

「砰！砰！」不胖不瘦的中年男警雙手各持一槍，也朝老茶攻擊。

猛烈似虎！

「咻！」晚了四分之一個眨眼，對面的年輕男警朝著雙槍男警開槍。

直覺比豹！

「颯！」小女警低手一揚，一柄飛刀掠向不夜橙。

身輕如燕！

「轟！」第五個老警察將一絲不掛的老茶摔回房間，朝眾人開了一大槍。

果斷如獅！

槍聲，飛刀，子彈，鋼珠，人質，任務。

開戰的那一刻，各自的立場也涇渭分明。

二打三。

兩個要殺老茶，三個要救老茶。

撕裂警察外衣，露出熱血沸騰的殺手本色！

飛刀！

不夜橙即時抬起手臂，奮力擋下如燕子般滑翔的奇襲。

「掩護我！」女殺手的身影掠過男殺手，衝向老茶的方向。

「行！」男殺手以左手臂爲架，右手對著不夜橙不斷扣扳機。

不夜橙的手臂中刀吃痛，依舊第一時間沉穩還擊。

來自男殺手槍中的子彈，竟然在半空中同時撞擊到不夜橙的子彈。

一顆撞到。兩顆撞到。連續三顆撞到！

對方的氣勢之強！運力之猛！這是哪門子的驚人氣運！

這個紅光滿面的年輕人，毫無疑問，就是……

當年正面對決，射傷自己肩膀，令子彈彈進腦袋裡的那個臭小子！

制約解除！

69

「小子趴下！」

先來一步的老殺手一槍轟出。

沒停止開槍的年輕男殺手即時臥倒。

無數飛濺炸出的小鋼珠朝不夜橙與雙槍男子襲來！

咿嗚……**轟隆**！

雙槍殺手與不夜橙趕緊閃入一旁牆後，牆緣砰然碎開，石屑割人。

滾燙的小鋼珠叮叮咚咚墜地，惱人的石灰粉瀰漫在走廊上。

顯然是經過老殺手的特殊改裝，那把霰彈槍不管是槍管彈簧還是子彈火藥都加了倍，威力不是一般的制式霰彈槍可以比擬，壓制力十分火爆。

咿嗚……**轟隆**！咿嗚……**轟隆**！咿嗚……**轟隆**！

警鈴大作。

不夜橙苦笑，還眞沒有比在這裡，令五個殺手大混戰還要惡劣的鬼地方了。

整棟樓登時充滿了各式各樣的吵雜聲，從四面八方奔湧過來，很快的，配備精良的維安特種部隊就會將這裡重重包圍，到時候誰也別想執行任務。

走廊這一端。

「想辦法，先把那管棘手的霰彈槍拿下來。」不夜橙拔下沒入手臂的飛刀。

要不是他即時揚起手臂擋住，女殺手剛剛那一飛刀早就貫入他的頸子。

「你做你的，別想命令我。」雙槍殺手的臉上都是石灰粉，眼神狠戾。

「……」不夜橙無言以對，心情非常複雜。

不夜橙看著滴在地板上的血，慢慢調整呼吸。

制約意外解除，從現在起，自己已不是殺手。

是，老茶可以不殺。但多年前未完的對決非得幹到底不可。

雖然沒有證據，但，如果在這裡硬是幹掉那個氣運很強的臭小子，或許，可能，大概，說不定，從此以後，就可以好好睡覺了……好好睡覺……好好睡覺……好好睡覺……

「？」雙槍男子瞪了不夜橙一眼。

「。」不夜橙微微點頭。不先拿下那管霰彈槍，就別想繼續那場勝負。

兩人幾乎同時竄出，身影交錯時各朝走廊那頭開了一槍。

不夜橙擊發出的子彈穩穩地，穩穩地，穩穩地飛進老殺手的肚子裡。

可霰彈槍依舊又是一轟，咿嗚……**轟隆！**

霸道的壓制力逼得不夜橙與雙槍男子，只能再龜縮回牆後。

不夜橙掂量著，老殺手挨了自己那一槍，大概只能再撐一會兒吧。

等一下就變成二打二，但對方要救出老茶，難度要遠勝過自己這邊。

槍戰持續，暫時無法寸進。

好幾十個警察的腳步聲在此時，從六個方向同時快速接近這裡。

「放下槍！不要再開槍了！」

「報上名字！你們到底是哪個道上……到底想幹嘛啊！」

「聽好了！不要傷害人質！我們可以談談！不要開槍！」

「你們已經被包圍了！馬上束手就擒！」

「這裡是警政總署……你們不可能逃出去的，不要做困獸之鬥！」

來自擴音筒的警方喊話。

這些戴帽子的肯定作夢也沒料想到，這無法十日的規則，竟會害警政總署淪爲五個殺手的格鬥場，把警察的大本營搞得天翻地覆。

「眞好笑，誰會信啊。」雙槍男子獰笑，在牆角找角度繼續開槍。

忽然，走廊另一頭射出兩把來勢詭異的飛刀，滴溜溜地在牆角處急轉。

雙槍男子一驚，瞬間被巧妙轉彎的飛刀給劃傷臉頰，差點割破眼珠。

「太巧了實在是。」雙槍殺手當然笑不出來：「難道殺手之間也會彼此吸引嗎？」

不夜橙看了雙槍殺手一眼，大致猜出他之前跟善使飛刀的女殺手對陣過。

所以，今晚是四個殺手的命運重逢囉？

「你還有多少子彈？」不夜橙忍不住問。

「見鬼了你自己看著辦，別想我會借你。」雙槍男子嗤之以鼻。

「不是這個意思。」不夜橙淡淡地說：「我只是提醒你，今晚還很長。」

忽然那老殺手大叫：「老傢伙送你們！走！」

雙槍男子探頭出去，只見那抓狂了的老殺手站在走廊中央，用他那把改造過的霰彈槍朝這裡連續狂轟，轟得前面的牆壁都快垮了。

老殺手正用他殘餘的生命火焰，掩護那兩個年輕殺手下樓。

不夜橙在心中肅然起敬。

「老頭，我送你！」

搶在不夜橙動手之前，雙槍男子在石屑紛飛中瘋狂開槍回擊。

身中數槍的老殺手緩緩倒下。

雙槍男子不知道在發飆什麼，竟朝老殺手的臉又轟了兩槍。

不夜橙皺眉，這病態的傢伙需要長期心理諮商。

「追。」不夜橙跑下樓。

「盡說廢話。」雙槍男子持續莫名其妙的不爽。

不夜橙快速跟在雙槍男子的後面，看著他瘋狂且毫無節制地開槍，幹掉好幾個誤入槍陣的警察。不夜橙自己一槍不發，只是冷靜地掃視後方有無追兵。

三樓。

當雙方人馬再度遭遇時，已在三樓。

不夜橙一驚，只見那運氣超強的男殺手竟扛著老茶，往走廊盡頭一路暴衝，看樣子他是想從三樓天台往樓下跳出去？這種高度？直接跳到天台下方的露天大停車場？

老茶可以走！但你不行！

不夜橙舉槍瞄準。

雙槍男子往前疾踏一大步，雙槍揚起。

「不妙喔！」那女殺手忽然轉身，雙手擲出飛刀。

危險的飛刀劃過不夜橙與雙槍男子之間。

雙槍男子左閃，不夜橙右躲，及時讓飛刀從兩人中間恰恰掠過。

「嘿！」雙槍男子朝男殺手轟出，只擊碎了男殺手身後的玻璃。

「……」不夜橙瞄準男殺手開槍，卻只打中了老茶的屁股。

這男殺手真是莫名其妙的強運。

男殺手扛著屁股噴血的老茶，忿忿不平回頭開了兩槍。

「留下！」不夜橙搶上，穩穩站在走廊中間射出關鍵的一槍。

子彈在飛。

——像是進入了慢動作定格播放的，時空壓縮飛行。

可以。

這顆子彈，夠資格決勝負了。

不夜橙看著子彈飛行的路線微笑。

男殺手毅然決然衝擋在女殺手面前，一動也不動地朝不夜橙扣下扳機。

子彈在飄。

這一次，兩顆子彈，並未在空中撞擊。

一滴火星也沒擦出。

子彈引發的螺旋氣流，在彼此最接近的一瞬間，盪開了各自原本的飛行路線。

「！」男殺手中彈，肩膀被貫穿。

「！」不夜橙的腹部也給射中。

子彈有子彈的故事。

飛刀有飛刀的篇章。

兩柄飛刀從女殺手的手中輕輕離開，劃過男殺手的雙耳邊，飛射而出。

飛刀在走廊上劃出兩道如燕子飛行的流星。

「好美。」

雙槍男子忽然讚嘆，似是無力抵抗那流星追流星的美感。

飛刀雙雙滑進了雙槍男子的胸口，他往後退了兩步，搖晃著躲進牆後。

槍聲斷斷續續，陷入僵局。

「喂。」雙槍男子大力喘氣。

「嗯。」不夜橙審視兩人的傷勢。

雙槍男子的肺肯定被飛刀刺穿了，血水很快就會溢滿他的肺。

而自己，腹部中的這一槍，痛到連腳尖都麻了。

「這裡是警政總署，你是不想活了嗎？」雙槍男子調侃他剛剛不要命的對決。

「我喜歡活著。」不夜橙搖搖頭。

「那你還來？」雙槍男子嘀咕，對著走廊另頭又開了兩槍。

「這是我的工作。」不夜橙苦笑。

其實，從剛剛開始，已經不算是工作了。

如果可以正好殺了老茶也不壞，算是對曉茹姊的一點小意思。

主要還是想完成當年的戰局，了卻心事。

不過看那男殺手的表情，好像根本就不記得自己吧？眞諷刺，自己牢牢記住那場對決，但死對頭卻從未把自己掛在心上。

「殺人算什麼工作？你的人生找不到其他更好玩的事了嗎？」雙槍男子。

「你呢？」不夜橙壓著腹部上的動脈，試著止血。

「別拿我跟你相提並論，殺人只是我這輩子幹的活，我很快就會擺脫這一切了。」

「是嗎……那也很好。」

此時走廊上的燈光一下子暗掉。

樓梯間的地板震動著一致的腳踏節奏，二十幾道訓練有素的紅色光線射入黑暗。

糟糕，不夜橙暗暗叫不妙。

毫無疑問，警方眞正厲害的維安特勤部隊終於加入這一場大混戰。

那可不是鬧著玩的，警界菁英中的菁英。

而自己的腹部不斷湧出血來，失血過量，已經令不夜橙開始暈眩。

吡……吡……金屬罐子在地板上打滾。

下一瞬間，又濃又臭的催淚瓦斯滾滾而來，嗆得四個殺手全都眼淚直流，幾乎快睜不開眼，跟維安特勤部隊之間該死的設備落差，很快就會要了這些高手的命。

雙槍男子胡亂朝走廊另頭繼續開槍洩恨。

但不夜橙卻沒有跟上開槍。

「……眞想再見她一面。」不夜橙只是低頭喃喃自語。

「快死了嗎？哈哈。」雙槍男子表情古怪地嘲笑著不夜橙。

不夜橙給熏得滿臉都是鼻涕眼淚，搖搖頭，又點點頭。

「眞想……再見她一面。」他講話越來越模糊。

「誰啊？」

「眞想……再見她一面。」瘦高殺手重複著這一句話，看似意識不清。

「撐不下去就快點死一死吧，呼呼……呼呼呼……還是要我幫你一槍？」

「……」不夜橙痛到，連苦笑的表情都做不出來了。

就在這個時候，不夜橙感覺到走廊那端爆發出一股巨大的壓迫感。

排山倒海，一股不斷膨脹的氣焰。

不夜橙理解了。想起來了。

那股氣焰，就是那個殺手臭小子的驚人運勢，就跟當年那個時候一樣。

從頭到尾都不是技術問題，而是，自己根本無法跟那股命運之力對抗吧？

不夜橙嘆氣。

今晚，既無力結束當年的對決，也沒有那個命回到天橋下買夢了。

人生的盡頭，竟然沒辦法再好好睡個覺。

也不可能再見到，調皮活潑，古靈精怪的那個她了。

「呼呼……呼呼……呼呼呼……」

雙槍男子難以置信地對著那無比膨脹的氣焰開著槍，流著淚，胡說著無人能解的話：「看樣子等不到重新洗牌……呼呼……哈哈……我要用更直接的方法結束火魚了……」

不夜橙閉上眼睛。

集中精神，思念著目標A。

就這樣，想著她，靜靜地等待下一顆子彈擊中自己的腦吧。

轟隆！

極其誇張的爆炸聲，地板一震。

白色催淚煙霧裡的紅外線登時大亂。

「我來啦！」

70

約莫十顆手榴彈一起爆炸，炸得機槍聲大作，群警狂舞。

不夜橙倏然睜開眼睛。

誰來啦？

天底下，大概，就只有一個瘋子會這麼扛著一袋手榴彈衝進警政總署吧。

無視殺手法則的Mr. NeverDie果然是沒有極限。

不知道他來攪和什麼？但攪和得好。

走廊那端，那臭小子不可思議的氣焰消失了，子彈跟飛刀也同時消失了。

他們趁亂逃了吧。

希望這些同業平平安安離開。

「振作一點！」雙槍男子大吼大叫，雙槍齊轟。

「嗯。」不夜橙精神一振，重振旗鼓把槍舉起。

他兩槍，我一槍，趁著現場一陣天崩地裂的大混亂，努力殺出一條血路。

下樓。

下樓。

下樓。

下樓。

不夜橙一邊精準開槍，補充子彈，一邊佩服著旁邊這位瘋狂亂開槍的「夥伴」。

這個雙槍殺手……非常強啊，簡直就是人間鬼神，把手槍當衝鋒槍使。

不夜橙差點就要說出，跟你並肩作戰是我的榮幸這種鬼話。

「啊啊眞正重要的東西一定不會失去，會失去的東西，就一定不是眞正重要的！」

而那個雙槍殺手，似乎陷入了奇怪的精神狀態，一邊號啕大哭一邊開槍。

越瘋越強，所向披靡。

擋在前面的，不管是警察，還是維安特勤部隊，一一倒下，抱著頭躲開。

失血過多的不夜橙努力保持一滴清醒，讓每一顆子彈都充滿價值。

不知道何時，槍聲少了，爆炸聲遠了。

不夜橙發現警政署大樓已在背後時，手裡的槍，只剩下一顆子彈。

「？」另一個他呢？

超級失控的雙槍殺手，已不知不覺消失在不夜橙的視線之外。

剛剛大概有至少一分鐘的時間，失去意識了吧？

不夜橙慶幸這份僥倖，在恍惚之間還能苟延殘喘地離開那片槍林彈雨。

轉進巷子裡，又從另一條巷子走出。

不夜橙倚著忽明忽滅的路燈，雙腳的腳趾都麻了。手指也很冰冷。

很渴，但嘴裡都是鹹味。

嘴唇在發抖。牙齒喀喀喀喀在打顫。

距離自己熟識的那間小小的黑市診所，還得走上一段路。

一台計程車慢慢駛了過來。

計程車停下。

車頂上的載客燈亮起。

不夜橙看著它。

是嗎？

……醫院，還是太遠了嗎？

71

看著降到一半的窗外，讓凌晨的冷風吹凍自己的臉。

本以爲這樣會讓自己更清醒些，卻開始覺得冷得不舒服。

原來坐上計程車是這樣的感覺啊。

冷。

不夜橙另一隻手，慢慢拿出了放在口袋裡，染血的扭蛋。

是哆啦A夢。

眞想跟目標A分享這份小小的幸運。

只是，目標A現在在做什麼呢？

應該跟她好好的，鉅細靡遺地描述一下，今天晚上發生的所有事。

五個殺手的對峙。跟那個臭小子的再一次對決。老傢伙最後的爽朗餘燼。美麗絕倫的飛刀。誰都無法預料到的手榴彈進攻。不得不與那個瘋子的並肩作戰。

其實很愉快。

一直以來，自己都很習慣把時間花在跟蹤、調查、計畫上，拿去執行刺殺的部分往往很簡單，不求刺激，只求使命必達。完全就是把殺手當作一份合理的工作在看待。

實際上，奪人性命一點都不合理。

……是啊，明明就是一份非常不合理的職業。

今天晚上，今天晚上很好。

自己眞正享受在這份工作裡的一切。

果然自己也是同一種人。之前不曉得在壓抑什麼，實在是很好笑。

發現這份樂趣發現得太晚？

不，是今天晚上才找到了眞正的玩伴。

你沒錯過什麼啊……畢竟，過去執行任務時根本遇不上這樣的快樂呢。

越來越冷了。

不夜橙壓著下腹的手，漸漸失去感覺，深色的鮮血從虛弱的指縫中流出。

按下按鍵，窗戶慢慢升起。

眞是危險的暖和。

尤其現在這麼想睡，好想調整一下坐姿，把手放開，好好休息一下。

「想女人？」司機看著後照鏡裡的不夜橙。

「嗯。」不夜橙顫抖了一下，剛剛差點就閉上眼睛了。

「任務失敗了？」

「也不算是。」不夜橙苦笑：「總之今天晚上，什麼都做不好。」

司機點點頭，像是理解了什麼。

「別在意，我清理慣了。」

「那就麻煩你了。」

司機不再打擾不夜橙的思緒，將車裡的廣播音量調低。

後照鏡裡，不夜橙的眼角閃爍著淚光。

一定是一個，連夢中也無法相遇的好女人吧，司機替不夜橙嘆息。

計程車停了。

停在天橋下。

不夜橙下車的時候，還刻意轉頭看了看車後座。

確認車後座除了血跡之外，空空如也，這才安心地往紙箱國前進。

72

天橋下，紙箱國。

黑草男坐在一台廢棄的破車上，當然在抽菸，用煙埋著自己。

作家正縮在角落，全神貫注寫小說，鍵盤聲滴滴答答，滴滴答答。

不夜橙每走一步，地上也是滴滴答答，滴滴答答。

紊亂呼吸中，不夜橙慢慢走到作家前面。

「對不起，我沒辦法幫你殺人了。」不夜橙感到很抱歉。

作家抬頭看了不夜橙一眼，打量了他已無力用手壓住的腹部。

「你快死啦？」

「嗯。」

「不去停屍間來這裡幹嘛？」

「想好好睡一覺。」不夜橙歉然。

「欠我殺三個人，就一句對不起，然後你現在說要好好睡覺？」作家嘲笑似地看著不夜橙：「要死了很了不起吧？你現在還能動吧？如果我詩興大發，叫你殺了黑草男你還是可以照辦啊？」

全身籠罩在煙霧的黑草男聳聳肩，一副無所謂。

「……不好吧。」不夜橙笑了。笑得很辛苦。

不夜橙走到黑草男面前，滿懷期待地看著他。

黑草男難得的嘆氣。

「不知道那個女孩最近這兩天……」不夜橙開口。

那表情，就像是剛剛在學校跟同學打完籃球回家的中學生，回到家，好熱好熱，渾身大汗，打開冰箱之前，默默祈禱裡面有一大碗仙草冰似的。

黑草男看著這個老客戶。

長期以來，他都是這裡最好的客人之一。

常光顧，熟規矩，很大方，偶爾會請客讓流浪漢做些奢華的美夢。三年前還提供過一陣子炙手可熱的，特殊稀有夢，招來了平常根本不可能出現的企業大老闆，讓天橋下更熱鬧。

今天晚上過後，他就不會再來買夢了吧。

「哈！她不就剛剛走嗎！」

黑草男瞪大眼睛，不夜橙猛一回頭。

作家一臉欠揍地說：「你也太走運了吧，她剛剛走，留下了這個夢。」

作家踢了踢腳邊的大紙箱。

「太好了……」不夜橙笑了，笑到流下眼淚。

不夜橙踏前一步。

「太好了個屁！」

用腳護住大紙箱，作家怒道：「別說這個夢是你的。你欠我三條命，永遠也還不了，現在這個夢我要了。你要死就去別的紙箱裡，別來嘰嘰歪歪。」

不夜橙微微向作家鞠躬。

然後從口袋裡拿出染紅的幾張信紙，戒慎恐懼地放在作家的筆記型電腦上。

信紙反覆折得很扁，很醜，還溼溼地紅了鍵盤。

「算是，賠給你。」不夜橙的腳幾乎撐不住了。

「拿這幾頁破紙，你說賠就賠啊？」作家怒不可遏。

幾乎要倒下的不夜橙，氣若游絲地唸出了八個字。

「殺手限定，邪惡報酬。」

作家倒抽了一口涼氣。毫不猶豫，作家迅速讓開了一條路。

黑草男點點頭，走了過來。

不夜橙淚流滿面地踏進了紙箱，蹲下，躺好。

將自己的長手長腳蜷縮起來。

那是他來到這個世界上的，第一個姿勢。

也會是，他離開這個世界的，最後一個模樣。

手裡，還抓著一個哆啦A夢扭蛋。
感謝，命運之神。
感謝，夢的國度。
不夜橙閉上眼睛。

紙箱闔上。
黑草男用膠帶封好紙箱。
將手中未熄的菸捲放在紙箱上頭，煙霧一線縷縷上飄。
上飄。
上飄。

「送君千里，終須一夢。」

紙箱裡，熟悉的黑暗中。
不夜橙輕輕地睡著了。

73

天橋上，一支菸孤孤單單點著。

不夜橙站在橋上，瞥眼看著那支似乎是被放在扶手上的菸。

還是一樣的天黑，還是一樣無法看清前方。

空氣中充滿了尼古丁的焦味，眼前的濃霧似乎來自那一支正在燃燒的菸。

「怎麼，又是這個夢呢？」不夜橙感到非常疑惑。

這裡，不該是小雪的夢嗎？

好幾次睜大了眼，不夜橙依舊看不清前方的煙霧繚繞裡藏了什麼人，什麼怪物。

或是一道什麼樣的神祕謎題，給藏在了橋的另一端。

明明知道是在作夢，卻無法憑藉著意志力改變這個夢境裡的任何狀態。

面對一模一樣的困境，不夜橙只是無奈地在煙霧的這頭站著，坐著，蹲著，躺著。

不夜橙抓抓頭，百思不得其解。

這個夢是自己最熟悉也最討厭的夢了，怎麼小雪會做出跟自己一模一樣的夢呢？

無止盡的枯燥感，一下子就席捲了不夜橙。

難不成自己在這永遠的睡眠裡，都要面對這個僵局嗎？

「……」

這個等夢的人，這個等待人生中最後一個夢的男人。

持續乾瞪著那團謎一樣的煙霧。

74

黑草男用右腳腳尖，慢慢推著沉重的大紙箱。

作家用左腳腳尖，幫忙推送沉重的大紙箱。

才一下子，兩個人就感到腰痠背痛。

「爲什麼要騙他，那個女孩剛剛來過？」黑草男問歸問，語氣卻沒有任何怪責。

「不能騙嗎？」作家科科科笑。

「隨便你啊，反正你用的紙箱，又不歸我管。」黑草男嘿嘿。

是啊，剛剛叫不夜橙躺進去的大紙箱，是今天下午從廢紙回收場送來的普通紙箱，預備用來裝夢，裝好了再拿去賣的普通紙箱。在紙箱裝夢之前，它只屬於任何一個可以拿到它的人，不在紙箱國的交易裡面。

所以，迎接不夜橙的，僅僅是一箱虛無。

沒有少女身體的餘溫。

沒有少女頭髮的香味。

沒有少女遺留下的夢。

什麼都沒有。

不夜橙只能進入，自己那日復一日的貧乏夢境。

兩個人好不容易，將裝了不夜橙、以及他那個無聊爛夢的紙箱，移動到了天橋的最角落。

今天暫時就這樣了，累死了。改天味道出來後，再叫幾個平常讓不夜橙請客過的流浪漢，在附近挖一個洞，把它埋進去吧。黑草男心想。

兩個人在不夜橙沉睡的紙箱旁，氣喘吁吁坐下。

黑草男又點了一支菸，抽了抽，遞給了作家。

作家不抽菸。

但，今晚就以菸代替香吧。

作家接過，抽了一口。吐出煙霧時，努力忍住咳嗽的衝動，但還是失敗。

「咳咳……咳！相信，就能創造奇蹟。」

作家的嘴角流出的餘煙，流向腳邊的紙箱。

人生中所發生的每一件事，都有它的意義。

沒有奇蹟是平白無故發生的。

「在我自以爲破解夢境的感應邏輯後，跟不夜橙一聊，才發現我的理論有一個缺點，咳！咳！」作家咳嗽了兩下，將菸遞還給黑草男，說：「那個女孩，並沒有買過紅色夢，她甚至沒有買過這裡任何一個夢。」

「所以她是眞正的預知者不是嗎？」黑草男聽過這段推理的轉述。

「那只是不夜橙一廂情願的例外解釋。比較合理的推論是——」作家頓了頓，非常有自信地笑了：「預知者是，不夜橙。」

「他能預知？」黑草男看起來有點不屑，吐了一口煙。

作家用手指敲了敲左邊腦袋的下方。

不夜橙的那裡，可是被子彈神乎其技地敲門過。

「猜想可以有很多，反正又不用負責。」

作家自得其樂在他奇妙的幻想世界裡：「其中一個最好的猜想是，不夜橙身為親手製造出紅色夢的人，他自己本身的能量，應該一直跟紅色夢的預知能量息息相關吧？我猜，在他這裡中槍之後，不夜橙就變成了一個，擁有作預知夢能力的人，只是他一直都不知道罷了。後來，他在極端條件裡製造出了可怕的紅色夢，也順便製造出了一堆擁有預知特定事件的，感應夢境。」

黑草男沒有插話。

「不夜橙把他的預知能力，帶到那個女孩的夢裡去做，所以那個女孩雖然沒有買過紅色夢，也一樣預知到了自己在未來的災厄……喔不，那不是女孩的預知，那百分之百是不夜橙的能力，才能啟動了那樣個狀況吧。至於人生跑馬燈，的確就像不夜橙所說的，那表示她是一個受害者，而不是單純的預知大屠殺事件。」

黑草男擠眉弄眼，花了一點時間消化這段奇怪的推論後，這才開口：「就算你鬼扯的猜想都成立好了。但你還沒解釋，那個女孩為什麼可以在夢中那麼特別？」

作家似笑非笑，只是輕輕踢了紙箱一下，好像這個問題應該由不夜橙來回答。

「而且，你所有猜想的起點，不夜橙是一個預知者，這點就大大有問題。」

黑草男笑得很怪，很怪，接近了嗤之以鼻，卻又想用對死者的基本禮貌有所克制：「這個可憐的傢伙，他連自己的夢都做不好了，憑什麼有辦法製造出……別的夢？更何況是其他有預知能力的夢？光這一點就不可能啦。」

是嗎？

不可能嗎？

作家又從黑草男那裡接過了菸。

「我猜想，僅僅是我的猜想……」咳嗽，吐煙，又咳嗽。

然後將菸穩穩地放在紙箱上。

不知道在剛剛的什麼時候，腳邊的紙箱漸漸變成了粉紅色。

放在紙箱上的菸頭，一明，一暗。

好像，正輕輕地發出呼吸般的火光。

「不夜橙唯一能做的那個夢，是真正的，最好的預知夢。」

0

痴痴地看著眼前一團永恆的迷霧，看到不夜橙都快要在夢裡發瘋了。

被騙了嗎？

小雪妖怪已經消失了三年多，還跑去香港燒郵筒過，眞有那麼巧，在自己不在紙箱國的這三天，她恰恰回到台北，來到天橋下賣夢？作家老是取笑自己低智商，弄不清楚機率問題，說不定，自己眞的不聰明。

現在，躺在紙箱裡的自己，心跳應該停止了吧，已經來不及爬出去換夢了。

好慘。殺了那麼多人，肯定是不會上天堂了，這點早有覺悟。

所以被作家騙進這個毫無變化的夢境裡，就是屬於自己的無間地獄吧。

沒有夜叉，沒有火爐，沒有油鍋。

有的只是煙霧、階梯、天橋、護欄、沒抽完的菸，還有無窮無盡的無聊。

這下眞的糗了。

答答，答答，答答……

忽然，不夜橙聽見後面傳來腳步聲。

他大吃一驚轉頭。

天橋下，慢慢跑出了，從來沒有在這個爛夢裡出現過的角色。

阿克。

拿著一條熱騰騰烤香腸的阿克，正踩著層層階梯，慢慢走上天橋。

阿克看著手掌，不知道在咕噥些什麼。

不夜橙的臉發麻，耳朵發燙，呆呆地看著阿克走到自己旁邊。

阿克將兩手手肘放在天橋架上，看著底下的車燈流焰快速穿梭在這城市的脈動裡，大口咬著烤香腸。不曉得他在回憶什麼，油油的嘴角情不自禁上揚。

什麼？連車流也出現了！以前天橋底下什麼都沒有啊！

「……」不夜橙很激動，明明就死了，心卻跳得很厲害。

一瞬間，阿克咀嚼香腸的嘴巴停了下來。

像是感應到了什麼，阿克的左眼，忽然掉下了一滴眼淚。

沒有回頭，不需要回頭，阿克就開口。

「同學，妳相信大自然是很奇妙的嗎？」阿克熟悉的聲音。

那煙霧繚繞的天橋上，那數千次被濃霧鎖住的天橋另一端。

從霧裡，傳來了顫抖的聲音。

「大自然？」

這三個字，令不夜橙激動回首。

霧氣瀰漫，依稀，有個人影。

「就陽光、空氣、水，生命三元素那個大自然啊。」

阿克對著天橋下的車水馬龍，比出了勝利手勢。

「你在講什麼五四三？」天橋另一端濃霧裡的聲音，漸漸飛揚起來。

「大自然很奇妙，總是先打雷後下雨不會先下雨後打雷的，所以我們這樣邂逅一定有意義，雖然我現在還看不出來，不過不打緊，國父也是革命十一次才成功，不如我們一起吃個飯、看個電影，一起研究研究。」

阿克咬著牙說完這一段經典的邂逅台詞，終於，將頭轉了過去。

阿克看著天橋另一端。

不夜橙也看著天橋另一端。

濃霧褪散。

美麗的星空下，是一個手裡提著一袋悠游小魚的女孩。

綁著馬尾，臉上的稚氣少了，多了份溫暖的甜美。

小雪站在天橋上，雙眼泛著晶瑩淚光。

兩個人看著對方臉上的淚水，這爲期三年的捉迷藏，終於在天橋上美麗落幕。

不夜橙慢慢走上天橋，直直穿透了阿克的身體。

阿克消失了。

小雪破涕爲笑，露出只有目標A才有的，古靈精怪的表情。

「你！好！晚！喔！」目標A大叫。

「喂。」不夜橙莞爾，手裡一抛。

「給妳。」

目標A接住，打開手掌，是哆啦A夢扭蛋。

眞幸運呢，今晚。

眞的很幸運呢。

「對不起。」不夜橙的臉上，卻一點也沒有感到抱歉的表情。

從沒有人看過，不夜橙笑得那麼開心。

「對不起什麼啊？」目標A笑嘻嘻地，用力踢著不夜橙的腳。

用力踢，用力踢。踢踢踢。

不夜橙抓抓頭，靦腆地，幸福地，接受所有目標A的踢踢踢。

「這一次，恐怕我們會在這裡，待上一輩子那麼久。」

「那……」

目標A用力抱住不夜橙，開心地大叫：「那就這麼說定囉！」

那就這麼說定囉。
這一次。
我們要在這個夢裡。
待上一輩子了。

（夢不終）

【幕後訪談】之「黑暗犯罪題材之於紅色紙箱」

問：好久不見殺手了，先跟大家打個招呼吧！

答：嗯，最近事情很多，大家噗噗噗！

問：先問一題簡單的讓你暖身好了，關於小叮噹。我們都知道這次的殺手故事，跟《愛情，兩好三壞》有很多的連結，那爲什麼在《愛情，兩好三壞》裡面的扭蛋叫「小叮噹」，在殺手裡要改名字叫「哆啦A夢」呢？

答：我在臉書上詢問過大家這個問題，要維持「小叮噹」還是順從世界潮流改名成「哆啦A夢」？結果大家竟然一面倒的希望我維持「小叮噹」這個老稱呼，覺得那樣才是王道，才有回憶感。

但回文裡也有讀者提到，漫畫原作者「藤子不二雄」死前曾經說，希望全世界的讀者都用同樣的發音去唸「哆啦A夢」這個經典角色，好讓每個人在提到「哆啦A夢」的時候，都知道彼此提到的是「哆啦A夢」。我查了一下消息眞僞，結果維基百科也這麼說，我想，如果這是原作者的遺願，那就沒有需要討論的空間，就順從藤子不二雄的渴望吧。我覺得這樣的遺願很浪漫。

謝謝小叮噹，但更謝謝藤子不二雄老師，如果故事不需要刻意重造往日時光的舊氛圍的話（電影尤其如此），我都會繼續使用「哆啦A夢」。

問：故事裡提到的「紅色夢」，是不是象徵有意識型態問題的「創作物」？意指不良的讀物，會觸發讀者想要犯罪的念頭呢？

答：這是故事設定，但很抱歉不算是我的眞正想法。

我一直覺得，每次有人犯下殺人罪，然後在他的書架上發現哪個作家的小說擺在裡頭，媒體就認爲那個作家的書影響了、誘導了、觸發了那個人殺害他人的想法，對那個作家很不公平，尤其很多人家裡都有一套金庸小說、或一套聖經或一套佛經是吧？這樣的栽贓等於興建一種思想的文字獄，太便宜行事，而且常常流於讓媒體藉機整肅他們討厭的作家，把他鬥臭的一種廉價鬥爭行爲。

勇敢的拿出你的智商，想一想，如果一百萬個人看同一個作家的小說，然後只有一個人跑去殺人，應該研究的，是那個作家的思想？還是這個殺人犯的家庭因素、教育過程或交友狀況等等，是否有異常的人際疏離或情感失控，哪一種檢討方向比較有科學邏輯，哪一種探討層次比較像是想找出眞正的問題並解決呢？

題外話，之前有年輕人胡亂殺人時書架上發現了我的小說，媒體就說我是常常寫殺戮內容的恐怖小說家，而……嗯嗯，前一陣子我則忽然變成了專寫純愛小說的愛情小說家。眞的是，很那個。原來我是純愛小說家（筆記）。

喂！再怎麼說，我都是寫出《哈棒傳奇》跟《樓下的房客》的作者耶！

問：你扯好遠！

答：我還要繼續扯咧！另外我覺得，台灣人對自己人的創作幅度，跟對國外創作者的作品相較，的確有道德觀上的大小眼。如果《德州電鋸殺人狂》或《奪魂鋸》或《恐怖旅舍》或《蒐屍魔》是由台灣導演拍出來的，保證被媒體檢討、批判、轟炸到導演無以為繼，當然了，台灣也因此無法像韓國電影發展出極為優秀的犯罪類型電影（我認為是全世界最頂尖）。我們並非不擅長從黑暗的題材裡去探索人性，而是基本上不被這個社會的道德感所允許，儘管換了好萊塢或日韓導演我們卻覺得殺得超屌、殺得好變態好酷喔。

問：所以你對自己常常因為寫黑暗題材被抬出去鞭，感到超不爽的？

答：難道要感到超爽的嗎哈哈！但我也認為啦，雖然擁有創作自由，但認真節制一下自己對黑暗世界的想像力，也滿好的。所以我就是只用三分之一的力氣去構想那些殺人犯罪偷窺虐待酷刑之類的情節，避免被腦袋有毛病的人模仿，或者被栽贓為模仿，然後媒體興沖沖跑來陰我。

我眞的，只用了，三分之一的，黑暗想像力，哼哼。

越強的創作者的確有越厲害的影響力，所以當我用鍵盤紙筆製造恐怖的紅色夢時，我希望它得到一定的封印，這是我的善意，也是我的自制。

問：故事裡，那個自以爲是的作家是不是在指你自己？

答：不是，世界崩塌時我沒有跑到紙箱國裡躲狗仔啦哈哈，而是在工作室寫殺手。不過被大家認爲是我在挖苦我自己也滿好的，畢竟我也常常在「上課不要系列」裡長期鄙視與作踐我自己。至於故事裡的作家到底爲什麼躲進紙箱國裡，他到底想獵捕什麼怪物，嗯，那個故事我已經想好了很多年，以後再慢慢寫吧。

問：又出現颱風泰利了，無法十日也還是出現了。

答：這證明了我在構思一個故事時，擁有同時鋪陳其他故事的多線能力，而且別忘了，死神泰利颱風的那晚，在三溫暖俱樂部裡面的故事，除了未能殺死冷面佛的Mr. NeverDie，除了幹掉冷面佛的G，我還留著一條啷噹大仔之死的線沒補完呢。我好強啊！我好神啊！我好棒棒啊！

問：無法十日最後半小時，在警政署裡大戰登場的殺手，還有兩個沒有寫到他們的故事，以後會持續補完嗎？

答：嗯啊，大混戰裡登場的殺手有阿樂、火魚、不夜橙、燕子、老殺手，跟Mr. NeverDie，燕子算是在阿樂的故事裡有提到她比較多的後續描述，我也在火魚的故事裡有穿插過關於燕子的描寫，有很多讀者常常來信要我多寫一點燕子的故事，感覺都是一群痴漢。嗯，好吧，我會好好考慮。

至於老殺手的故事則沒有特別思考過，但我一向信手拈來。

問：那《殺手，勢如破竹的勇氣》進行得如何？

答：喔，明年來寫吧。就保佑我身體健康萬事如意好了。

問：身體健康應該是沒問題，萬事如意這點好像不可能呢，尤其是最近！

答：你也知道！下一題！

問：我覺得不夜橙最後的下場很可憐。

答：我也很可憐啊！

問：我是說，不夜橙最後只能跟目標A待在一座天橋上無止盡的聊天，很慘！

答：跟喜歡的女生一直聊天哪裡慘了？而且又不可能只有聊天，還會親親吧？除了親親呢？是不會牽手嗎？

而且別忘了面對你的智商，想想，不夜橙最後躺進去的又不是小雪既定劇本的夢境，而是一個空紙箱，所以那個夢境嚴格來說還會不斷持續地夢下去，不會受限於已經發生過的劇本，因爲那是他自己的夢，一個正在發展中的夢，我想，很快的，不夜橙就會發現他可以在夢裡創造無限的世界，想像一座花園，花園就會出現，想吃拉麵，拉麵店就會出現，想跟目標A完成夢想去看電影，電影院就會出現，當然了，電影要放映什麼內容，只能從不夜橙的記憶庫裡去提存了，否則他就得構思到哪創造到哪。總之，我很樂觀看待不夜橙未來跟目標A在夢境裡的，互相陪伴的一輩子。

問：故事的最後還是沒有解釋，爲什麼目標A是夢裡獨一無二的特殊存在？

答：在故事裡不解釋這一點，是因爲沒有一個合適的位置去放這樣的解釋橋段，但我又忍不住想點出這一個特別之處。我的想法是，這是戀愛的奇蹟。

不夜橙不只是一個預知能力者（但是他後知後覺），他在看到夢裡天台的小雪的第一眼，就瞬間愛上她了，這個很超級的一見鍾情，啓動了原本只會照本宣科演出的小雪角色，啓動了她的心，噗通！讓她從此變得與眾不同，脫離劇本，掌握了自己的命運。

證據就是，小雪這輩子或許在天橋下賣了很多次夢，但之前留在紙箱裡的所有夢境都很正常，直到不夜橙進入了她的夢，目標A才誕生。目標A的誕生，就是不夜橙與她之間的愛情，最美麗的證據。他們彼此都不知道，早在他們意識到之前的更早更早的第一眼，他們就戀愛了（不夜橙是後知後覺的大笨蛋）。

我覺得，一見鍾情是愛情的眞實面貌。好吧，之一。

問：你的小說裡，常常暗藏著命定論？

答：對啊，如果阿樂當初沒有開槍打不夜橙，不夜橙也不會留下只能做一個夢的後遺症，不夜橙也不會到天橋下買夢。不夜橙不買夢，就不會在小雪的夢裡對目標A一見鍾情，但，如果不夜橙沒有愛上目標A，他也就不會擁有強大失戀的悲傷感。當然了，如果不是不夜橙擁有對目標A深深的愛，他也無法在最後的夢境裡，預言到小雪未來還是會跟阿克重新相遇，他也就無法再與目標A奇蹟地重逢了。看起來，當初那一顆轟進不夜橙腦袋的子彈，也不是那麼壞嘛！

問：你認爲人的努力能否對抗命運呢？

答：我認爲，人的努力，是一種生命的張力。不管能否改變命運，都是一種美感。

順境的時候有順勢而爲的作法，但逆境的時候才可以展現一個人最無法掩飾的個性。人生只有一次，與其浪費時間去思考對抗命運是否有用，不如這麼想……如果命運很棒，你就不會想要跟命運對抗，你就好好接受上天的禮物就行了，只有在命運很糟糕的時候，你才會興起想掙扎想反抗想與之一戰的念頭吧，所以囉，不反抗命運就是任憑糟蹋，在僅僅只有一次機會的人生裡，「不戰鬥主義者」未免也太消極了吧。

命運能不能改變？不知道。但束手就擒，不是我，也不該是任何一個人的風格。

問：接下來有什麼計畫？

答：就是想做什麼就做什麼。盡量啦！

問：最後有沒有要跟讀者說的話？

答：謝謝，謝謝每一個可以看到這句謝謝的，你們。

謝謝。

謝謝。

謝謝！

kill[8] er

殺手

殺手，末路花開的**美夢**

國家圖書館出版品預行編目資料

殺手,末路花開的美夢 / 九把刀著. -- 初版. -- 臺北市 : 春天出版國際,
2015.01
面； 公分. -- (九把刀電影院 ; 19)
ISBN 978-986-5706-51-7(平裝)
857.7　　103027371

九把刀電影院 19
殺手，末路花開的美夢

作　　者 ◎ 九把刀
作家經紀／活動洽詢 ◎ 群星瑞智藝能有限公司（02-55565900）
總編輯 ◎ 莊宜勳
主編 ◎ 鍾靈
封面設計 ◎ 克里斯

發 行 人 ◎ 蘇彥誠
出 版 者 ◎ 春天出版國際文化有限公司
地　　址 ◎ 台北市忠孝東路四段303號4樓之1
電　　話 ◎ 02-7733-4070
傳　　真 ◎ 02-7733-4069
E－mail ◎ frank.spring@msa.hinet.net
網　　址 ◎ http://www.bookspring.com.tw
部 落 格 ◎ http://blog.pixnet.net/bookspring
郵政帳號 ◎ 19705538
戶　　名 ◎ 春天出版國際文化有限公司
法律顧問 ◎ 蕭顯忠律師事務所
出版日期 ◎ 二〇一五年一月初版
二〇二一年八月初版六十三刷

定　　價 ◎ 320元
總 經 銷 ◎ 楨德圖書事業有限公司
地　　址 ◎ 新北市新店區中興路二段196號8樓
電　　話 ◎ 02-8919-3186
傳　　真 ◎ 02-8914-5524

ISBN 978-986-5706-51-7
Printed in Taiwan